Tomodachi no imouto ga
ore nidake uzai
友達の妹が
俺にだけ
ウザい
4
vol.
AUTHOR
三河ごーすと
ILLUSTRATION トマリ
JN131288

「ふ、ふーん。
センパイは私のこと、
『一般的に』可愛いと
思ってるんですか」
!?
「きわめて公共性の
高い可愛さだと」

「政治行政理論の領域から定義された可愛さだ、と—!」
「もしかしてお前……照れてるのか?」

「菫先生だけだもん。
真白を……本当の意味で、
守ってくれたのは」

「真白の最高の先生を……
馬鹿にしないで！」

「お、おまたせ。……アキ」

「おっまたせぇ～！」
「あれー？　何か期待外れみたいな顔してますね？」
「センパイは何を期待しちゃってたんですかぁ？」

CONTENTS

Tomodachi no imouto ga ore nidake uzai

003 前回のあらすじ

006 プロローグ

010 第１話 友達の妹が俺にだけ賢い

030 第２話 友達の妹が俺にだけトイレ

053 幕間 真白と菫

069 第３話 友達の思い出を妹だけが話題

096 幕間 真白と菫２

124 第４話 担任の先生が俺にだけウザい

161 第５話 真白の担当が俺達にウザい

195 第６話 青春の浜辺で俺だけがウザい

218 第７話 真白の担当が俺にだけウザい

240 第８話 友達の妹と俺だけがサボり

280 第９話 友達の妹が俺にだけビキニ

312 第10話 友達の妹が《５階同盟》にウザい

336 エピローグ１ これから俺がすべきこと

348 エピローグ２ 社長定例

355 エピローグ３ スマホが落ちただけなのに

友達の妹が俺にだけウザい4

三河ごーすと

GA文庫

カバー・口絵・本文イラスト

トマリ

000

Tomodachi no imouto ga ore nidake uzai

前回のあらすじ

馴れ合い無用、彼女不要、友達は真に価値ある一人がいればいい。『青春』の一切は非効率、苛酷な人生レースを生き抜くためには無駄を極限まで省くべし——という信条を胸に生きている俺、大星明照の部屋に入り浸る奴がいる。

小日向彩羽。妹でも友達でもなく、ましてや恋人なんかでは断じてない、ただの友達の妹。

そんなウザさ極まる面倒な後輩である彩羽だが、彼女にはひとつだけ秘密があった。

それは謎のアプリゲーム制作集団《5階同盟》の影のメンバーであること。

《5階同盟》とはプロデューサー・俺、天才プログラマー・ＯＺこと小日向乙馬、イラストレーター・紫式部先生こと影石菫、ラノベ業界の超新星であるベストセラー作家でありながら何故か協力してくれたシナリオライター・巻貝なまこの四人が中心となった創作集団だ。

代表作の『黒き仔山羊の鳴く夜に』は、市場にほとんどない本格ホラー×魅力的なキャラの運営コンテンツとして人気を博し、大勢のユーザーに遊んでもらっていた。

さまざまな理由で夢を諦めなきゃいけなかった才能あふれる仲間達をエンターテインメント企業の最大手、ハニープレイスワークスにまとめて就職させるため、俺は伯父の月ノ森社長のコネを利用することにした。

チーム受け入れの条件として提示されたのは、社長の娘——月ノ森真白(ましろ)とニセの恋人となり、卒業まで演じ続けること。そしてそのために本当の恋愛をしてはいけないということだった。

元より目的に向けて恋や青春などする気のなかった俺には何てことのない条件に思えたその契約だが、真白の「本気の告白」やら菫の「お家騒動」やらに巻き込まれ望まぬラブコメ空間に引きずり込まれてしまう。

そんな中、菫が教師を辞めてイラストの道へ進むべく当主の弱みを握り、反旗を翻(ひるがえ)す決意をする。もちろん俺や仲間達はそのために協力することになった。

そして菫の故郷、影石村(かげいしむら)にまつわる縁結びの儀式——カップル成約率１００％などという作家が徹夜明けのテンションで考えたような設定の行事を菫になりすました彩羽とともに参加することに。非科学的な縁結びなどあるもんかとたかをくくっていた俺達だったが——……。

『ラブホじゃねえか』

儀式の舞台として指定された祠(ほこら)の中はどう見てもラブホでした本当にありがとうございます。

……………どう収拾つけるんだ、これ？

登場人物紹介

大星 明照 おおぼし あきてる

主人公。高校2年生。無駄な青春を送らず、友達も1人しかいない極度の効率厨。自称・平均的な高校生だが、実はアプリゲーム制作集団「5階同盟」のプロデューサー。日頃から効率のいいトレーニングを欠かさない。

小日向 彩羽 こひなた いろは

高校1年生。乙馬の妹。学校では明るく優しい清楚な優等生だが、本性はは明照に対してだけ妙にベタベタウザ絡むウザ女。演技の天才で「五階同盟」で声優を務める。血管にエナドリが流れていると噂の体力お化け。

月ノ森 真白 つきのもり ましろ

高校2年生。明照の同級生にして従姉妹。明照の偽カノジョとして振る舞う。明照に告白後、猛アタック中。大ヒット作家・巻貝なまこという裏の顔を持つ。担当編集のカナリアから出ている体力作り指令をスルー中。

小日向 乙馬 こひなた おずま

高校2年生。明照の唯一の友達。明照に絶対的信頼を置く。イケメンで、しかもイイヤツ。最近微妙に黒い面が目立ってきた。「5階同盟」を支える天才プログラマー。世界中の階段をエスカレーターにしたい今日この頃。

影石 菫 かげいし すみれ

《猛毒の女王》の名で恐れられる明照達の担任教師。その正体は、〆切を守らない敏腕絵師「紫式部先生」。ノマカプリバカプBL百合なんでもいける度量の広い25歳。酒が好き。たまに運動したあとには確実にビール。

prologue

Tomodachi no imouto ga ore nidake uzai

プロローグ

チュンチュンチュン――……。

朝。小鳥の鳴く声が聞こえてくる。ぼんやりとした思考の中、目を擦りながら体を起こす。

知らない天井。知らないベッドの中。

寒い。

それも当然で、俺は一糸まとわぬ生まれたままの姿だった。

隣からは、すー、すーと寝息が聞こえてくる。

ふとそちらに目をやると、見慣れた友達の妹が、見慣れない姿で眠っていた。

ああ、そうか。

ラブホのような祠の中に閉じ込められた俺と彼女は――友達の妹、小日向彩羽は……。

夏の夜の淫らな夢に誘われるまま、一夜を共にしてしまったんだ。

こうなったらもう、仕方ないよな。

俺は責任を取って彩羽を嫁にもらおう。そして一生の伴侶として、彼女を幸せに――……

『おいこらオズ。勝手に変なモノローグを捏造（ねつぞう）すんな』

『みんなの望む最高の展開を。一時の儚（はかな）い夢でいいから、実現してあげたくてね……』

『時系列を朝まですっ飛ばすのは早いっての』

『オーケー、ゆっくり見させてもらうよ。ホンモノの展開も当然尊いんだろうね？』

『知らん』

＊

男子という生き物は、好きな子に意地悪をしてしまうものだ。

いつの時代からその『仮説』がもっともらしい『真実』として語られているのか知らないが、少なくとも俺にとってそれは完全に嘘（うそ）だった。

戦略的に、効率的に恋愛戦争を戦おうとしているなら、好きな人に対して不合理な意地悪なんて絶対にしないはず。

好きな相手にわざわざ意地悪するような奴（やつ）、わざとツンツンするような奴はラノベやアニメの中だけの架空存在で、現実の女子は好きな男にはわかりやすい笑顔を向け、明明白白な恋慕を覗（のぞ）かせるものだと考えてきた……の、だが。

もしもそれを『是』とするならば、ひとつだけ、大きな問題がある。

「このまま儀式の魔力に流されたい――なんて言ったら、センパイは困っちゃいますか？」

影石村の山奥、虫の声さえ聞こえぬ静かな夜の気配の中。

カップル成約率100％の婚約儀式というIQ3レベルのイベントの真っ最中。

儀式の舞台、由緒正しき和の空間にピンクな空間を強引に継ぎ接ぎしたような内装のラブ祠（AKI語。ラブホみたいな内装の祠、の意）で二人っきり。

潤んだ瞳、赤らんだ頰で、こちらの内心を探るようないじらしいイントネーションで、そう訊かれたら。

その言動には人を弄ぶようなウザさもなく、チワワを撫でるみたいに逆鱗に触れまくるナメた態度もなく。

俺の答えに怯えて縮こまる、健気な乙女の顔でそう訊かれたら。

それはもう俺のことが好き――って、そう言われたようなものじゃないのか？

もちろんそれだけではまだ油断できないのが友達の妹・小日向彩羽。

一分前まで清楚面を見せていたかと思わせて、なーんちゃって！　となるのがこの後輩だ。

さあ来い。いつでも来い。むしろ来てくれ。

ウザい手のひら返しを見せてくれたら、それだけで俺は安心できるんだから。

どれくらい時間が経ったんだろう？

時計のないこの場所ではドクドクと心臓の跳ねる音でしか時間の経過は計れない。

待てど暮らせど乙女の仮面は剝がれずに、期待しているウザさの欠片も見えなくて。

もし仮に、このまま何も変わらずに。彩羽の問いに答えるまで時間が止まってしまうなら。

マイ恋愛哲学に照らし合わせたら完全に俺に好意を向けてる彩羽は果たして、俺に恋愛的な感情を向けていることになるんだろうか？

いや、違う。そんなことはこの際どうでもいいんだ。

俺は、どうなんだ？

仮にこれが彼女の本心で、この桃色空間の魔力にあてられて何かしらのアプローチをされたのだとして俺──大星明照は、彩羽に対してどんな感情を抱くべきなんだろう。

どんな感情を抱くのが、正解なんだろう？

＊

『ゴォォォォォォォォ────────ル!!』

『おいこら。勝手に決まった感を出すんじゃねえよ』

001

Tomodachi no imouto ga ore nidake uzai

第1話　友達の妹が俺にだけ賢い

背中に柔らかな寝台のクッション、彩羽と密着した胸板に心肺の重奏。

頭の裏に幾重にも響く心臓の鼓動は最早どっちのものかもわからないほど複雑に混ざり合う。

するりとリボンの解ける音。

結っていた髪を解いて、一段階だけ無防備になる彩羽。

それはあたかも覚悟を決めた乙女のように。

体がカッと熱くなるのを自覚しながらちょうど首あたりにある彩羽の顔を見てみると、彼女の赤らんだ顔と、酩酊したような、ぽーっと焦点の合わない目とばっちりエンカウント。

おいなんだよその目は。いったい全体、どっちなんだ？

まるでダウトの駆け引きのようだ。

『好き』と『嘘』のカードを出し合っていき、指摘が的中してれば勝ち。外せば敗北。

いま彩羽は明白に『好き』と宣言してカードを提示している。

俺がもしも本気の答えを返したとしたら、どうなる？

『なーんちゃって！　からかっただけでーっす☆　えへへぇ、ドキドキしちゃいましたぁ？』

と、ウザ絡み爆発、一ヶ月はそれをネタにいじられること請け合いだ。

しかし万が一本気だったとしたら？

正面から受け止めて、しっかり答えを出してやるのが男として真摯な態度なんじゃなかろうか。たとえそれで上滑りしてからかわれようとも、恥をかくのが俺一人ならそれでいいのではなかろうか。そりゃまあここにきて嘘でーす☆とか言われたらムカつくし、後で健康のツボを十六連打するのは確定として。

以前、彩羽の部屋に押しかけて謝罪したときのことを思い出す。真白からの告白に無意識に浮ついて、《5階同盟》にとっての最善策を打てずにいたことで彩羽の機嫌を損ねた日のこと。

青春を投げ打ってでも彩羽をプロデュースすると――《5階同盟》の仲間達に最高の活躍の場を作るために頑張ると――あの日、他ならぬ彩羽に対して誓い直したはずだ。

だからきっと今回も、流されるわけにはいかない。

たとえ彩羽の感情がどうであれ、青春にうつつを抜かす俺であっては、いけないのだ。

俺はいままで青春の片鱗を見つけそうになっても自分の中の冷静で客観的な部分で切り離し、理屈で落としどころをつけてきた。すべてはオズと彩羽、菫との約束のために。

でもそれが可能だったのは、実際のところ俺にはべつに好きな人はいなかったから。そして他人からの本気の好意みたいなものを感じてこなかったからに過ぎない。

もしもその前提が崩れても鋼の意思を貫くことができるかどうか、それは前例のない領域になってしまう。

意味がわからないって？　オーケー、理屈っぽいのは抜きにして、直球で語ろう。

もしかしたら俺は、彩羽が好きなのかもしれない。


全身を駆け巡る血の沸騰を自覚して、俺の中ではその仮説がとてつもない説得力を持ってしまっているのだ。

もしそうだとしたら、彩羽の気持ちがどうってのは極めてどうでもいいことだ。

コイツが俺をどう思おうと俺は俺。俺の気持ちにどう整理をつけるかだけなのだから。

もしも彩羽を好きなんだとしたら、俺は――俺は――……。


「困るッ‼」

「……へ？」


強く目を瞑ったまま俺は彩羽の体を軽く押し返した。

密着を引き剝がすために致し方なく触れた二の腕の柔らかさでさえいまの俺には毒だったが、このまま淫靡な空気にあてられ続けるよりは遥かにマシに思えた。

「率直に言う！　お前と二人きりこんなやらしい雰囲気の場所に閉じ込められて、正直かなり困ってる！」

「そ、そう、ですか……」

あっけにとられていた彩羽の顔が、俺の言葉を理解するにつれてしゅんと萎れていく。

このまま抱きしめて押し倒してしまいたい欲求が暴れ回るのを堪えながら、俺は言う。

「か、勘違いするな。お前に女としての魅力がないって言ってるわけじゃない。むしろ、このままだとあまりにも抱きしめたい欲求がくすぐられすぎてヤバイっていうか――」

「お、おう」

「――ああああ一般論！　これはあくまで日本の平均的な男子の感覚の話でだな!!」

直接的な褒め言葉が過ぎたのか、さすがの彩羽でさえやや困惑気味で。

俺はあわてて自分の失言を言い繕う。

「ふ、ふーん。センパイは私のこと、『一般的に』可愛いと思ってるんですか」

「あ、ああ。あくまでも、一般的に、な？」

「きわめて公共性の高い可愛さだと」

「いやそこまで高尚なものだとは思ってねえよ」

「政治行政理論の領域から定義された可愛さだ、と！」

「言ってねえよ。何だその無駄にインテリジェンスな絡み」

「ふ、ふーん、そぉーですか。まったくセンパイってばそんなに彩羽ちゃんのことが好きなんですね。仕方ないですよね、私の可愛さは公共事業でインフラですもんね」

「……お前、さっきから何かおかしくないか？」

口調はいつものウザ絡みに近いが、言葉選びの仕方が妙に高偏差値だ。

実際、学年一位の成績を誇る彩羽の頭脳をもってすれば、賢い会話くらいワケないんだが。

しかしまあセリフの内容だけ見れば、やはりさっきの問いかけはいつものウザ絡みの延長だった……ってこと、だよな？

うん。そうだ。きっとそうに違いない。

さっきからこいつの目がグルグルしてるけど。それはたぶん――。

「もしかしてお前……照れてるのか？」

「ふぁっ⁉　なな、何言っちゃってるんですかセンパイ、やだなぁもう自意識過剰ですよ！」

「そうか？　……自分で言うなら、まあ、そうなのかもしれんが」

彩羽の様子はどこかおかしい。普段はこんなこと言う奴ではなかったはずなのに。

だけどその困惑した姿は逆に俺の混乱を鎮め、冷静さを取り戻す助けになってくれた。

胸はまだ妙な高鳴りを続けているが、それでも思考を整理することくらいはできて――……。

「正直に言えば『この雰囲気に流されてもいい』と、一瞬、考えちまった」

「センパイ……。じゃあ、センパイは、私のこと……」

「でも、駄目だ。それは、駄目なんだ」

それは俺がどうしようもなく未熟で、彩羽の纏う『女の気配』にやられたからでしかなくて。

普段は理性で隠してる、思春期男子の欲がむくりと頭をもたげたから以外の何物でもなくて。

もちろんそれは俺が彩羽を実際どう思ってるかとは無関係ではあるんだが。

「《５階同盟》がハニプレ入りするためには月ノ森社長との約束を守らなきゃいけない。真白が卒業するまでの間、俺はあいつの恋人なんだ。ここでお前と無責任なことをするわけにはいかない。……《５階同盟》のために全力を注ぐってのは、お前との約束でもある」

言ってしまえば、俺達の関係においては普通の結論。

青春を捨て、学生らしい色恋沙汰に振り回されることなく、目的のために全力を尽くす。

それはオズのためであり彩羽のためであり菫のためであり、――何よりも俺自身のために。

大体、真白をその理屈で振ったばかりなんだ。ここで浮ついたりしたら、勇気を出して告白してくれたあいつにも失礼だ。

だから今回もそのプロトコルに従って意思決定したに過ぎない、ＡＩじみた結論だ。

ただひとつ、いつもと違うことがあったとすれば――……。

「お前は、可愛いさ。可愛い奴と、こんな場所にいたら、そりゃあムラムラもするし、流されちまいたくなる。……でも、一瞬の性欲より百倍大事なものがあるんだ」

「……あは☆　ま、そーなりますよね」

「男が女に対して言う台詞としては下の下だって自覚はある」

「ホントですよ。女心がわからないクソ男はしね！　って、真白先輩に言われちゃいますよ」

「よく言われてる」

「あはは♪　――まーでも、私との約束を最優先してくれたわけですし。褒めてあげます」

「お前に頭をよしよしされるのは、かなり複雑な気分だ」

「バブみを感じちゃいました？　仕事がデキる男は赤ちゃんプレイが好きらしいですよ」

「……そんな雑学聞きたくなかった……」

実際彩羽の手から伝わる体温は頭皮に心地好くて、このまま身を委ねてしまいたい気持ちも俺にはよく理解できた。

しばらくの間、慈しむように頭を撫でた彩羽は、俺の耳元にそっと口を寄せて。

「仕方ないセンパイですね。そーゆートコが好きなんですけど♪」

「……！」

からかうようにそう言って、ケラケラと笑う彩羽。

そのウザい笑い方は本調子の兆しを感じさせるものだったけれど、いつもとは全然聞こえ方が違っていた。

好き。――と、軽率に投げかけられた、紙よりも軽いその言葉。

高確率で本気じゃないであろうそれに致死量に等しい感情の揺らぎを覚えてしまう。

あえて知能指数の低い表現を使えば**キュンキュンしている**のである。

いままでこんなことはなかったのに、どうしちまったんだろう。

やっぱり俺はこのウザ女のことを——いや、まだだ。まだわからん。

彩羽を好きかもしれないって仮説は立てられるが、実証できたわけじゃない。

つーかもしそうだったら真白に申し訳が立たないんだって……本当に。

考えてもみてほしい。

たしかにさっきからドキドキと心臓がうるさいが、そもそも人間がドキドキするのは恋愛的なシチュエーションだけか？

たとえば日本一の高度と速度を誇るジェットコースターに乗れば誰でも心拍は乱れるだろうし、ハイクオリティな役者が演じるお化け屋敷ならどうだ？　ドキドキするはずだ。それだけで恋愛感情と認識されちまったら、すべての遊園地はワンナイトカップル製造ランドになっちまう。

たとえば深夜のひとり歩き中に全身タイツのおっさんと出くわしたらどうだ？　まず間違いなくドキドキするだろうが、それは身の危険に晒された生物の本能でしかない。これまで恋愛感情と認識されちまったら以下略。

「い、いまはあんまりからかわないでくれ。この雰囲気は……シャレにならん」

「えへへ、センパイのこと困らせちゃった☆」

「お、お前なぁ」

「いーじゃないですか。たまには本気でドキドキするセンパイの可愛いところを見せてくれても。バチは当たらないと思いますけど?」

舌をぺろりと出して、いたずらっぽく笑う彩羽。

そのウザい所作のひとつひとつにキラキラしたエフェクトがかかってるあたり俺は重症だ。

「とにかく、やめろ。何事もなく、夜をやり過ごすんだ。……いいな!」

「はーい」

つまらなそうに頰をふくらませて体を離すと、彩羽はベッドの端に座って裸足をぷらぷらと遊ばせた。

ひとまずこのまま衝動的な初夜を迎えることはなさそうで俺はホッと胸を撫でおろす。

いや本当に。何事もなくて、マジで安心した。

「とはいえ……目が覚めちまったな」

「このシチュで快眠はさすがに無理ありますよねー。私もおめめギンギンですよ。責任取って何か面白いことやってくださいよ」

「無茶振りすんな。テレビ出たばっかの若手芸人じゃないんだからそんなスキルねーよ」

などとくだらない会話をするうちに、徐々にいつものノリに戻っていく。

まだ彩羽の一挙手一投足、体からほのかに立ち上る香りにドキリとさせられることもあるが、さっきまでの濁流のような感情に比べたらだいぶましだ。

俺と彩羽は何となく居住まいを正してベッドに二人、横並びに座り、落ち着いた雰囲気の中で言葉を交わす。

「そういえばセンパイ。《5階同盟》と菫ちゃん先生について、私、気になってることがあるんですけど」

「へえ、珍しいな。なんだ？」

「センパイがメンバー全員を口説(くど)き落(お)として《5階同盟》に参加してもらってるのは知ってるんですけど――」

「や、言い方。それだと俺がとんでもないクソ野郎に聞こえるんだが」

「よく考えたら私、センパイがみんなと具体的にどんな約束をしたのか、知らないんですよね。丸ごとハニプレ入りをして菫ちゃん先生を教師じゃなくて専業イラストレーターに、ってのは知ってるんですけど。そもそもどうしてハニプレに入ったら教師を辞められるんです？」

「あー。そういや、こういう真面目(まじめ)な話は避けてきたもんな」

ぐらぐらしておぼつかない地盤の上に建った、砂の城。それが《5階同盟》だ。

巻貝(まきがい)なまこ先生は別として、みんな背景にそれなりに重いものを背負ってる。

いや、他人から見ればその程度、重くも何ともないと思われるかもしれんが。

だけど本人にとってはひとつ操縦を誤るだけで崩壊しかねない、そういう危うさがあるから俺はシリアスを避けてきた。

「まあでも、菫先生にかんしてはもう言ってもいいかな。どんな結末になるにせよ、今日中に決着がつくだろうし」

「今日中に。実家の問題が解決するってことですか？」

「いや、そうじゃない。菫先生の問題が解決するんだ」

「……何が違うんです？」

「あの人が抱える一番大きな問題って、何だと思う？」

質問を質問で返す。あまりよろしくないとされる話法に異を唱えることなく、彩羽は素直にうーんと考えた。そして、ハッと顔を上げてずばりと回答。

「女教師なのにショタコンなところ！」

「正解！　……だけど残念、いまはシリアスの時間なのでそれはＮＧ」

「えぇー」

「逃げ癖だよ。困難に立ち向かわず、問題を先送りにしようとする」

「出ました紫式部先生の十八番『〆切過ぎてからが本番』！　……って、結局ギャグですよね。シリアスの時間はどこに行ったんですか⁉」

「まあ待て。たしかにそれはあいつの日常的な、コミックリリーフ的な駄目要素だが」

いまごろ影石邸のガサ入れに勤しんでるだろう仲間を想像して目を細める。

たしかにふざけた話をしてると思われるかもしれない。

ようやく訪れたシリアスなのに何なんだと、俺達の物語を見下ろしてる神様もご立腹かもしれない。でも。

「そこに本質があるんだよ。菫先生っていう人間が抱える問題のな」

「はいセンパイ、どれだけ考えてもシリアスになりません！」

「要はさ、家の掟で教師をやらなきゃいけないって話が、そもそもあの人の思い込みってことでさ」

「ええ!? でも実際厳しそうな家でしたよ？　こぉーんなの着せられて、よくわかんない儀式をさせられてるわけで」

どこかそわそわした様子で、白装束の袖を持ち上げる彩羽。

時代錯誤なその光景は影石家の伝統を重んじる価値観を具現化したような代物で。

「影石家が伝統を守ることと菫先生がそれに従うことはイコールじゃないだろ」

「んーむむむ？」

「本音を打ち明けて家の意向なんざ無視すればいい。基本的人権が尊重されてるいまの日本、たとえ歴史ある一族だろうと個人の意思を縛るなんてできやしないんだ」

「いやいやいや。歴史とか伝統とか家の事情って、そんな軽いモンじゃないのでは」

「この国は法治国家だぞ。法より重いものなんてそうそうあるかよ」

「なんというド正論。や、たしかにその通りなんですけど、うぅーん……」

理性で理解しても感覚で受け入れがたい、と言いたげに彩羽は口をもにょもにょさせる。

無理もない。ドライな事実認識は、正しくても時に拒絶を伴うわけで。

「とはいえ、菫先生の中じゃそう簡単に割り切れやしない。ンなこたぁわかってる。いまのは理屈の話。法律の話ってだけだ」

「それじゃあ……」

「だからこれは気持ちの問題。臆病で逃げ癖のある菫先生――いや、紫式部先生でも、絶対的にビッグな後ろ盾があれば、どうだ？」

「あ……！　安心感が違いますね！　世界的な大企業、ハニプレからのオファーなら……！」

「そういうこと。これは、荒療治なんだ」

人生を賭けてもいいと思えるような千載一遇のチャンスが舞い込めば。

そこまでお膳立てされて初めて覚悟を決められる、そこまでの致命的な逃げ癖こそ影石菫の抱える問題の本質で――彼女自身を縛る、抗えない鎖の正体。

「もしかしてイラストを厳しく取り立ててるのも……」

「逃げ癖を矯正するための訓練の一環だ。ハニプレ入りしなくても克服できるなら、それだけで式部の件は解決だしな」

「なるほど……長年の疑問が解決しました！」

「長年ってほど活動期間は長くないが……何の疑問だ？」

「『黒き仔山羊(こやぎ)の鳴く夜に』の更新についてですよっ。菫ちゃん先生、必ず〆切ぶっちぎってるのに、ゲーム自体の更新予定はほとんど遅れたことないじゃないですか。よっぽど後工程で無理をしてるんだろうなーって思ってたんですけど――」

「ああ、あれな。最初から〆切を破られる前提でスケジュール組んでるんだよ。あの人の性格は、コミカルな意味でもシリアスな意味でも一朝一夕で変えられるものじゃないからな」

バッファにバッファを重ねたスケジューリング。

そうすることで菫の逃げ癖をすこしずつ直しながら、ハニプレ入りという荒療治の準備も、同時に進めてきたのだ。

「ほええ……私の知らないところでも、そんな風にいろいろ考えてたんですね」

「まあな」

「なんていうかセンパイってホント凄(すさ)まじいっていうか。一周回って頭悪いっていうか」

「馬鹿(ばか)にしてるのか？」

「睨(にら)まないでくださいよう。だって普通そこまで他人の人生に寄り添えないですもん」

「ンな大層な真似(まね)はしてねえよ。ボランティア精神なんざこれっぽっちもない。互いに利用できるからしてる、ってだけだ」

「矛盾なんだよなぁ。こき使うだけならいまの関係をズルズル引きずってもいいわけですし」

「……そりゃお前、アレだよ。アレ。あー……専業になってくれた方が、リソースを確保しやすいとか、いろいろな？」

「兼業でもイラストが上がってるなら現状維持でOKですよね。なのにわざわざ逃げ癖を直して、『自由』にしてあげようなんて、効率厨が聞いてあきれちゃうなー？」

にまにまと嬉しそうに言って、俺の顔を下から覗き込んでくる。

ったく、ウザい奴だ。人の心を見透かそうとしやがって。

「お人好しすぎでしょ、センパイ。それで今日このタイミングで、菫ちゃん先生の問題を解決するための作戦を決行するとか。どうするんですか、本当に解決しちゃったら」

「何も悪いことないだろ。最速で解決するならＲＴＡ成功だ」

「だーかーらー、私のこと馬鹿だと思ってます？　気づいてないわけないですからね？」

「……ちっ」

お前のような勘のいいメスガキは嫌いだよ。

「今日ここで菫ちゃん先生の問題を解決したら、ハニプレ入りを目指す理由がなくなっちゃうってことですよね？　いままでは兼業だったし、ある意味弱みを握ってるから《５階同盟》で独占できてましたけど。完全に専業のイラストレーターとして活動できるようになったら……本当の意味で自由になったら、センパイにとって、逆に不都合だと思うんですけど」

「能天気キャラのくせにたまに鋭い指摘すんのマジでやめろよ……」

そのパラドックスには、とうの昔に気づいていた。

正確には見ないフリをしていたことを、巻貝なまこ先生の担当編集、カナリアによって強制的に直視させられてしまった。

俺は恵まれた才能を持ちながらさまざまな理由でそれを活かせない連中の、その不合理をどうにかしたいと思っている。

そのために最も効率的な手段として、徹底的な利己主義で《5階同盟》を運営してきた。

しかしきわめて利他主義的な動機——自分自身ではなく、誰かの才能を最大限に生かすって想いが出発点である以上、いつか絶対に手段と目的が対立する瞬間が訪れる。

「菫ちゃん先生の自由と、《5階同盟》の利益。どっちの方が大事なんですか、センパイ？」

「それは……」

和の香り漂う祠の中を違和感たっぷりな桃色の灯りが照らす。

大人びた色気を無駄に振りまく演出はやめてほしい。

「言いよどんでも答えはわかってますけど。イイ人ですもんね、センパイは」

「……この国は基本的人権が尊重されるって、さっき言ったろ。それは実家とあの人の関係だけじゃなくて、俺ともそうだ。選ぶのは菫自身。俺にどうこう言う権利がないだけだよ」

「つまり菫ちゃん先生ファーストですよね？」

「いや。俺は、《5階同盟》最優先だ。俺の善意に過度に期待されても困るって、みんなには言ってあるだろ？　……だから逆も然りってことだ」

見返りを求めるな。俺も見返りを求めない。

期待されず、期待しなければ、裏切られたと傷つくこともないから。

「もー、そんなひねくれた見方しなくていいじゃないですか！　偽悪趣味はモテませんよ！」

「だからモテてないんだよ実際んトコ」

「むぬー……ひう⁉」

「ふくれたって考え方は変えねー……って、なんだいまの声」

異を唱えていた彩羽の口から、つぶれたカエルみたいな声が聞こえた。

この比喩を最初に生み出した人はどうやってカエルの圧死現場に居合わせたんだろう？

って、くだらない疑問はさておいて。

「彩羽？　……どうした？」

「な、なんでもないですよ」

「？　ならいいけど」

彩羽は引きつった笑みを浮かべながら室内をきょろきょろと見回した。

そして、その顔がさーっと青ざめていく。

「う、うそ……な、ない……！」

「何がだよ」

「いやいやいやいやまさかそんなはずは。どこかに隠されてるはずっ。ここどか、ここどかっ。

「そ、そうだ、外にあるかも！」

彩羽は狭いラブ祠の中をひっくり返す勢いで何かを探す。何かが見つからないと見るや乱暴に下駄を履いて外へ出て行き、すこしして戻ってくる。

「どこにも……ない……」

絶望顔でぐんにゃりとうなだれた彩羽。その顔からは滝のようにダラダラと汗が流れている。

顔色が赤青黄色ついでに紫――。

壊れた信号機ばりに明滅を繰り返している。

――あきらかにおかしい。

「具合悪いのか？　おい――」

「さ、触らないでください!!」

「お、おう。……わりとガチでショックなんだが」

「や、べつにセンパイが嫌いとかじゃなくてですねっ……えっと、その、うぅ～……！」

彩羽はもぞもぞと体を揺すり、ふとももをなまめかしく擦り合わせた。

「本当に、どうしたんだ？」

しばらくもごもごと言いにくそうにしていた彩羽だが、ついに抵抗を諦めたのか、ゆっくりと口を開いた。

「せっかく直前までシリアスだったのに……ぶち壊しで、すみません……」

「よくわからんが、その絶望顔はお前には似合わないぞ。最後まで希望を捨てちゃ駄目だ。諦めたらそこで試合終了だと、有名な漫画でも言ってた」

「センパイ……！」

それこそ漫画なら目に大粒の涙を湛えた表情のアップを大ゴマで表現されるような感じで。

彩羽はがっくりと床に両膝をつき、懇願するようにこう言った。

「トイレに……行きたいです……」

……いや、現実だとわりとガチでシリアスだぞ、それ。

＊

『女の子は好きな人と一緒にいると尿意に襲われることがあるらしいよ。好意に科学的な証拠を求めるアキもこれで安心だね？』

『そんなきっかけで気づく恋愛とか嫌すぎるから知らなかったことにさせてくれ』

002

Tomodachi no imouto ga ore nidake uzai

第2話 友達の妹が俺にだけトイレ

夏の湿気と熱気をわずかに孕んだ風が深夜の山林の木々を揺らしている。

祠から一歩外に出れば、さっきまで聞こえていなかった虫の声や動物の気配が急に感じられ、自然界が突然本気出してきたなと思わされる。

まるでゲームでMAPを切り替えたかのような現象だ。この世界は仮想現実で、いきなり振り向いたらロードが間に合ってない背景が微妙にラグってるところが見えるんじゃないかって疑ったことないか？　俺はわりとあるんだけど、もしかしたらあんまりメジャーな価値観じゃないかもしれん。

などと俺という物語に1ミリたりとも関係ない雑SF考証を展開していたのは——……。

「せ、センパイ、ちゃんとそこにいますかっ」

「お、おう。いるぞ」

——声の聞こえる距離に、いままさにお花を摘まんとする彩羽がいるからで。

野山だからって文字通りに花を摘んでいたのだ！　なんていう粋なミスリードはないぞ。

トイレだよトイレ。祠の中にトイレがなかったから、外でするしかなかったのだ。文学的なレトリックもクソもない直球で申し訳ないがこれが現実だから許してほしい。ほら、トイレとレトリックは近い位置に並んでるとちょっと字面似てるし。文学好きに怒られるかな、これ。

……てかあの祠、何であそこまで徹底的にラブホっぽく改築しておいてトイレを作ってないんだよ。クラフトゲームの初心者が作る部屋か何かか。

「そ、そこでいま、何してるんですか？　私の、最中の音、録音してたりしないですよね？」

「文学の素晴らしさについて考えてた」

「本当に何してるんですか？」

マジなツッコミは勘弁してくれ。

こっちは特殊な環境をどうにか乗り切ろうと必死なんだからさ。

「と、とにかく変なことはしないでくださいね。私の音は絶対に聞いちゃだめですからっ」

「わかってるよ。何ならもうちょい離れようか？」

「それもだめ……ッ!!」

「うお、大きい声出すなよ」

野生の熊に気づかれたらどうするんだ。

「さ、サーセン！　でもこんな真っ暗くらすけの中で取り残されたら、マジ怖１０００％なんで、絶対にそこにいてください！」

「……わーった。わーったから、さっさと済ませろ」

「は、はいっ……！」

聞くなと言ったり離れるなと言ったり、随分と注文の多い後輩だ。

置かれた状況を考えたら当然っちゃ当然だけど。

……しかしさしもの彩羽であっても、トイレの音を聞かれるのは恥ずかしいんだな。

あいつが照れてたじたじになるのは子ども扱いしてやったときぐらいのものなんだが、これは新たな発見だ。いやまあ生理現象を利用してイジるのはルール違反だけど。

実際にやらないとはいえ、彩羽の照れる姿には妙な感覚が芽生えてくる。

もっと困らせて、照れさせたらどうなるんだろう？　……と。

ラブ祠の魔力がまだ尾を引いてるのか、いつもなら「あーはいはい」で済ませてしまうような彩羽の反応ひとつひとつが不思議と可愛く感じられて。

もっと困らせたら、もっと可愛い反応が引き出せるんじゃないかと思えてきて――……。

……あれ？

これってもしかして、好きな人に意地悪してしまう感性、ってやつか？

俺がずっと都市伝説だと思ってきたことだよな、これ。まさか実在していたというのか？

――待て、早まるな。まず大前提として、俺が彩羽を好きかもってのは、何のエビデンスもない仮説に過ぎんのだ。

恋愛感情自体が否定されれば、そもそも好きな人ではないのだから、元の俺の価値観とは何も矛盾しない。

我ながらめんどくさいこと考えてるよな、俺。わかってるさ、自覚はある。

そうこう思考をめぐらせていると、彩羽の致す音なんて一切気にならなくなっていた。

しかし彩羽も頭はいいくせに論理の破綻したことを言う。

トイレ音が恥ずかしいなら俺のことはすこしくらい離れた場所で待機させればいいだろうに。

どうせもしも恐れてるようなホラー的トラブルが起きたら……


「キャーーーーーーーーーーーーッ‼」


……てな具合に、耳をつんざくような悲鳴を上げるんだし。

って、いまの喩えじゃなくてリアルで聞こえたやつじゃねえか！

「彩羽⁉」

「せ、せ、せ、センパイ！　ちょっとこれヤバいです！　あれっ、あれ見てください！」

「幽霊なら俺に任せろ。神社で仕入れた大量のお札で退治してやる」

「**野犬の群れです‼**」

「**うん、無理だ勝てない**」

茂みを掻き分けて悲鳴現場に駆けつけた俺の目に飛び込んできたのは、腰を抜かした彩羽。そしてビビって動けずにいる彩羽ににじり寄る、三匹の野犬。

犬種は詳しくないがチワワとかトイプードルみたいな小型犬じゃない。土佐犬やブルドッグに代表される大型犬だ。ちなみにチワワ獰猛説とかあるけどいまはそんな議論する気はない。つーかガチで野犬が出るなら祠の中にトイレくらい作っとけよ影石村！　危険な場所だってのに籠城できる環境も整えずにピンク演出に全振りするとか、頭中学男子かよ！

「冗談抜きにヤバそうだなこりゃ。三匹はどういう集まりなんだか」

「こ、これ私達詰んでますよね？　めっちゃガルルル言ってるんですけど！」

「しかもどいつもこいつも良い肉づきしてやがる。野犬のくせに痩せてないってことは、結構イイもの食ってやがるぞ」

「私達もその豊富な栄養源になるってことじゃないですかーッ！」

「あ、おい騒ぐと――」

彩羽の声にビクリと身を震わせた野犬たちが、素早く左右に散った。

隊列を組んで戦闘に臨もうってことだ。犬畜生だと侮れない、インテリジェンスを感じる。ならこっちも全力で頭を回転させなきゃだな。

「彩羽、立てるか？」

「はい！　……あだ⁉」

元気よく返事をして立ち上がろうとした彩羽は、しかしすぐに電気が走ったような声を上げ、ぺたんとしりもちをついてしまった。

「く、ううぅ～……！」

唇を噛んで足首を押さえる彩羽。和装に合わせた下駄が脱げて、くるぶしのあたりが真っ赤に腫れている。驚いた拍子に転けて、足首をひねったんだろう。

素早く逃げるのは不可能。となれば、この三匹の野犬をどうにか追い払わなければならない。

「やるしか……ねえよな……ッ」

旅の途中でトラブルに遭った場合の対処法はひと通り（ネットで）調べてきた。

遭難、海難事故、サメ被害、高速道路でのエンスト、エトセトラエトセトラ——……。

もちろん野犬に襲われるパターンも履修済み。まさか本当に使うとは思わなかったけど。

「彩羽、ワンコどもから目を逸らすな。立ち上がらなくてもいいから、ゆっくりとすこしずつ後ろに下がって、あの木を目指せ」

「……りょ！」

理由を訊くこともせず彩羽は言われるがまま素直に後退していく。

オーケー、それでいい。

野犬は群れで敵を襲うとき、複数の方向から攻撃しようとする。

気づかないうちに背後に回られていて、死角から飛びかかられた日には秒でアウト。

その点、木を背にすれば、少なくとも背後を取られる心配はないって寸法だ。

【野犬対処法STEP1】群れを相手にしたら、背後を取られるのを避けるべし

「天気占いをやる趣味はないんだが。よいせ……っと！」

小学生が明日の天気を祈って行う靴飛ばしの儀式の如く、足を振るって下駄を飛ばしてみせる。和装にあわせて履いた借り物の下駄はふんわりとスローモーションで弧を描いていき、ぽとり、ぽとり、と。

左右に展開していた野犬たちの鼻先にあっさりと落ちる。

目の前で最も威勢よく唸（うな）っているリーダー格っぽい大型犬の前には、懐中電灯モードにしたスマホを放っておいた。

「ちょ、なんで下駄脱いでるんですか⁉　逃げられなくなりますよ⁉」

「どうせお前走れないだろ。置いていけない以上、ここでコイツら撃退する道しかねえんだ」

「で、でも、ワンチャン私を見捨てれば――」

「見捨てるわけないだろうが！」

「……！　だ、だからって、スマホまで捨てちゃって、どうするんですか⁉」

「スマホはあとで拾う。――仕方ないだろ、いまほとんど手ぶらだし。防御壁を作るにはこ

うするしかないんだ」

「防御壁って。……え、この危機的状況で中二病ですか？　ウザ絡めるからめる材料を提供してくれるのはいいんですけど、ＴＰＯってモノがですね」

「ギャグでも中二でもないっての。……動物行動学の博士がそうしろって書いてたんだ」

自分と犬の間に物を置けば、犬はそれに気を取られ、物理的にも心理的にも壁になるそうだ。もちろんこれだけだと急な突進を一時的に封じることしかできないけど。


【野犬対処法ＳＴＥＰ２】犬と自分の間に物を置くべし

俺の置いた防御壁（下駄とスマホ）を警戒し、毛を逆立てたまま動けずにいる野犬たち。その隙すきに俺は周囲を確認、手近な場所に落ちていた木の棒を手に取った。

長さも太さも充分。握る手にもよく馴染なじむ。

何回か軽く振って具合を確かめると、俺は不敵な笑みとともにそれを構えた。

「センパイまさか、それで戦う気ですか？　ＲＰＧなら序盤の街でしか使わないクソザコ武器……そんな装備で大丈夫なんですか？」

「知らないのか？」

心配げに（そのくせ絶妙にウザ煽あおりを含めながら）問いかける彩羽を振り返る。

ひのきの棒（たぶんひのきじゃない）を掲げて、俺は言った。

「サメ映画だと木の棒は最強の装備だ」

「そんなマニアックな法則だれも知りませんよ⁉」

「うるせえ勝てると思い込まなきゃやってられねーんだよ！　プラシーボ効果ってことで目を瞑れ‼」

「さっきまでロジカルだったのに急に精神論になってますけどおおおお⁉」

微妙に用法を間違えた単語使いもヤケクソの証である。

俺はたったひと振りの木の棒を手に、うおおおおと雄叫びを上げながら、正面の野犬へと挑みかかるのだった。

【野犬対処法ＳＴＥＰ３】あとは木の棒とかでどうにか頑張れ

最後は投げやりな感じですまない。本当のノウハウを知りたい人は、俺の聞きかじりの知識を参考にするんじゃなくて、ちゃんと自分自身で調べてほしい。

……まあ、それはともかく。

結論から言えば俺は野犬たちに勝った。

正確にはバトルになる前に俺のやけっぱちな雄叫びにビビったらしく、きゃいんきゃいんと愛らしい鳴き声とともに逃げてしまった。サンキュー、動物行動学の博士。

「ふ、ははは……勝った……勝ったぞ……！　ははは、はははは!!」

「武器を片手にマジキチスマイルは怖いんでテンション戻してくれます？　まあ、木の棒なんですけど」

「悪い。ちょっとアドレナリン出すぎた」

仕方ないだろ。深夜の山中で野犬に襲われたのは初めてなんだから。

というかこんな経験をした高校生、日本に何人いるんだ？

「そうだ、彩羽。大事なことを確認させてくれ」

「噛まれたり引っ掻かれたりはしてないですよ。狂犬病の心配はありません」

「トイレはもう済んだのか？」

「……怪我の心配よりそっちが先ってどうなんですか」

「や、重大事だろう」

排泄を軽んじることなかれ。非効率的な時間だからと排泄の数を減らせば体はすぐにお釈迦になる。ＲＴＡにおいて必ず生じてしまうロード時間みたいなモノだ。

「そうですけど、デリカシー！　センパイそこんとこ気をつけてください！」

「はいはい気をつける気をつける。で、どうなんだ？」

「……ビックリしすぎて完全に尿意消し飛びました」

「それも無理なしか……。まあいい。立てるか？」

「えーっと。……ちょっと無理かもですねー、これ。あはは……」

しりもちをついたまま。彩羽は自分の足首を指さして、乾いた笑みを漏らした。

赤く腫れた足首、倒れたときにとがった石で傷つけたのか、その表面には微かに切り傷もついていた。

「痛みだけの問題じゃないな、これ。ちょっと待ってろ」

消毒が必要だ。そう思い、俺は彩羽を手近な岩場に座らせると、小走りに祠に戻る。

軽く探したが救急箱は見当たらず、当然消毒液のたぐいもない。

仕方がないので、ベッドの脇にあった百円入れたら飲み物を買えるタイプのミニ冷蔵庫からペットボトルの水を取り出し、無駄に潤沢に用意されてるタオルを二枚拾い、俺は急いで彩羽のもとへ。

「このわずかな時間目を離したせいで、戻ってきた野犬に食われてなくてよかった」

「自分で言うのもアレですけどホラー作品なら死んでましたよね」

「まあ現実だしな、これ。すまん、ちょっと足借りていいか？」

「へ？　なっ、ちょ……ちょおおおおお!?」

「おい馬鹿、暴れんな」

足元に跪くと俺は白装束の裾をめくり彩羽のふとももまで空気に晒す。

顔を真っ赤にして暴れるわがままな脚をがっちりホールドし――……。

「変なことはしねえよ。傷口を洗うだけだ」

「あ、ああ、そーいう。……それなら、まあ、いいんですけど……」

ようやく大人しくなった。ったく、手間かけさせやがって。

「痛かったら言えよ？」

「……優しくしてくださいね？」

ペットボトルの水を傷口にかけ、濡らしたタオルで軽く拭う。

刺激が強かったのか、ぴく、ぴく、と脚を震わせる姿はいたずらに背徳感があった。

とはいえ照れてる場合でもないのでどうにか煩悩を払いつつ俺は傷口を拭き終え、まだ乾いたままのもう一枚のタオルで傷口を縛る。

「ほい、とりあえず応急処置は完了だ。……とはいえ、念のため早めに消毒しておきたいな」

「手際良すぎません？　ボーイスカウトか何かですか？」

「緊急時に最低限の処置ができないと詰むからな。飛び抜けて上手いわけじゃないが、一応は学んでおいた」

「センパイ、万能すぎてそろそろ怖い領域なんですけど」

「や、全然だぞ。一流の人ならもっと上手に止血するだろうし、ばい菌もちゃんと取り除けてるかわからんし。これくらいは平均的な一般教養の範囲だ」

「全ジャンルの平均が同居してる時点で異常なんですけど、疲れるので突っ込まないでおきますね」

そこはかとなくムカつく流され方をした気がする。

普段こっちがツッコミ役だってのに、平均ネタのときはボケ側に回されてるような……気のせいか？

「って、ンなくだらないことはどうでもいいんだった。――下山するぞ」

「ほへ？　いまからですか？」

「ああ。その傷、消毒しないまま放置しとくのはリスクが高いからな」

「え、えーっと。でもそれ、その格好……」

「見ての通りだ。はよ乗れ」

「うぅ～……！」

俺はＬＩＭＥでオズに下山の一報を入れた後、腰を落として彩羽の前に背中を差し出していた。

つまりは、おんぶの乗車体勢。子ども扱いされるのを究極的に恥ずかしがる彩羽にとって、下手したら野犬を超える恐怖の対象。

「恥ずかしいのはわかるが、今日のところは素直におぶられてくれ」

「うぐぐ……消毒なんてしなくても、祠で体を休めれば……」

「駄目だ。お前はただの後輩じゃなくて友達の妹なんだぞ？　オズから――ただひとりの親友から預かってる妹が怪我(けが)してんだ。いい加減な応対で健康を損ねるとか、絶対にあっちゃいけないだろうが」

「むぅ……まー、センパイがどんだけお兄ちゃんに義理立てしてるかは、知ってるつもりですけどー」

何故(なぜ)かさっきまでと違う意味でむくれられた気がする。

乙女心と秋の空ってやつか、女の思考はまったく読めん。いや、いまは夏だけど。

「おら、観念してまたがれ」

「うぅ〜……わかりました！　わかりましたよ！　もぅ、あとでイジらないでくださいよ！」

「そんな発想になるのは自分が常日頃(ひごろ)から俺のイジりネタを探してるからだ。これに懲りたら心を入れ替えることだな」

「お説教に反論できない〜……うぅ、屈辱ぅ〜！」

悔しそうに言いながら、彩羽はおずおずと俺の肩に手をかける。

それから、お邪魔しまーす、と申し訳程度の奥ゆかしさをアピールしつつ、ゆっくりと俺に体重を預けてきた。

背中に凶悪なたわわの感触を受けながら、女子ひとり分の重みと、凶悪なたわわの感触を噛みしめて立ち上がる。尚、重複表現はミスではない。大事なことなので二回言わせていただいた次第だ。

＊

整備されていないゴツゴツした山道はすこしでも気を抜いたら足を取られる地雷原だった。あきらかに深夜に歩くことを想定されておらず、街灯の一本もなければ、月明かりの射し込む隙間すらほとんどない。そんな最低最悪の環境の中、俺は彩羽をおんぶしたまま、来たときの道のりの記憶を頼りに山を降っていた。

背中におぶった彩羽にスマホを持たせ、その懐中電灯機能で足元を照らしてもらっているのだが――……。

さっき彩羽のことを強く意識してしまったせいか、いつにも増して手に触れるふとももの柔らかさや背中に触れる胸の感触に意識が持って行かれる。

普段なら絶対に心揺さぶられたりしないのに、肌の神経が鋭敏（当社比３０００倍）になっていて、むくむくと首をもたげる獣の衝動を理性で抑えるのにも苦労した。

と、こうして俺が困っているということは。

俺と彩羽のパワーバランスは質量保存の法則により一定に保たれると学会でも発表されているが、俺の内心の精神的敗北を長年培ったウザ本能で自然と汲み取っているのか、おんぶされるという彼女にとって極めて屈辱的なあやされ行動に対する恥辱の反応は薄く――……。

「センパイの画像フォルダ、見ていいですか？　見ていいですよね？　もー、どうせエグいの隠してるんですよね。知ってます☆」

……わりとナメた態度で背中の上でグイグイきていた。

「お前よくこの環境でウザく来れるな。あんまウザいと振り落とすぞ」

「まったまた～、できないくせにぃ」

「バブらせるぞ！」

「それも無理なんだよなぁ。センパイってば優しいからなー、怪我してる彩羽ちゃんをイジれるような人じゃないですもんねー？」

「くっ……ぬぬぬぬ……」

「街中でおんぶは子ども扱いの極み～って感じで恥ずかったですけど、ここなら別に誰に見られるわけでもないですし？　怪我人の特権でセンパイからのイジりもないですし？　ただだだセンパイ式人力タクシーを楽しめるってわけですよ☆」

「あのなぁ。俺が気ぃ遣ってるんだから、もうすこしお前の方も忖度をだな」

「NO！　と言える日本人です彩羽です！」

「このウザ女……お前、あとで覚えてろよ……？」

「あー、いたたた。センパイの威圧が傷に響くー（棒読み）」

「ぐうううううううう！」

一生の不覚。この神話生物級のウザ女を調子づかせてしまった。

マジで覚えてろよ、コイツめ。

「さてさて心配するセンパイの背中で安泰なので、フォルダのおっぱいを拝見しまーす」

「おま、やっていいことと悪いことがあるだろ⁉」

耳元でむふんむふんと興奮気味にスマホをいじる気配がする。

顔認証でロックかけたはずなんだが背後から腕を回してあっさり解除してきやがった。

ＩＴ技術が進歩してもウザ絡み対策が万全ではなさそうだ。カスタマーサポートセンターに連絡してやろうかと一瞬考えたが、難癖（なんくせ）甚だしいのでやめておく。

「って全然エロ画像ないいんですけど」

「たりめーだろ。こちとら健全な未成年男子だっての」

「えええええつまんなあああああい！　青天の性癖を期待してたのに！　最新ホヤホヤのハマリオカズをイジり倒そうと思ったのにいいいいい！」

「変な故事成語を作るな。長年受け継がれる美しい日本語を考えた先人に失礼だろ」

元ネタの『青天の霹靂（へきれき）』も字面だけ見るとやらしく見えるよね、とか菫（すみれ）なら言いそうだなぁ、さすがにそこまで下ネタ魔神ではないかなぁ、などとどうでもいいことを思ったりしたがそれはさておき。

彩羽が期待するような画像は俺のスマホにはひとつも保存されてない。

いつこうして覗かれるかわからん以上、証拠を残す愚行は犯すわけがないんだよなぁ。

いまの時代べつに保存せずとも必要に応じてWEB上で閲覧できるし。

もー、小賢しく隠蔽してー、とぶーたれてる気配。

もっと深くまで掘り下げれば絶対にあるはず、なんて気合いを入れて探してるようだが、どれだけ探しても無駄だぞ。オズに作ってもらった黒歴史クリーナーで削除したのだ、魔法使いじみたエンジニアリングを実現するあいつが消し忘れなんてしょうもないバグを残したまま俺にツールを提供するわけがない。もしそんなことがあるとすれば魔法が解けたとき。魔法使いの資格を失うときとは、すなわち……

「およ。この写真……」

「……童貞を捨てたのか⁉」

「何ですかその最低なツッコミは！」

「す、すまん。俺の思考の中では整合性が取れてたんだよ。いちおう」

男は童貞を貫くと魔法が使えると言われていてだな、などとWEBの都市伝説を説明する気はあまり起こらなかった。

「イミフ！　……でもまあ、どうでもいいです。この写真、どういうシチュですか？」

「ん？　ああ、懐かしいな、コレ」

彩羽に差し出されたスマホの画面。そこに表示されていたのは大量のアニメBD、BL同人誌、ポスターやフィギュアといったオタクアイテムと酒の瓶に囲まれた、幸せ草をキメたみたいな幸せそうなハピ顔でWピースする紫式部先生の写真だ。

「あきらかにいかがわしい写真なんですけど……」

「公序良俗に反することは何もしてないぞ。題して『信じて送り出した生真面目娘が自分自身の変態通常営業にドハマリしてハピ顔ピースビデオレターを送ってくるなんて……』」

「せめてセリフ前半の舌の根が乾いてから後半の題名を言ってくれます？」

「趣味の物に囲まれてるだけの健全な写真だし、何も悪いことしてないだろ。四捨五入するとちょっと下品なだけで」

「切り捨てても切り上げても下品だと思いますけど、菫ちゃん先生絡むと一気にシモのレベル上がりますよねセンパイって」

「……否定はできん」

日々たゆまぬ自己分析を続けてきてわかったことがひとつあった。

みんなの才能に寄り添う副作用なのか、どうやら《5階同盟》メンバーひとりひとりの性質にちょっとずつ影響されてるふしがあるらしい。

式部に長時間かかわりすぎたら頭式部になるかもしれん。想像するだけでも、ぞっとする。

まあそれはいいとして。

「その写真は昔、菫先生をスカウトしたばかりの頃、実家に送りつけるために撮ったんだよ」

「倫理観崩壊太郎すぎてツッコミが追いつかないんですけど！」

「菫先生がどれだけ趣味を愛してるのかがわかる一枚を撮れば、説得できると思ったんだよ。……まあ、思いとどまったけど」

「赤信号、急に止まれてよかったですね。アクセル踏んでたら大事故でしたよ」

「そうかもな。あのときは影石家の生の声ってのを知らなかったし、迂闊（うかつ）に動けなかったんだが、結果的には正解だったんだろう」

「敵を知り己（おのれ）を知れば百戦危うからず、でしたっけ。センパイの座右の銘」

「四十八個くらいある座右の銘のうちの一つだけどな。ま、大事な考え方だとは思ってるよ」

人間関係は戦争だ。経済は戦争だ。人生は戦争だ。

目標があり、利害が対立し、限られた資源を奪い合う。それは形こそ違えど、本質はすべて戦争に他ならない。

ゆえに人生を確実に、効率的に勝ち抜くための秘訣（ひけつ）は兵法にこそあり。

それが俺の哲学だった。

「敵を知り、のために、菫ちゃん先生に家探（やさが）ししてもらってるんですよね？」

「ああ、まあ、そうだな」

彩羽の質問に俺は気のない感じで返事した。

いま、俺と彩羽が縁結びの儀式に送り込まれている間——当主の鉱が留守の影石邸に、菫は忍び込んでいるはずだ。忍者の末裔らしく、華麗に、颯爽と、児童ポルノを探して。

「児ポの証拠を突き止めるとか完全にギャグ展開ですけど……とはいえ、私達、このまま山を降りちゃってもいいんですか？」

「どういうことだ？」

「や、もし下山中に儀式に参列してた村人さん達に見つかったりしたら、菫ちゃん先生が証拠を突き止める前にタネが割れちゃうじゃないですか」

「まあ、作戦に多少支障は出るかもしれないな」

「でしょ！　だから——……」

「けどさすがにお前のカラダと健康が優先だ。作戦なんざ二の次に決まってる」

「ひぶ⁉　な、なんですか、いきなり。変なイケボでカッコイイこと言わないでください」

イケボなのか？　十七年近く生きてて初めて言われたわ。声について言及されたことのない人生だったが、ここに来てイケボの守護霊様でもこの身に降臨したんだろうか。

褒められて悪い気はしないし、ここは素直に喜んでおくとしよう。

MY嬉しみゲージが極端に上昇してる自覚があるのは、儀式の魔力の延長なんだろうな。

だが過剰な自己肯定は厳禁だ。俺みたいな男は雑魚は変に調子に乗ってはいけないのだから。

「彩羽は《5階同盟》の大事な資産なんだよ。破傷風にでもなられたら困る」

「でも菫ちゃん先生の問題を解決するのも、同盟としてのミッションですよね？」

「まあそうだけど。……そっちのほうは、あんまり気にしてないっていうか……」

「え？」

「万が一、儀式に参加したのがニセモノだとバレたとしても。まあ、いいかなって」

「え？　え？　え？　ちょ、ちょっと待ってください」

執着ゼロな俺の態度に彩羽は全然ついてこれていない。まあ何の説明もしてないし、当然だ。

「影石鉱はロリコン。だからあの家には児童ポルノが眠ってると言ったけど。あれな……」

俺は悪戯を思いついたウザカワＪＫのような笑みを口元に浮かべてみせた。

「……嘘なんだ」

「へ……？」

「敵を騙すにはまず味方から、じゃないけどさ。あれは最高の結末を迎えるために仕掛けた、一世一代の大嘘。本当の狙いは――別にある」

＊

『傷口に口をつけて毒を吸うドキドキのシーンは？　漫画やアニメでよくあるし、みんな期待してたと思うんだけど』

『あれはあくまで確定で傷口から毒が入ったときの対処法だろ。あのシチュエーションでやったら唾液に含まれる雑菌が入るリスクの方が高そうだし』

『なんというリアリスト……。わかった、そんなアキに僕から天上の神々の声を送ろう』

『唐突に電波な新設定をぶちこむのやめてくれないか？』

『神はこう仰られた。――【御託はいいからペロペロしろ】と！』

『ろくでもねえ神様だな』

interlude

Tomodachi no imouto ga ore nidake uza

幕間　真白と菫

「巻貝なまこ。それが真白のもうひとつの名前」

決意とともに放たれた一言による静寂の中、こーん、ぽーん、と鹿威しの音だけが粋に時を刻む。

この場には、アタシこと影石菫と、教え子の月ノ森真白ちゃんのふたりきり。

灯りひとつない影石邸の日本庭園を臨む広間、室内に差し込んだ月光に照らされてきらきらと輝く色素の薄い髪、透明感のある瞳に目を奪われる。いつもなら「かわゆい！」「抱きしめたい！」とガニュ愛でする（式部語。ギリシア神話のゼウスに仕える美少年ガニュメーデース並みに愛でる、の意）ところだけど、このときはさすがのアタシも真面目だった。

というか真白ちゃん、いきなり何言ってんの？　あまりにも予想外すぎる発言なんですけど。ラブコメ主人公じゃないのに「え、何だって？」と訊き返したくなるんですけど。

って、いやいやいやそもそもありえないでしょそれ！　だって——……。

「も、もう、変な冗談で先生をからかっちゃダメよ。巻貝なまこ先生は男の人なんだし、ありえないでしょ」

「うそじゃない。いまから証拠を見せてあげる」

スマホを取り出しササっとＪＫ（女子高生）特有の高速フリックでアプリを立ち上げると、真白ちゃんはぷるぷるした唇をそっと近づける。

ブルルル、ブルルル。

「あら？　アタシのスマホ……って、え？」

ＬＩＭＥの通話機能で連絡してきてる相手の名前は、――巻貝なまこ。

ドクン、と心臓が跳ねる。ドクン――ドクン――と鼓動が早まる。

なんで、このタイミング？　え、待って。それじゃあ、本当に？　いやでも偶然かも。

いや待って。そもそも真白ちゃんは担当編集と一緒に旅館に泊まってたってアキ達から聞いた気がする。新人賞に挑戦した原稿で巻貝なまこ先生と同じ担当編集に拾ってもらえたって、言ってたけど。よくよく考えたら真白ちゃん＝巻貝なまこ先生なら全部辻褄（つじつま）が合う。合ってしまう。

そんな……巻貝なまこ先生が、真白ちゃんだったなんて。そんな。そんなの――……。

震える指で「通話」をタップする。

「も、もしもし？」

「オススメされた百合（ゆり）アニメ、なかなか悪くなかったぜ。紫式部（むらさきしきぶ）先生」

『オススメされた百合アニメ、なかなか悪くなかったぜ。紫式部先生』

目の前から聞こえてくる、生身の女の子の声と。

すこし遅れてスマホから聞こえてくる、ぶっきらぼうな青年の声。

そのふたつのセリフは、声質こそ違うものの口調やイントネーションが完全に一致していて。

「『信じてくれたか？』」

事あるごとに適当な理由をでっち上げて開催される《5階同盟》の打ち上げ飲み会。多忙を理由に一度も顔を出さず、ボイチャでだけ参加し続けてきた売れっ子作家の声がたしかに聞こえている。

「ボイチェン……。そんな……じゃあ本当に真白ちゃんは、巻貝なまこ先生……？」

「『目の前で披露されてるのに、まだ疑問形なのか？』」

「信じられないもの、信じたくないものを前にしたら、受け入れるのは容易じゃないのよ！」

天動説でさえ自分の間違いを認めるのに千年以上かかったわけだし！

「『信じたくない……か。やっぱり、許してもらえないよな……』」

「当たり前でしょ！　こんなのひどい裏切りだわ！」

「『はは。そこまで言われちゃうか。ある程度は覚悟してたけど、いざ面と向かって責められると……クるものがあるなぁ……』」

しょんぼりされてもこればっかりは譲れない。真白ちゃんが巻貝なまこ先生だった？　成人男性じゃなくて現役のJKだった？　そんなの……そんなの……そんなの……！

「『AKI×なま』がノマカプだったとか大炎上モノの裏切りよ!?」

「『は？』」

アタシの魂の叫びに対する真白ちゃんの反応はきわめてシンプルだった。

なんとなくあきれられてる気がするけど、アタシの教義にかけてこれは主張させてもらわなきゃならない。

「や、もちろんね、NLも行けるのよ？　老若男女、全ジャンル愛せるのがアタシだからね。でも、もともとBLだったものの解釈をあらためるのはいくら柔軟性Sランクと言えども時間がかかるわけで――」

「ちょちょちょちょ、ちょっと待って」

『ちょちょじょ、ちY――マで……ガッ……ッ!!』

「声汚っ!?」

ボイチェンの乱れは心の乱れ。

焦って変換しにくい声域でしゃべってしまったらしい真白ちゃんは、煩わしそうにアプリを落とす。

「が、ガッカリポイントそこなの？　本当は《5階同盟》のこと深く知ってるのに、知らない

ガッ

フリして近づいたり……きもちわるいこと、してたのに」

「や、解釈違い以上の問題なんてあるわけないでしょ」

何言ってるのかしら、この子。

たしかに気にかけていた教え子が《5階同盟》の仲間、それも性別まで違ってたと聞いたら驚くけれど。騙されてたとかキモいとか思うわけがない。

「むしろ発想を転換したら男装美少女的な美味しさもあるのでは？　みたいなところもあるし。男同士じゃないとありえないでしょと言い張る自分を百秒間でノマカプ厨の脳に改造できるのがアタシのユニークスキルだし」

「……ぷっ。あはは。何それ、初めて聞いた。ばかなの？」

「ひど！　これでもアタシ高学歴なんだけどぉ⁉」

「学歴なんて関係ねーよ。ったく、ほんと……式部は式部だな」

緊張の風船が弾けたみたいに笑うと、真白ちゃんは巻貝なまこの片鱗を感じさせる男口調で肩をすくめた。

こうやって会話していると、ああ、本当に月ノ森真白＝巻貝なまこだったんだなぁ、と馴染んでくる。

まさかこんな偶然があるなんてと、ほっこりした気持ちになりながら、ぺたぺたむにむにと粘土のようにほっぺたをこねる。

「んに……遊ばないで。真白のほっぺ、おもちゃじゃない」

「ハッ！　ごめん、感慨深くてつい！」

「女同士でもセクハラは成立するから。気をつけないと逮捕案件だよ」

「え、これもセクハラ⁉」

「女心がわからないくそ教師、ＳＮＳで炎上するから気をつけて」

現実的な脅威を感じるので肝に銘じておこうと思う。ふにふに。離れる前に名残惜しいのでもうひとふに。さすがにじろりとジト目で睨まれたので今度こそ素直に手を引いた。

「やーでも、ＳＮＳ越しだとわからないものね」

「……ほんとそれ。いつバレるかと身構えてたけど、だれも全然気づかないんだもん。真白のことなんて誰も興味ないんだなって……」

「うーん、ネガティブねえ。無理もないわよ、全然イメージ違うもの」

「巻貝なまこを何だと思ってたんだよ」

「ひと言で言えば殿上人！　大ベストセラーの天才作家でクリエイティブの世界につま先から頭まで浸かった凄い人！　ＬＩＭＥで話してるだけでも隠し通せぬインテリジェンス！　まさに業界の最先端を突き進む時代の寵児――」

「〜〜〜〜！　まってストップ！　も、もうじゅうぶん……！」

巻貝なまこの印象を装塡、装塡、装塡、マシンガンの如く並べ立てるアタシを、真白は俯きがちに止めてきた。

わお、照れてるのかしら？　真っ赤になってかーわゆーい！

「でも一個もお世辞言ってないわよ？」

「だ、だからこそタチが悪いの。真白、そんなに立派な人じゃない……」

「自己評価低いわねえ。巻貝なまこ先生のこと、ガチでマジでリスペクトしてるのになー」

ＬＩＭＥの《5階同盟》グループで会話してきた日々を思い出す。

自分の信じる性癖と面白さを込めて、堂々と創作活動に打ち込むプロ作家。その姿は……。

「教師とイラストレーターの間を中途半端に漂ってるアタシからしたら、滅茶苦茶まぶしくってねえ。ひそかに憧れてるのよ？　過去形の憧れてたじゃなくて、現在進行形で♪」

「だ、だからやめろ。真白を褒め殺して何がしたいんだよ……！」

「それなのにねー。……ふふっ♪　まさか悩みを抱えて転校してきた女の子が、その巻貝先生だなんて」

「うぐ……き、期待外れでごめん……」

「だから責めてないってばぁ！　もぉ〜、ＬＩＭＥではあんなにイキってたくせにリアルだと自己肯定感ゼロとかギャップでアタシを萌え殺す気かぁ〜？」

「ちょっ……わぷ……！」

自信なさげな姿が可愛らしすぎて、思わずぎゅっと抱きしめ髪をわしゃわしゃ。

腕の中で照れて悶える姿も何もかも愛おしい。

「でもホント青天の霹靂。アキは知ってて真白ちゃんを《5階同盟》に近づけたの？」

抱きしめたまま、問いかける。あ、この髪ヤバいくらい良い匂い。

どうでもいいけど元ネタの『青天の霹靂』も字面だけ見るとやらしく見えるわよね。日本語ってエロスの塊だわ。

「ううん、アキはまだ知らないよ」

「あらそうなの。それじゃアタシが初めての相手なのね」

「言い方」

注意された。

それから真白ちゃんは小さな胸の前できゅっとこぶしを握りしめる。

「アキには言えない。まだ……知られる勇気が、持てない」

「ほえ。なんで？」

「だって……あんなくそみたいな小説書いてるなんて、アキに知られたくない」

「くそみたいな小説って、ちょっ、言い方」

「べつに卑下してるわけじゃないよ。おもしろいもの書いてるって、自負はあるし。……で、でも、それと、くそみたいな小説っていうのは、両立するのっ……」

なるほど、わからん。天才作家の思考回路は摩訶不思議ね。

「巻貝なまこの作品は、真白の汚い欲望や感情が全部こもってるから……アキに見られるのは、恥ずかしいの……」

「でも彼、巻貝作品の大ファンよ？　スカウトする前、アタシにも何度も何度もウザいくらい薦めてきたし」

「それは……知ってるよ。うん。巻貝なまこの皮をかぶってれば、真白も、大丈夫。だけど」

「月ノ森真白だと、無理ってこと？」

「……うん」

「なるほどねえ。素直な自分を出せないのは窮屈でツラいだけだと思うけど。……あれ？」

　何かいま自分の胸にもぐさりと刺さった気がする。

「どしたの？」

「え？　あー……っと」

　チクチクと胸が疼くのを感じながら、でもその正体がいまいちわからないまま真白ちゃんに話しても仕方ないので、出てしまった声の意味を一瞬で挿げ替える。

「そう！　何でアタシに正体を明かしたの？　アキでもオズでもなくアタシだけって。アタシが美人で頼れる優秀な担任教師だから？」

「形容詞盛りすぎだろ」

　アタシの小粋なジョークに的確なツッコミ。

安心と信頼の巻貝なまこ節を見せながら、彼女は小さく首を振る。

「……違うよ。先生だから、っていうのもすこしはあるけど。でも、一番大事な理由は他のところだよ」

「じゃあ、どうして？」

「紫式部先生は――菫先生は、似てる気がしたから。真白の気持ちを、わかってくれるんじゃないかと、思ったの」

似てる。

思わぬ言葉すぎて、何を言われたのかよくわからずアタシは首をかしげてしまう。

巻貝なまこと言えば殿上人で。中途半端な紫式部先生とは天と地の差があって。一種の羨望の眼差しさえ向けていた相手から、似てると言われても、どう反応すればいいかわからなくて困ってしまう。

影石菫の教育論。わからないことがあるなら、すぐさま質問するべし。

脳内に住まう女教師、『猛毒の女王』の提言に従い、アタシは素直に訊ねた。

「えーっと……どこが？　むしろ正反対のような……」

「真白はクリエイターの皮がないと仲間と堂々と話せないの。……似てない？」

「……あー」

言われてようやく気がついた。そして同時に、さっき感じた胸の疼きの正体にも思い当たる。女教師の皮がないと家族と堂々と話せない——それがアタシ、影石(かげいし)菫。嘘(うそ)をついて、皮をかぶって。本当の自分の姿を覆(おお)い隠して生活する日々の窮屈さを知ってるから、真白ちゃんに同情してしまったのだ。

「ね。正反対だけど、似てるの。だから菫先生なら真白のことわかってくれる。アキ達にも、内緒にしてくれると思って」

「もちろん言いふらしたりはしないわ」

「うん。もし他の人に教えたら、さっきのセクハラの証拠を教育委員会に提出するから」

「もうすこし穏便なやり方をお願いできる⁉」

涙目のアタシの訴えに真白ちゃんは、冗談、と内心の読めない顔ですげなく言うと、本題を切り出した。

「真白ね、仲間が欲しかったの。だからこうして、カミングアウトした」

「仲間……？」

「ほら、さっき言ったでしょ。《5階同盟》がなくなったら真白は嫌だ、って。アキとの接点が切れちゃうのは、嫌なの」

「……彼女だから？」

「ううん。そこも、嘘。真白は、本当は彼女なんかじゃないの。アキが《5階同盟》のためにお父さんと契約したニセ彼女。……先生は、何となく気づいてたでしょ」

何も言えない。

アキから事情は説明されていた。真白ちゃんとの関係を偽っているのはハニプレに買われるための合理的な戦略のひとつだと。

でもアタシの反応など気にすることもなく、真白ちゃんはただまっすぐな気持ちを言葉に変えていく。

「真白はアキが好き。ニセモノじゃなくて、ホントの気持ちで。……だから《5階同盟》にはなくなってほしくないの」

ド直球に思いの丈を告白する真白ちゃん。

正直、驚いた。

前から真白ちゃんの気持ちは察していたけど、まさか本人の口からガチな想いを聞かされるなんて。

普段は引っ込み思案なのにこうと決めたときの彼女は本当に猪突猛進だ。

「紫式部先生や真白がもし《5階同盟》から何も得られない状態になったら、同盟はなくなっちゃう。カナリアさんは、そう言ってたの。カナリアさん、ああ見えて賢い人だから、たぶんあの人が言ったことは信憑性高いと思う。だから……《5階同盟》が真白達に何をくれるのか……真白達がどうしてここにい続けるのか……理由を、一緒に考えてほしいの」

本当に、鋭い指摘だ。そして同時に、残酷な未来予知だ。

こんなことをまだ多感な真白に吹き込んだ担当編集さんとやらは、なかなか罪なことをしてくれる。頭が良くて容赦がない。すこしアキに似てるかもしれない。

「そして、約束して？　目的の児童ポルノの証拠を押さえて、イラストレーターとして自由に活動できるようになっても。──《5階同盟》を、裏切らないで……！」

きゅ、と。俯きながらアタシの服の袖を握り、真白ちゃんは切実な懇願を絞り出す。

……ああ……。

仲間が欲しい、って言ってたけれど。たぶん、それは一番の理由じゃない。

真白ちゃんがアタシにだけ正体を明かしたのは、この潜入イベントが終わったらすぐにでも《5階同盟》から抜けてしまいそうな雰囲気を感じたから。いわゆるエロゲにおけるフラグのようなものを察したから焦ってしまったんだろう。

「フフ。やーねえ。真白ちゃんってば、早とちりさんなんだから♪」

「え？」

「心配しなくても大丈夫よぅ。アキ──ううん、明照様以外に、アタシから〆切通りイラストを取れるプロデューサーなんていないわ！」

「胸を張って言うようなことじゃないような……」

「てへ♪」

舌をちろりと出しておどけてみせる。

このあえての道化っぷり。我ながらビックリするほどクールだわ。あえてね、あえて。

「まあ、フリーになっても、《5階同盟》にいてくれるなら、それでいいけど。でも……これからいろいろ、真白の相談、乗ってね？　他のみんなにバラすのも、なしだよ？」

「もちろんよ！　超絶健気（けなげ）美少女が秘密を明かしてくれたんだもの。観葉植物代表・影石菫、余計な掻（か）き乱（みだ）しはせずひっそり応援することをここに誓うわ！」

「そ。ならいい」

アタシの反応に狙（ねら）い通り安心してくれたのか、真白ちゃんはホッとしたような顔になって、がさごそと影石邸の家探しを再開した。

………。

真白ちゃんが、巻貝なまこ先生、かぁ。

とんでもない爆弾を渡されちゃったわねえ。ギャルゲーみたいな《5階同盟》に所属してる女教師（アタシ）はどうすりゃいいんですか？

もちろんそのことを誰かに言うつもりはないし、アタシの胸にだけしまっておくけど。

でも、ごめんね、真白ちゃん。一個だけ、ウソついちゃった。

『フリーになっても、《5階同盟》にいてくれるなら——』

って部分なんだけどね。

たぶん、真白ちゃんの思っている展開には、ならないの。

ダメな先生で、本当にごめんね？

003

Tomodachi no imouto ga ore nidake uza

第3話　友達の思い出を妹だけが話題

「体力の限界。気力も尽きたんで休憩させてくれ」

「二十一年戦い続けた横綱みたいなセリフを使うには早すぎますって。センパイ、仕事ばっかで体力落ちてるんじゃないですかー？」

「お前が重いんだよ」

「ひっどーい。デリカシーなし男(お)くんじゃないですかウケル！」

彩羽(いろは)をおんぶしたまま山道を降りてきた俺(おれ)は、ちょうどいい岩場を見つけたので彩羽をそこに座らせてホッと一息。俺の体力のなさをケラケラ笑う彩羽にツッコミたい気持ちは大いにあるが、怒るのも体力を使うのでとりあえず無視。

ラブ祠(ほこら)から持参したペットボトルを開け、ミネラルウォーターを喉(のど)の奥に流し込む。

疲れた体に染(し)みるぜ。やはり水は至高の飲み物だ。

ちなみにラブ祠の冷蔵庫には水の他にもいろいろ常備されていたが、俺はあえてこれを選んだ。というか、家でもトマトジュース以外は基本的に水だ。珈琲(コーヒー)や紅茶を飲むこともあるが、なんだかんだでコスパ最強の水を最も摂取してる。

　世界で一番旨(うま)い食べ物がハンバーガー理論に照らし合わせると、世界で一番旨い飲み物は水だよな。……いやまあその理論の嘘(うそ)は重々承知の上だけど。

「んっ」

「ん？　ああ……お前も飲むか？」

　手を差し出してきたので、察しのいい俺はポケットに詰めておいた別の新しいペットボトルを渡そうとする。

「んー……んーん！」

「飲みたいんじゃないのかよ。何なんだ一体」

　ペットボトルをひょいとかわして、それでいて手は差し出したまま、彩羽は何かを訴えるように俺の左手を見つめている。

　正確には、さっきまで俺が口をつけて飲んでいた、中身が減った方のペットボトルを。

「……こっちがいいのか？」

「んっ」

　唇を引き結んだまま彩羽は何も言わなかったが、何となく肯定の意思だけは伝わった。

「何でだよ。新しい方でいいだろ」

「んー。むふふふふ♪」

「な、何なんだ気持ち悪いな」

すこし引きながらも俺は飲んでいたペットボトルを渡そうとする。

あれ、待てよ。これ間接キスになるのでは？　もしかしてコイツ、それでからかおうとしているのか？　そんなに私と間接キスしたいんですかあああ⁉　とか煽るつもりか？

しかしその考えに至ったときにはすでに遅く、差し出されたペットボトルは彩羽の手に渡ってしまう。

「ありがとうございまーす。んっく、んっく……ぷはー。おいしいですねー」

「……あれ？」

ウザ絡みが来る、と身構えていたのだがいつまで経っても何もない。

これではただ普通に間接キスしただけではないか。

ちょ、ちょっと待て。コイツは何がしたかったんだ？　もしかして俺と……か、間接キスをしたかったとか、そういうわけじゃないよな？　あ、駄目だまた喉が渇いてきた。くそ、いまの俺は駄目だな。しょうもないことですぐ動揺してしまう。

とりあえず一杯飲んで落ち着こう、と俺は新しい方のペットボトルを開けて口をつけようとした。

「セーンパイ♪　んっ」

「は？」

彩羽は自分が飲んだペットボトルを体の反対側に隠し、また片手を差し出してきた。

いま開けたばかりの新しい方もよこせと言うのか。

「いや、さっき渡しただろ」

「そっちのやつが飲みたくなったんです☆」

「そっちもこっちも同じ水なんだが」

「わかってますよ？　でもそっちを飲みたくなったので私にください☆」

「ええー……」

何だそれ意味わからん。わからんが、しかし今日の俺はやっぱり変なのかもしれん。

いつもなら意味不明だアホと一喝して構わず水を飲み干すところだろう。

自分自身をわりと客観視してる俺は自分のアルゴリズム上絶対にそうすると確信している。

なのにいまはそうできない。

つまり俺の感情や行動を決定する脳味噌のどこかにエラーが発生しているのだ。

いたずらっ子の顔で手を差し出し、にまにましている彩羽を説教できない。

それどころか……それどころか……屈辱極まりないのだが――……。

あれ、もしかしてコイツ可愛いのでは？

などと！　などと！　頭の中に妙な考えが生まれそうになっている！

「隙(すき)アリ！　もーらいっと」

「あっ」

自己矛盾に苦悩している隙にさらりとペットボトルを奪われる。

水をこくこく飲んだ彩羽は、ぷはーっとわざとらしく息を吐いた。

ふたを閉めた二つのペットボトルをウ●ヴァリンみたいに両手の指に挟んで持ち、こちらに返す気配もなく彩羽はそれをぷらぷらと遊ばせている。

「んふふふー♪」

「何なんだ一体……」

「やー、センパイが飲もうとしてるのを邪魔するのって楽しいなーって」

「なっ……まさかさっきから、それだけの理由で⁉」

「そですよー」

「そですよー、じゃねえよ。俺も喉渇いてるんだから、一個返してくれ」

「えー。どうしよっかなー」

彩羽は手にしたペットボトルのふたに瑞々(みずみず)しい唇を近づけ、軽くキスをしてみせた。

にへらと笑いながら、彩羽は挑発的な眼差(まなざ)しで俺を見つめ——。

「ど・っ・ち・も。私が口、つけちゃったしな〜」

「⁉」

「センパイ、私が飲んだ後のペットボトルで飲むのは嫌だろうしな〜」

「や、それは……」

「彩羽ちゃんが口をつけたペットボトルで水を飲みたいってハッキリと宣言してくれたら、私も安心して返してあげられるんですけどねー」

「くっ……！」

自分から間接キスを乞えと、そう言っているのか！

屈辱に唇を噛(か)みしめ、俺はグググと腕を震わせる。

と、そんな俺の姿を不審に思ったのか、んー？　と彩羽は訝(いぶか)しげに俺の顔を覗(のぞ)き込んできた。

「何かセンパイ、ツッコミのキレが落ちてませんか」

「い、いや、気のせい、じゃないか？」

「やー絶対落ちてますって。普段ならここまでウザ絡(から)んだら反撃してますもん。つんつん」

ウ●ヴァリン持ちペットボトルの先端で頬(ほお)をつついてくる。

「や、やめろ。くすぐったいだろ……」

「ほらぁ！　何ですかそのはにかんだ照れみたいなの！　センパイらしくない！」

「う、うるせえな。荷物抱えて山道降りたら疲れるんだよ」

「えー。ホントですかぁ？　何か誤魔化(ごまか)されてる気がするな〜。なーんで目を合わせてくれないんですかー？　ほいっ、ほいっ」

見なくても熱さで頬の紅潮を悟った俺は、死んでも見られるもんかと彩羽の視線から避(よ)けて顔をそむけた。

しかしその行動が余計に好奇心をくすぐったらしく、彩羽は岩場に座ったまま器用に上半身だけをひょいひょい動かして、顔を覗き込もうとしてくる。

ウゼえ。でもその動きは小動物のようで可愛い。

………。

だ、か、らぁ～!!　何故(なぜ)さっきから「ウザい」の後ろに「可愛い」って感想をくっつけてるんだ、俺は！

「——と、突然話題を変えるがもしかしたら途中でオズが救助に来てくれるかもしれん」

「わー、ホントに突然ー」

これ以上話を続けたらドツボに嵌(は)まりそうなので強引(ごういん)に話題を変えた。

あまりにわざとらしすぎて彩羽の反応が棒読みだったが、俺は気にすることなく新しい話題をゴリ押しする。

「大事なことなんだよ。俺達が生きるか死ぬか、生殺与奪はあいつの手にある」

「面白(おもしろ)がって握りつぶされそうな気がするんですけど……」

「兄のこと何だと思ってんだ」

「え。全自動冷徹腹黒愉快犯マシーン」

「ひでえ言い草」

「あ、間違えました。全自動冷徹腹黒愉快犯マシーン改二です」

「強化すんな。まあたしかにいまのオズが改造後というのはある意味正しいけどさ」

まあオズの場合、改造前の方がある意味強そうだけど。

「でも大丈夫なんですか？　山道かなり複雑っぽいですけど、すれ違いになっちゃうのでは」

「ああ、それな」

彩羽の疑問はもっともだ。

普通の人間ならこの整備されきってない複雑怪奇な山道を、相手の居場所の目処もなく歩いたところで合流することなどできないだろう。

だが、量子コンピューター並みの演算能力を持つ稀代の天才、日本社会に唐突に現れた現代のスティーブ・ウォズ●アック、現実に舞い降りたトニ●・スタークと（俺にだけ）呼ばれている小日向乙馬にかかれば――……。

「オズなら俺がどういう思考でどういうルートで降りるかを想像して、地図のデータから適切に俺の居場所をシミュレートしてくるはずだ」

「ふえー、全幅の信頼ですねー」

「そりゃそうだ。そのレベルの奴だからこそ、俺は惚れ込んだんだからな」

「あ、いまのセリフ菫（すみれ）ちゃん先生がいる前でもっかいオナシャス！」

「顧客の需要に的確に応（こた）えたソリューションはやめろ」

「まー冗談ですけど。男の友情っていうんですかねー、こういうの。センパイとお兄ちゃん、ホント相性（あいしょう）ぴったりだなーと妹の私なんかは思うわけで」

意味ありげな眼差しでじーっと見てくるのはやめてほしい。

菫（すみれ）にはほぼ毎日注意してるがナマモノの想像はホントやめろ。俺達そういうのじゃないから。

……いやまあ俺も最近彩羽と、菫の妹――翠（みどり）との百合（ゆり）絡みを想像しちまった罪を負った身。

あんまり責めるとブーメラン刺さるから、内心と信仰の自由くらいは保証したいが……。

「でも、お兄ちゃんが私達を救助に、かー」

「含みのある言い方だな」

「やー、含みますって。昔は妹が泣いてるのに手も差し伸べないような人だったんですよ？」

「それは……」

岩場の上で長い猫みたいにぐいーっと背筋を伸ばして、彩羽は何げない調子でそう言った。

同窓会で語る、思い出話のような何気なさ。

だけどその内容は、言い知れぬえげつなさ。

彩羽がどんな感傷に浸っているのかを想像したら胸が絞めつけられ、俺は唇を噛（か）んだ。

すると彼女はシリアスな空気を察してか、慌てたように両手をパタパタさせて、早口で訂正する。

「や、いまは全然ギスってないですよ？　センパイのおかげさまさまでっ」

「ああ……すこしでも役に立ててるなら、何よりだけどな」

「お兄ちゃんてばセンパイと会ってからホントに変わったんですよ。何考えてるかわかんないのは相変わらずだけど、でも――私の幸せを本気で願ってくれるようになった。そんな気が、しますから」

――《5階同盟》の雰囲気を明るく保つために、いつもは封印しているシリアスな過去。

彩羽が自らの趣味や夢を押し隠して、人畜無害の優等生を演じるようになったのは、母親の乙羽さんの教育方針だけが理由じゃない。いや、もちろん家庭内カーストで絶対上位に君臨する母親の責を、他の家族も負えというのは酷だろう。

だけど、もしも――……。

家庭の中にたったひとりだけでも、彩羽の本当の姿を肯定して、ただ無条件に味方でいてくれるような人物がいたならば。

お隣に住んでいるだけの『兄の友達』でしかなかった俺が、わざわざ人生を賭けたお節介を焼く必要なんて、これっぽっちもなかったはずで。

絶妙なバランスで積み上げられた崩れかけの砂の城みたいな歪んだ状態になるまで、彩羽が追い詰められることもなかったはずで。

「まあべつに昔からお兄ちゃんには特別嫌われてたわけでもないんですけどね」

「……あの頃もオズは、誰かを嫌ったりはしなかったな。誰も好きにならなかっただけで」

「はい。誰も嫌わず、誰も好かず。誰に対しても平等に無関心。我が兄ながら昆虫かロボットと話してる気分になりましたよ」

「コミュニケーションのコの字も知らなかったからな。人の気持ちがガチで理解できんというか」

「数学や理科系科目は満点なのに、国語だけは何度やっても0点でしたからねー」

「仕方ないんだ。オズは人とは違う世界を視て、違う空気を吸って生きてる。異邦人の言語はなかなか理解できないもんだろ？　理解するには、お互いに通じるよう翻訳しなきゃならん」

「で、その初めての異文化コミュニケーションに成功したのが――……」

「黒船来訪ってほど大層な真似はしてないけどな。ただ、友達になっただけで」

　オズの脳は、強いて近いモノを挙げれば精巧なコンピューター。

　0か1のデジタル処理。目の前の事象に一切の感情を挟まず、背景に漂う複雑な空気を読まず、ただ一定の法則で導き出された絶対的に正しい正論を突きつける。

　効率主義の俺も似たような部分はあるが、いい加減自分でも自覚できてるが、俺はかなーり感情に流されるタイプだ。

完全に感情や魂を抜きにした意思決定を下せない。

効率を謳(うた)いながらも情状酌量(じょうじょうしゃくりょう)を考えてしまう中途半端(ちゅうとはんぱ)な蝙蝠(こうもり)野郎。

そんな俺には、完璧(かんぺき)な存在であるオズが眩(まぶ)しくて――……。

あいつみたいな天才が、どうして教室の中に馴染(なじ)めず、あんな風に扱われていたのかが理解できなかった。

だから俺はしつこく、何度も、強引に。あいつと仲良くなろうとした。

「お兄ちゃんが初めて友達を家に連れてきたって言ったときは目が点になりましたよ。やり手の新興宗教に騙(だま)されてるんじゃないかって疑いました」

「あー、たしかに。意外と高学歴だったり頭良すぎる奴(やつ)が取り込まれることもあるもんなぁ、ああいうの」

や、俺はそういうのじゃないけどさ。

「センパイが初めてうちにきた日……あの日からお兄ちゃんどんどん温かみを増していったというか。コミュニケーションが取りやすくなったんですよね。だからホントびっくりして。え、何、あの人魔法使いか何か!? って興味津々でした」

「お前視点だと俺が魔法使いだったのか。なるほどなぁ……魔法にしちゃずいぶん泥臭い魔法なんだが」

「どうやったんですか、あれ？」

「教えない」

「むむー。そろそろ聞かせてくれてもいいじゃないですか、お兄ちゃん人格矯正プログラムの内容」

「あんま深掘りすんな。男同士の秘密ってやつだよ」

「あっ、いまのセリフ紫式部先生がいる前で以下略！」

「だから顧客の需要に以下略！」

……実際、教室で浮きに浮きまくっていたオズに他人とのコミュニケーションを教えるのは、一筋縄ではいかなかった。

大図書館に足繁く通ったり、ＷＥＢをくまなく調べたりして論文を漁り、確かな科学として人間の行動原理や心理などを教えたり――……。

ラブコメをはじめとした人間関係を主軸とした物語に触れさせ、感情ではなく『パターンの理解』という形で認識させたり――……。

キャラの心理を理解して選択肢を選ばないと詰むギャルゲーを遊ばせて、クリアを目指させたり――……。

さまざまな試行錯誤を経て、いまの小日向乙馬がいる。

でもそれは、その詳細な経緯は、彩羽や他の仲間たちには言えないでいた。

言えるわけがないんだ。何故なら――……。

「でも不思議ですよねー」

「何がだ？」

「あんときはまだセンパイを見ても、あーそういえばマンションの廊下でたまに見かけるなーくらいの認識しかなかったわけですけど。まさか同衾するような仲に発展するなんて、世の中ってわかりませんね☆」

「ご、誤解を招くこと言うなよ。旅館で同じ部屋で寝ただけだろうが」

いや結果的には寝ぼけた彩羽のせいで同じ布団で寝ることになったわけだが、それについてはあえて突っ込むまい。

「何にしても、ここまでお近づきになるとか、当時は予想もしてませんでしたよね」

「まあ、そりゃあな」

俺にとっても、彩羽はオズの家に遊びに行くとたまに視界に入ったり、軽くオズに話しかける声が聞こえてくる程度の、正しく友達の妹でしかなかった。

いや、過去形、じゃないかもしれない。

いまも昔も彩羽は俺にとって友達の妹でしかないんだ。何故なら――……。

そもそも《5階同盟》を作ったのもハニプレ入りを目指しているのも《5階同盟》を居心地の良い空間として保たなきゃいけないのも彩羽を気にかけているのも紫式部先生を自由にしようとしているのも、すべては。そう、すべては。

オズのため。ただそのためだけに始めたエゴ全開のわがままに、みんなを巻き込んでいるに過ぎないのだから。

ちくちくと胸が痛む。たぶんこれは、罪悪感ってやつだ。彩羽に懐かれると、イイ奴だって言われると、毎回深いところで良心が疼く。


俺は彩羽を彩羽だから面倒を見てるわけじゃない。

オズの妹だから。友達の妹だから。ただ、それだけなんだ。

正直、彩羽がウザく絡んでくるおかげで俺はむしろ助かっている部分もある。

まあそれでもウザさに限度はあると思うわけだが……。

もし俺のしていることが原因でまかり間違って惚れられたりでもしてしまったら、あまりの罪悪感に耐えられる気がしない。すべての軸はオズであり、そのための戦略でやっていることを善意と受け取られ、好意を向けられてしまったら。そんなこと、考えたくもない。

だから効率的に考えたら恋愛感情を向けてはいないだろうと思われる態度を、彩羽が取ってくれているのは、俺にとって救いだったんだ。

――だっていうのに、俺から彩羽を好きになったかもしれないなんて、そんなのアリかよ。

いや、駄目に決まってるだろ、普通。

風が吹いた。さわさわと鳴る葉擦れの音が、俺の内心に相槌を打ちながら語りかける。

そうだよ。《5階同盟》はもともとオズのためにお前が用意した箱。他のみんなのことは、利用しているに過ぎないんだ。だから――……。

「菫先生にも。《5階同盟》に残ってくれとか、強要できる立場じゃないんだよな……」

「え？」

思わずしみじみと口から漏れてしまった言葉に、ぴくんと彩羽の肩が跳ねる。

「俺は目的のためにあの人を利用してるだけだから」

「や、それだけじゃないですよね。菫ちゃん先生のこと、ちゃんと考えてるわけで」

「もちろん双方のメリットになる道を模索してる。でも、あの人の選択を縛るような権利は俺にはない」

「……はー、ほんとウザい性格してるなー、センパイは」

「……お前に言われたくねえよ」

「ちょっとこっち来てください」

「は……？」

あきれたようにため息をついた彩羽が、ちょいちょいと手招きする。

俺はわけもわからず天女みたいに岩場に腰かけた彩羽の方へ歩み寄った。

「跪いてください。足は舐めなくていいので」

「舐めねえよ。てかなんで騎士のように恭しく頭をたれなきゃならんのだ」

「いいから。はよ！」

「……わーったよ。ったく、何なんだ、一体――」

文句を言いながら、言われた通りに彩羽の前に膝をつく。すると。

――よしよし。

ん？　いや待て。なんだいまの表現は。そして後頭部を襲う筆舌に尽くしがたい感触は。

「……何やってんだよ」

「ウザいくらい面倒くさい性格のせいで気の休まらないセンパイに、リラクゼーション効果を押し売りしてるんです」

「意味わからん」

「ひと言で言えば撫で撫でしてるんです」

「それはわかるが……なんでそうしてるのかは、やっぱりわからん」

丁寧に髪を撫でられる感触。

手のひらから彩羽の体温が伝わってきて、溶けてしまいそうなほど心地好い。

こんな些細な行動でさえ普段の３０００倍くらい彩羽を魅力的に思えるあたり、いまの俺は変だ。

「前から言ってるじゃないですか。自分を甘えさせないセンパイの代わりに、私が甘やかしてるんです。センパイのやりたいことの逆をやる、ウザ絡みの延長ってことで♪」

「その理屈はおかしいっての」

反論する声に力が入らない。強く拒絶する気が起こらない。

すぐ近くにある彩羽の体、意識せざるを得ない女の子特有の甘い香り。

とくん、とくん、と心臓の音が耳奥をしつこく叩いてくる。


――このまま抱きしめたら、彩羽はどんな反応をするだろうか？


受け入れてくれるだろうか。それとも、嫌がるんだろうか。

つかず、離れず、友達の妹でいてくれる都合の良さに浸っていた分際で今更心を揺さぶられているような情けない男を、コイツはそういう対象として見てくれるんだろうか。

……なんて、駄目だよな。そんなこと、できるわけがない。

自分の心の乱れの正体が恋愛感情なのか否か、その程度の定義さえできてない俺が、無責任な行動に出たらそれこそ最低野郎だ。

そう思い、体を離そうとした、その瞬間――ガサリと、雑草を踏む音が聞こえた。

「⁉」

俺と彩羽は同時に素早く振り向いた。さっき追い払った野犬が後をつけてきたのかもしれな

い。他の野生動物という線もある。

彩羽を背後に庇いながら立った俺は、音の方向を強く睨みつけた。

山で遭遇するタイプの敵に対する対処法はあらかた調べてある。何が来ても撃退してやる。

そう内心で己を鼓舞しながら見つめていると、薄暗い森の奥からそいつは姿を現した。

木々を飾る葉の隙間から差し込む月光に照らされたその輪郭は――……。


「コングラチュレーション！　さすがカップル成就率１００％の儀式！　もどかしいふたりをこんなに簡単にくっつけるなんて。やっぱりデータは裏切らないね！」

満面の笑みで拍手しながら歩いてくる俺の親友――小日向乙馬だった。


「お兄ちゃん⁉」

「オズ、お前。普通に声をかけながら登場しろ、普通に。ビビらせんなよ」

「あ、もしかして登場早すぎた？　三十クリックぐらい後の方が都合よかったかな？」

「エロゲみたいな見積もりすんな」

あと、待ってもそんなシーンは来ない。

「三十も要りませんよ。もし本当にアレしたらセンパイを三クリックで瞬殺してみせます！」

「意味不明な対抗心燃やすんじゃねえよ。お前なんかにやられるわけが……やられるわけが、ないだろ。うん」

「ふーん。へー。ホントかなー？　彩羽ちゃんの悩殺力にホントに勝てるのかなー？」

「ぐ……顔近づけんな」

「ほら！　これだけで照れちゃってー！　よわよわでチョロすぎィ！」

「うっせ、絡むんじゃねえよ！」

クリッククリックと言いながらツンツンとお腹をつついてくる彩羽。

それを鬱陶しがって押し返していた俺は、ハッとして振り返った。

「フフ。仲良きことは素晴らしきかな、だね」

案の定、オズがニヤニヤした顔で俺達を見つめてやがった。

「ち、違うからな⁉　これはイチャついてるわけじゃ――」

「必死で否定するのが怪しいねえ」

「くっ……わかった、わかったよ。たしかに客観的に見たらイチャついてるように見えるだろうさ。だがそこに何の意味もないと堂々と宣言しよう。――これでどうだ⁉」

「開き直るその態度がラブラブだねえ。三年目も浮気せずに済みそうで結構だよ」

「結婚してないし、マニアックなネタをナチュラルに使うな」

理解できない人多いだろ、いまの人。

などとやり合っていると、ふとオズは彩羽の足に目を留めた。足首に巻かれたタオルを見て、そうだったとつぶやいてから。

「ごめんごめん、彩羽が怪我して下山を急いでるんだったね。雑談してる時間はなさそうだ」

「あ、ああ、そうなんだ。オズも肩を貸してくれ。ふたりで肩を貸せば、長距離を進むこともそう難しくないだろうし」

「や、それは遠慮しておくよ」

「は？　どうして……」

「えーっと」

「…………」

オズは言葉を探すように言いながら、ちらりと彩羽の方を見る。

彩羽は無言で微かに目を逸らす。

「思春期の兄に優しくされても、リアルの妹は困るだけだと思うんだよね。それに彩羽が触れて嬉しいのはアキだけだろうからさ」

「は？」

「ちょっとお兄ちゃん！　気を遣うなら気を遣うだけでいーの！　余計なことまで言わないでください」

「ごめんごめん。僕、どこからが余計なことかわかんない系男子だからさ」

「知ってますけど開き直らないでください」

あえて慇懃な口調で怒る彩羽と、煙にまくように肩をすくめるオズ。

自然体のようでいて、その兄妹の会話は破れた無地のＴシャツに無理矢理ゆるキャラの愛嬌たっぷりなご機嫌フェイスを縫いつけたように継ぎ接ぎの違和感が隠せていなかった。

そこにツッコミを入れるような野暮な真似はしないけど。

俺はもっと大事な話で間に入る。

「一緒に運んでくれないなら来た意味ないだろ。何しに来たんだお前は」

「もちろん僕にしかできないことさ。最速最短で村に帰す方法を持ってきたんだよ」

何を当然のことを、と言わんばかりの余裕の笑みで答え、オズはすっと指をさした。

人差し指が示すのは暗がりの奥。

儀式のときに通った道とはまるきり外れたけもの道。

一ミリ先の光景もハッキリしない、ＴＲＰＧであればＧＭが全力でそちらへの進行を止めようとするであろう想定外の選択肢。

しかも静寂に包まれた夜の森にもかかわらず、オズの示した道の先からは、獣の唸り声にも似た重厚な音が微かに漏れ聞こえてくる。

耳を澄ましてみた。うむ、やはりたしかに聞こえる。その音を文章化するのは困難だけど、あえて文字に記すとするならば——ゴウンゴウン、ガコンガコンといったところか。

「この音は……」

「普段は使われてないみたいで電気は通ってなかったんだ。ちょっとしたセキュリティはかかってたけど、ま、それくらい僕にとっては玄関フルオープンと変わらないからね。さすが田舎（いなか）だなと思いながら再起動させたんだ」

「な……まさか……⁉」

俺は愕然（がくぜん）とした。

影石村（かげいし）は限界集落、産業革命から取り残された陸の孤島。そう思い込んでいた俺は、ひとつのある選択肢を最初から除外し、それを探そうともしなかった。

もし本当にそんなものがあったのなら。

最初からそれを使えていたら、最も効率的な下山が可能だったというのに。

見落としていたのだとすれば俺は効率厨失格だ！

「そう。これこそが僕が見つけた、影石村とこの山に隠された文明の利器（りき）――」

オズがスマホの懐中電灯機能を使い、薄暗がりの向こう側を照らし出す。

そこに現れた、鋼鉄の物体は――……。

「最新鋭のリフトだよ」

「やっぱりかぁ……」

しかも最新鋭て。

「なんだよ、こんな設備が整ってたのかよ……」

「あはは。おんぶ損でしたねー、お互いに」

へなへなと力が抜けてへたり込む俺に、彩羽が苦笑を向けてくる。

俺は重い想いをして、彩羽はあやされリスクを負った。

最終的には俺のひとり負けだった気がしないでもないが、まあそこには目を瞑るとして。

すまん彩羽。俺がもっと現地調査を的確にできていたら、最短ルートで村まで届けられたのにな。最高効率を実現できなかった不甲斐ない先輩を許してほしい。

先にコンビリフトに乗り込んだオズに、彩羽と、彩羽を抱えた俺も続いた。

文明の申し子たる都会っ子だからだろうか。尻に触れる人工物の冷たさに妙な安心感を抱いて、はーっと息を吐き出した。

オズのスマホ操作で（仕組みはわからんが）動き出したコンビリフトに揺られ、俺達は山をゆっくりと降りていく。斜面を舐めるリフトから見えるのは星々の瞬く夜空と、銀色の月……を眺める彩羽の横顔。

緊張が途切れたせいもあって、ついその横顔を見つめていると、視線に気づいたのか彩羽がこちらを振り返る。見ていたことをからかわれるかと身構えたが、彩羽は意外にも落ち着いた態度で。

「菫ちゃん先生、大丈夫ですかね」

「……ははっ」

「なんで笑うんですかー」

「悪い悪い」

ぷうと頬を膨らませる彩羽に、俺は口元に手を当てかろうじて笑いを噛み殺した。

何だかんだで優しいんだよな、と微笑ましく思ってしまったのだ。

ホント、良い奴なんだよ。彩羽も、菫も。

だから。だからこそ。オズのためだけに作ろうとした《5階同盟》に、ついでのように巻き込んでしまっているのが心底申し訳なく思ってしまうし、もしコイツらが《5階同盟》と道を違えようと言うなら、俺は止めたくないんだ。

だから今回の件——影石菫の問題も。

俺はなるべく恩着せがましくならないような解決方法を選ぶことにした。

「菫先生なら大丈夫だと思うぞ」

「このまま見つからずに事が運ぶってことですか?」

「いや。十中八九、家主に捕まる」

「え?」

「でもそれでいいんだ。影石菫のイラストレーター人生は——」

きょとんとする彩羽。

俺はニヤリと口元を歪めて、こう続けた。

「――菫先生が家主に捕まることで、初めて前に進むんだから」

interlude

Tomodachi no imouto ga ore nidake uzai

幕間●●●●● 真白と菫2

「うーん。見つからないわねえ、この裏側からロリの匂いがしたんだけど」

「ロリの匂いて」

「非エロハンター菫、悪しきポルノを嗅ぎ分ける嗅覚はドーベルマン級よ」

「そんなひどい自己紹介セリフ初めて聞いた……」

囲炉裏のある風流な和室でのこと。志操堅固と書かれた掛け軸をめくってみたものの、そこにあったのはただの壁。隠し金庫みたいなものは隠れてなかった。

時代劇に出てくる代官所にも似た、広く大きな日本家屋。

座敷、奥座敷、常居、広間——と、アタシこと影石菫と真白ちゃんの二人態勢で順番に探してきたけど、お祖父様が児童ポルノを嗜んでいる決定的な証拠はなかなか出ない。

焦りでだらだらと汗が流れる。

あ、あれ。これヤバくない？　見つからなかったら、アキと彩羽ちゃん無駄足だし、修羅場中の真白ちゃんを巻き込んでるのに申し訳なさの極みなんだけど！

うそーん……。

いままでアキがこうだと言って間違っていたことはほとんどなかったし、今回もきっと見つかると思ってたんだけどなぁ。

「そもそも……児童ポルノって、具体的にどんな媒体なんだろう」

「あー、深く考えてなかったわ。ドスケベな表紙の薄い本があればそれかな、くらいしか」

「ロリ系の商業誌だと、逆に崇高な青春ものっぽい表紙だったり、するよね」

「それね！　ＲＯ（アールオー）とか最初何の雑誌かわかんなかったわ！」

「薄い本にせよ、商業誌にせよ……やっぱり紙の書籍媒体、なのかな？」

「たぶんそうだと思うわ。お祖父様の世代はバリバリの紙文化だろうし、この村の限界集落っぷりを考えたら、とても電子化の波が押し寄せてるとは思えないし」

「そ。なら、隠し場所もその想定で考えれば……」

真白ちゃんはあごに手を当てて、んー、と可愛（かわい）らしく考え込む。

「押し入れの中の段ボールが、あやしいかも。たとえば、こういうの」

座敷に戻ってくるなり押し入れを開け、中にあった段ボールを引っ張り出す真白ちゃん。

「ほほほう。ほほほう。その心は？」

「単純に取り出しにくいと、家族に見つかるリスクも減るから。本当は、本が傷むのを避けるためにも本棚に置いておくのが理想なんだけど……こればっかりは仕方ない」

「なるほどねえ。でも段ボールも、大掃除のときとかに開けられちゃったりしない？」

「その対策も万全。いちおう、一番上に普通の本を置いておくの。……真白の他に、本を読む人いなかったし。うちのお兄ちゃんとかも、文字見ただけでアレルギー起こすタイプの人だったから」

「入念な対策ねえ。……そういえばお兄ちゃんいるんだっけ、真白ちゃん」

「まあね。『親父を超えるビッグなビジネスを思いついた』って言って家を出てから、ずっと音信不通だけど」

「それ、生きてるの？」

「さあ？」

「うわ興味なさそう。家族のことなのに」

「何年も顔合わせてないし、連絡も取ってないから、ほとんど他人みたいなもの。アキとは仲良かったから連絡取り合ってるかもしれないけど」

淡々と段ボールを漁る真白ちゃんが何気なく言った言葉に、アタシ的重大事項が含まれていたので即座に反応した。

「アキってば、乙馬君のこと唯一の友達って言ってたのに。他にもいたってこと？　……カプ厨としては複雑だわ」

「切ったんじゃない？　お兄ちゃんと友達やってると運気下がりそうだし」

「ひどい言われようね……」

どんな人なのかしら、その人。

それにしてもいろんな家族がいるのねえ。……っていうか、アキから見ると真白ちゃんって従姉妹であると同時に、ある意味、彩羽ちゃんと同じ『友達の妹』でもあるわけか。いままで意識したことなかったけど、面白い偶然もあるものだわ。

――まあそんなことは置いといて。アタシ的に見逃せない情報がもう一個あるッ！

「やたら同人誌の隠し場所に詳しかったけど、真白ちゃんもそういうの持ってるのねっ」

「……！」

「ショタ？　ロリ？　推しの絵師さん誰!?　オタトークに普段あんまり積極的に乗ってこないし、そんなに好きでもないのかなーって思ってたけど、段ボールに詰められるくらい同人誌を持ってるってことは結構ガチよね!?」

「ぐ……よ、寄るな、ばか」

「あうん。つれないぃ」

近づけた顔を片手でぐいぐい押し返される。

「あ、あのなぁ……！　さっき言ったろ。俺は、巻貝なまこなんだって」

「？　言ったけど、それがどしたの？」

「ＬＩＭＥでさんざんオタトークしただろうが。……お前と語れる程度にはオタクなんだよ。わかれよ、それくらい」

「……！　あー、そっか！　巻貝なまこ先生ってことは、そういうことか！」

わざわざＬＩＭＥでそうするような男口調で告げられた真白ちゃんの台詞に、アタシは膝を打った。

「そう。だからその、そういう本も、持ってるし。家の中に隠してることも、あるっての」

「ほえー。真白ちゃんでも親や家族に言えない隠し事、あるものなのねえ」

「真白なんて、隠し事ばっかりだよ。……ハズレ」

純粋に意外な気持ちでアタシが言うと、真白ちゃんは中身が健全だった段ボールを元の状態に戻しながら、後ろめたそうに目を伏せる。

「ホント、隠し事ばっかり。真白が巻貝なまこだってことも、菫先生に話すまでは、アキにも誰にも言えないでいたし」

「カミングアウトするのは、怖い？」

「怖いよ。でも、隠したまんまでも、チクチク、チクチク。どこかで胸が痛くて、気持ち良くはなくて」

「罪悪感、ってやつかしら」

「たぶんそう。プラマイでバランスは取れてるけど」

正体がバレずに安堵する気持ち。

正体を隠したまま大切な人と接する、後ろめたい気持ち。

その両方が相殺された凪の状態が一番安全だからこそ、アタシたちは現状維持を選んでしまう。

でも蓄積された罪悪感の微妙な不快さはアタシもよく知ってる。真白ちゃんが自分を責める気持ちも理解できる。

だから。だからこそ、アタシは決めたんだ——……。

「**曲者め!!**」

野生の熊じみた野太い声が鼓膜を震わせた。

同時に、それまで真っ暗闇だった室内に網膜を焦がすほどの白い光が充満した。

＊

明るさに慣れた目を開くと、視界に飛び込んできたのは熊ほどもある背丈の巨漢だった。

力強くぼうぼうと生えた髭、目には猛獣に切り裂かれたような傷痕。フコ——ッと白い息を吐く姿はスプラッタホラーの怪人そのものだ。

いやいやこの見た目で教育者とか無理があるでしょ。いいとこ山賊の頭目よねこれ。

我が祖父ながら圧倒的な威圧感を放つ男——影石鉱は、鋭い眼光をアタシに向けて言う。

「菫よ。儀式に参加しているはずの貴様が何故ここにいる？」

「お祖父……様……」

「……ッ」

ずっしりと下腹部が重くなるような声。あまりの怖さに両足が震える。隣の真白ちゃんもそれは同じみたいで、すこしだけ背中を丸めて震えているのが見えた。

――ダメだ。アタシが竦んでちゃ。先生なんだから、しっかりしないと。

冷徹な女教師としての仮面をかぶり直すと、アタシは腕時計を確認しながらあくまで冷静に問いかける。

「儀式の祠は山の上。徒歩でこんなに早く下山できるわけが……どうしてここに？」

「鉄馬で来た」

「は？」

いきなり文明の利器の名前を出されて思わず素が出た。いけないいけない引っ込めないと。

困惑するアタシの目の前にジャラリとバイクの鍵を掲げてみせたお祖父様は、みしりと音が鳴るほどこめかみに血管を浮かせる。

「村からあの祠へ向かう山道は確かに険しい。だが、祠の先へ突き進めば――山の反対側から降りればすぐに道路に出るのでな。あらかじめ停めてあった鉄馬に乗り、峠を走り、今のこの激怒案件に至るというわけじゃ」

「なんて用意周到な……。最初からアタシを疑っていたということですか⁉」

でなければ、わざわざ帰宅予定時間を早めるなんて工作はしないだろう。

彩羽ちゃんの変装、演技は本物だったはず。

疑われる理由なんて、これっぽっちもないはずなのに！

「ワシが何も知らないとでも思うたか？」

「え……⁉」

「ＯＫ　ＣＯＯＧＬＥ（クーグル）。プロジェクタースクリーンを出せ」

――はああああああああああああああああ⁉


と、思わず声が出かけた。

いや出るわよ！　出るでしょこんなの！

限界集落の日本家屋でいきなりＣＯＯＧＬＥホームを起動させられたと思いきやガチで天井（てんじょう）がズレて学校の視聴覚室にあるみたいなプロジェクタースクリーンが降りてくるんだから！

真白ちゃんも真っ青（まさお）な顔でアタシの顔を振り返る。

「す、菫先生……だめ……真白、世界観の整合性がなさすぎて、立ち眩（くら）みが……」

「プロ作家のメンタルにダメージが……⁉」

「迷走してる作家や未熟な作家志望がやるようなミスが、現実で……うっ、頭が……」

「気を確かに持って、真白ちゃん。気持ちはわかるけど！」

空前絶後の世界観崩壊現象(ワールドブレイク)によろめく真白ちゃんの肩を支える。あ、華奢(きゃしゃ)で尊い。

などと邪念に囚(とら)われてると、スクリーンにＬＩＭＥの画面が映し出される。これは、影石家の一族ＬＩＭＥグループ。アタシも参加しているやつだ。

いつの間に持っていたのか手元のタブレット端末を操作して、お祖父様はいくつかの画像をＬＩＭＥ画面の横に並べていく。

「これは菫の書き込みを時系列順に並べたものだが、書き込みの時刻や内容からＡＩがデータ解析した結果、菫には恋人などいないはずだった」

「どこから突っ込んだらいいのかわかりませんが、とりあえず怖すぎることだけは確かです」

「見合いの話もＡＩのディープラーニングの結果、滅法確度(どちゃくそ)の高い現状把握が可能である故(ゆえ)に持ち上がった話でな。根拠あってのことだったのだよ」

「でも、アタシは……」

「そう。菫は恋人(かれぴ)がいたなどと宣(のたま)い、このデート画像とともに見合いの話を蹴(け)った。一族の者は皆どうしよ平八郎の乱である」

「真面目(まじめ)な話が頭に入らなくなるから、ＪＫ語いったんやめてくれます？」

「了承（おけ）」

意外に素直だった。

「予測を外し混乱したワシらだったが、ひとつの仮説にたどり着いた」

「仮説……？」

「大星明照（おおぼしあきてる）くんと結託して恋人同士のフリをし、この場のお見合いをただやり過ごそうとしているのではないか――という疑惑が浮上したのだ」

言い訳の余地もないほど全部正解です本当にありがとうございました。

嘘（うそ）でしょ。それじゃあアタシの企（たくら）みは最初から見破られてたってことで、これじゃあ非エロハンターどころかピエロハンターだ。

「帰省と同時に数人の若者が村に入ったのも観測しておった。ならばこの『縁結びの儀式』においても何かを仕掛けてくると、そう考えるのも当然であろう」

「じゃあ途中まで騙（だま）されたフリをしていたのは……」

「いまこの瞬間、この場所で。菫の身柄を拘束するためだ」

「……アタシがこの屋敷に侵入するって、どうしてわかったんですか？」

「探していたのだろう？　このワシの隙（すき）を。ワシが菫と同じ趣味を持っているのではないか、と。そう予測し、ワシに意趣返しするための材料を探していた――」

「…………ッ」

言い返せない。言い返せるわけもなかった。

すべてを読み切られていたんだ。

お祖父様の、その言い方。それはまるで最初から何もかもを、そう、アタシの趣味のことさえ、わかってたかのようで。

影石家に隠された児童ポルノの証拠を突きつけて己の正当性をアピールするどころか、これでは一方的に断罪される展開だ。

どうしよう。どうしようどうしようどうしよう。

あの厳格な祖父にすべてを見抜かれていた事実が頭の中を濁流のように駆け巡って、仮面を強引に剝がされそうな感覚に指先まで震えてしまう。

そして、お祖父様は告げる。

大きな傷痕の残る目をゆっくりと細めて、アタシの殻の内側にそっと潜り込むように問いかける。

「漫画、アニメ、ＢＬ――そう呼ばれし芸術を、菫は、愛しておるのだろう？」

「それ、は……！」

「お前の両親は昔からお前がアニメなどにハマり込み、漫画やイラストを隠れて描いていたと気づいておった。当主であるワシにも報告は上がってきていた」

「え？」

「子の浅知恵で親の目を盗むことなどできんよ。ましてや数百、数千の子を見てきた目。嵐間くんとやらを愛していたことも、王族が庭球せし漫画に心酔していたことも、学園がヘヴンで眼鏡が鬼畜だったことも、由緒ある刀剣が――」

「そ、その辺で勘弁してください」

なんてことだ。アタシのオタク遍歴がひとつも余さず捕捉されている。

じゃあ何？　うちのお父さんやお母さんはアタシのこと――……。

「勘違いするな。断じて両親は菫を売ったわけではない。――むしろ逆。あやつらは当主たるワシに対し、懇願してきたのだよ」

「懇願……？」

「もしかしたら本心では教師ではなくイラストの仕事がしたいのではないか、もし本人がそれを望んできたら認めても良いか、とな」

「な……お父さん達が、お祖父様に逆らうようなことを……⁉」

脳裏に浮かぶのは「超」がつくほど真面目な父親の顔と、流されるままお気に召すままといった昔ながらの半歩後ろについていく大和撫子然とした母親の顔。

ルールを尊び、一族の教えに背くことなく、長年続いてきた文化に唯々諾々と従うだけの人生を善しとしてきた人達――そう、思い込んでいた。

だからこそそんな親の背中を見てきたアタシも、同じ道を歩まなきゃいけないと思ったのに。

「何を馬鹿なことを、とワシは激怒したよ。だが、叱るにはお前のハマっている道とやらを、理解せねばならんと思った。それこそが正しき教育の道。……故に!!」

お祖父様がタブレットに激しく指を滑らせる。

すると――百花繚乱。

蕾が花開くように、あるいは泡が浮き上がるように、スクリーンの中で次々と。

電子書籍やDL販売の同人誌の画像が咲き乱れた。

それらの画像のほぼすべてに見覚えがある。それらはアタシが愛好してやまない作家の本、中にはつい先週閲覧してムフフした作品も含まれていた。

いや、それだけじゃない。その中でも、明らかに統計学上あり得ないレベルで偏って、ひときわ数が多いのは。

アタシにとって世界一身近で、究極的に愛していて、致命的に見せられたくない作品群――。

「紫式部先生の、同人誌――」

「左様。世代差ゆえに理解できぬ菫の道を、理解せんと追究するうちに、ワシはたどり着いてしまった。紫式部先生――否、影石菫の、芸術に」

「………‼」

「安心せよ。この事実を知るは一族でもワシだけ。お前の両親にさえ伝えておらん」

絶句するアタシを案じてか、先んじて言うお祖父様。

しかしすべてを丸裸にされた絶望感が癒やされるはずもなく、アタシはただ茫然と立ち尽くしていた。

「一族の中に掟に背き、道を違えようなどという者はおらなんだ。だがＩＴ技術の登場で時の移ろいは加速し、ワシの理解できぬ価値観を持った家族が生まれることも世の理と思うてな。故に菫が何を想い、何を為したいとするのかを知るべく、さまざまな書物を読み漁り、ＳＮＳ上だけだが若い子との会話も繰り返してみた。――すらんぐ、とやらが中途半端に伝染ってしまったが、それもまた楽しくてな」

　熊のような顔をくしゃりと歪めて笑ってみせる。

　しかし漫画の世界なら魅力的なギャップとなるその表情は、二秒と保たず、お祖父様はすぐに険しく目を細めた。

「だが、肝心の菫の意思は、ついぞわからんかった。確かめるには面と向かって話すほかないと思ったのだよ」

「あ……だからこのタイミングで、お見合いや、実家に来るように……？」

「左様。腹を割って話す時間が欲しかった。菫よ、お前の本音を聞かせるがよい。我が一族の掟を破り、芸術の道を志すつもりなのであろう？」

「アタ、シは……その……」

　言葉が濁る。

覚悟を決めたはずなのに、喉に詰まって声が出ない。

アタシの甘えた姿を叱咤するように、お祖父様は強く光る眼光でアタシを睨みつけたまま、低い怒号を発する。

「偽りの教師の仮面をかぶり教育の道を汚すのは、影石の末裔として許されぬこと。芸術の道も押し通れず、教師としても失格では何が残る？　曖昧な態度こそ一番の恥と知れ‼」

違う。違う。たしかにアタシは半端者だし、そこには反論の余地なんてない。

でもアタシはこの人生を恥だなんて思わない！

違う。違う。そう言いたいのに、言葉が出ないのは……やっぱり、アタシがお祖父様の言う通り、イラストレーターとしても教師としても失格な、恥ずかしい人間だからなのかしら。

そうかもしれない。だって、アタシは——……。

「違う！」

…………………………え？

それこそ違うわよ、いまのアタシの台詞じゃないもの。それじゃあ、一体誰が……？

「菫先生は、偽りの先生なんかじゃない。勝手なこと、言わないで……！」

「……君の名は？」

「それも若い人と会話した影響？　まあいいや……真白。真白の名前は月ノ森真白。菫先生が担任してるクラスの、生徒」

「よかろう。何が『違う』なのか、聞かせてもらおうか」

「菫先生だけだもん。真白を……本当の意味で、守ってくれたのは」

きっとお祖父様の眼光が怖いんだろう。

ぶるぶると震える腕を片手で押さえて、だけどしっかりと相手の目を見つめて、真白ちゃんは言葉を絞り出す。

「転校前の担任の先生は、味方でいてくれなかった。教室で真白が嫌がらせされてても、真白が相談に行っても、全然真面目に取り合わないで曖昧な返事でお茶を濁してた。見て見ぬふりをしてた。挙句の果てに、『月ノ森さんももっと自信持って接すればいいよ』なんて、真白が内気なのがいけないみたいな言い方して……すごく、すごく嫌だった」

「ふうむ。それは教育者の風上にも置けんな。そういった手合いは多いとは聞いているが」

「でも菫先生は違った。真白のこと、本当に心配してくれて……アキと一緒に、楽しい場所に、受け入れてくれたの。だから──……ッ」

真白ちゃんの必死の告白に、そんなふうに思ってくれてたんだと、アタシはただただ驚いていた。

もちろん教師として生徒にできることはしようと心掛けてきたけれど、見返りを求めたこともなければ生徒から感謝されてる実感もなかった。だから彼女の言葉は意外であると同時に、素直に嬉しいと思えた。

そして真白ちゃんは身を乗り出すと、二倍ほどもある背丈の巨漢に向けて、強く――強く、言い放った。

「真白の最高の先生を……馬鹿にしないで！」

それは敵意にも近い、強い言葉。

月ノ森真白はとても弱い生徒だ。転入してくるときに見たレポートでもそうあったし、実際に彼女と日々を過ごすようになってその「情報」は「確信」へと変わった。

真白ちゃんが誰かを敵に回しかねない強い言葉を吐けるとしたら、それは彼女が心の底から甘えられる、安心感をもって接することのできる相手だけ。

たとえばアキであったり。

たとえば《5階同盟》の仲間達であったり。

まだ、彼女がマンションに引っ越してきたばかりの頃。前の学校のいじめっ子を相手にしたとき、やはり彼女は立ち竦んだまま何もできなかったと聞いた。彩羽ちゃんが追い払ってくれたから事なきを得たけれど、彼女自身は立ち向かう勇気を持てなかったと聞いた。

それなのに。

自分のためではなく、アタシのために。こうして怖い相手に立ち向かっているのは、これも彼女の成長のひとつなのかしら？

「成程。腐っても影石家の一員。教師としての徳は積んできているようだ」

「なら……！」

「だが、それとこれとは話が別だ」

「えっ」

希望に咲きかけた真白ちゃんの表情が、一刀両断されて凍りつく。

「ひとつの嘘は万の徳を無に帰すと知れ。偽りの仮面を被った者の善意善行に嘘がないなどと、どうして信用できる？」

「そ……れは……でも、ひとつ嘘をついたからって、他の全部まで嘘とは限らないし……」

「すべてを俯瞰せし神ならば、その理屈も通じるかもしれんな。だが人間はそこまで万能ではない。ひとつの嘘を許せる君のような者ばかりではないのだぞ？　――より多くの者と、より確実に信頼を結ぶには、偽りなどあってはならんのだ」

「う……」

「たしかに菫は教師として生徒のために働いたかもしれない。思いやりのある良い教師だったかもしれない。しかし本性を隠して、教師よりもやりたいことを抱えていたのだとすれば君に対する態度も中途半端な姿勢によるものだったのではないか？　そこには本当に真摯な気持ちがあったのか？　そうだと叫んだところで、信用してくれる人間がどれだけいる？」

「……ッ」

真白ちゃんがきつく唇を噛んだ。

まるで自分自身に向けられた言葉のように錯覚しているんだろう、しわができるほど自分の服を掴んで、つらそうに目を潤ませながらも気丈に目を逸らさないように堪えている。

だけどもう、彼女の口から反論の言葉が出ることはなかった。

お祖父様のその言葉は、巻貝なまこである正体を隠したまま《5階同盟》に貢献している、真白ちゃん自身にも刺さってしまったから。

——ごめんね。アタシが中途半端なせいで、つらい想いをさせて。本当にアタシってば教師失格よね、まったく。……でも、ありがとう。

あきれるほど弱虫だとアタシはアタシにあきれてしまう。自分自身で決めた、自分自身の道を歩いていく決断すら、自分のためだけじゃ動けないなんて。

だから、ありがとう。

真白ちゃんがいてくれたからこそ、「嘘」を責められて苦しい想いを抱えている真白ちゃんがいてくれるからこそ、アタシは自分の背中に自信が持てる。

やるんだ。

紫式部先生として。影石菫として。

アタシ達の生き様が間違ってなんかいないって、証明してやる。

すぅぅぅ――――っと息を吸い、軽く、吐く。

それが合図。

絶対にナメられたりしない、アタシだけの戦闘態勢。

教室を震撼させる《猛毒の女王》の、ロールプレイを始めるスイッチ。


「どこまで侮辱したら気が済むのかしら？」


「何……？」

いきなり空気が変化したのを察したのかお祖父様――いえ、ここはあえて影石鉱とし
ましょう。

影石鉱はわずかにたじろいだ。

物心ついたときから絶対に逆らってはいけないと両親に教えられてきた、一族の長。

外見も性格も物腰も信念も何もかもが厳格な彼の支配下で、与えられたレールから踏み外すことなんて考える発想すら持てずに今日まで生きてきた。

だけどアキに背中を押されて、この屋敷を捜索すると決めたときから、覚悟を決めたんだ。

影石鉱に突きつける反論材料なんてどこにも存在しなかったけど、最初からそんなものは、あってもなくても、どっちでもよかったんだ。

恐れなければ、どんな道だって選べた。アタシは最初から、選択肢を持っていたんだから。

「イラストの道を志す？　何を言ってるのかしら」

だから選ぶ。アタシは、この道を。

「教師を辞めるつもりなんて、これっぽっちもないわ」

「え……？」

アタシの言葉に最初に驚いたのは、真白ちゃんだった。うん、そりゃビックリよね。でもね、ごめん。さっきも心の中で謝ったけど、あなたの予想した展開にはならないの。

「紫式部先生なんて知らないわ。そのスクリーンに映し出されてる汚らわしい画像のことも、まったく心当たりがないもの」

「嘘を重ねるか、菫。ワシはお前が生身で同人誌即売会とやらに参加しているのを、遠くから眺めたこともあるのだぞ」

「ご自分の年齢を顧みたことがあるのかしら。その老眼をよくも信じられるわね」

「紫式部先生名義で芸能系の神社で絵馬を書いたな？　その筆跡を鑑定すれば、お前のものと一致するであろう！」

「さっきからストーカーの仕方がガチすぎて軽く引くわね。どれだけ証拠を並べ立てられようとアタシは絶対に認めないわ。誰に何と言われても、アタシは女教師影石菫よ」

「ええい頑固な！　素直に認め、その道一筋に生きればよかろう！　芸術の道については充分に理解した。もしもお前が強く望むなら、ワシとて――」

「――勘違いも甚だしいわ。あなたに認められる必要なんてないと言ってるのよ、お祖父様」

冷たく言い放ち、アタシは初めて祖父に背を向けた。

「アタシは教師を辞めないし結婚もしない。一族の掟を守る気もない。誰の許可も関係なく、自分が辞めたいときに教師を辞めるし、したいときに結婚する。アタシはアタシの道を行く。縁を切りたいなら、好きにすればいいわ。だから……ッ！」

幼少の頃、厳しくも時に優しくあやしてくれた祖父の顔が頭をよぎり、ちくりと胸が痛んだ。けれどその痛みを振り切って、最初で最後のロールプレイ。

反抗期の自分を演じてみせる。

「――いままで、ありがとうございました」

だけど最後は優等生の遺伝子を捨てきれなくて。

アタシは一度だけお祖父様を振り返り、深々と頭を下げてから……また、踵を返した。

「菫……」

背中から聞こえてくる、祖父の切ないつぶやきに後ろ髪引かれながらも、アタシはとことことついてくる真白ちゃんと二人、影石邸を後にした。

＊

影石家の屋敷から出て、数十メートル。

深夜のあぜ道のただ中で、ふいに足腰から力が抜けてへたり込んだ。

「す、菫先生、大丈夫？」

「あはは。だいじょーぶ、だいじょーぶ。いや～、あのラスボス、恐ろしかったわ～」

心配して肩を貸してくれる健気な真白ちゃんに、軽薄に手を振ってみせる。

だけど彼女はその瞳からアンニュイな色を消してくれなかった。

「……ごめんね、菫先生」

「なんで真白ちゃんが謝るのよう」

「あのまま素直におじいさんの問いに答えて、イラストレーターの道を選ぶと言ってたら……もしかしたら、認めてくれたかもしれないのに……真白が、余計な反論して……」

華奢な肩をしゅんと落として、落ち込んでいる。

何も悪くないのに、自分を責めている。

そう、この子はそういう子なのよね。

だから気を許した相手にしか悪口を言えなかったりするタイプ。

「いいのよぉ。むしろ嬉しかったなぁ。『最高の先生』とまで言ってくれるなんてぇ♪」

「ちょ、調子に乗るな。式部みが強いと普通に軽蔑するからな」

「うぅ～ん、ツンなところもかわゆいなぁ♪」

「も、もうっ、真面目な話してるのに、すりすりしないで」

アタシの頬擦りを片手でグイと押し返す。照れてる顔もホント可愛い。

この子にはずーっと可愛い顔のままでいてほしいって思っちゃうのは、アタシのエゴかしら。

「フフ。まあ心配しなくていいわ。どうせ、ああするしかなかったんだもの」

「……どゆこと？」

「あの場で認めちゃったらアタシの趣味が家族みんなにバレちゃうでしょ？」

「あれだけ証拠が揃ってたら同じじゃ……」

「ノンノン。お祖父様は見たまんま義理堅い人だから、本人が認めてない状態で他の人に広めたりしないわ。うちの両親は結構察してたみたいだから今更感あるけど……翠ちゃんとか、他の親戚の人とかバレたらやっぱ恥ずかしいのよねえ」

「恥ずかしいって……ホントにそれだけ？　それだけで、実家から縁を切られるかもしれないのに、あんな風に逆らったの？」

「うん。だって、本当の自分がバレるのは怖いでしょう。それって、何か変なことかしら」

まるでそれが当然かのように。世界共通の常識であるかのように。

あっけらかんとした顔でそう言い切った。

「菫先生……」

「フフフ。嘘つき仲間同士、これからも仲良くしましょ♪」

複雑そうな表情を掻き消すために、ぎゅっと抱きしめる。

ウニの殻みたいにトゲトゲな外側と、ウニの中身みたいにヨワヨワな中身を併せ持った繊細な白雪姫。

彼女を卒業まで見守るのが、一度は教師になってしまったアタシの最低限の使命なんだと、彼女の体温を感じながらそう思った。


ブルリとポケットの中でスマホが震える。

それは、影石家の一族ＬＩＭＥグループから、《菫》が削除された報せ。

もう覗けないタイムラインに思いを馳せて、でも不思議と悲しさよりも先に清々しさを感じながら、アタシは苦笑した。

「あーあ。反抗期、しちゃったなぁ」

なま酒同盟(2)

紫式部先生

てわけでサシのグループ作ったわよぉ！　イェイ！

紫式部先生

ココなら秘密を前提の話をしてもOKってことで！

巻貝なまこ

りょ

巻貝なまこ

ところで前から気になってたんだけど

紫式部先生

なになに？　セックスを含む表現を百合と表現していいかどうかについて？

巻貝なまこ

ちげえよ。あと議論が燃えそうな発言やめろ

巻貝なまこ

いやさ、LIMEってなんで2人で会話するのにグループ作るんだ？

巻貝なまこ

サシならグループじゃなくて良いのに

紫式部先生

仕様よ

巻貝なまこ

仕様なら仕方ない

紫式部先生

まあ話題ごとに部屋作っておけば、後から人も増やせるし！

巻貝なまこ

増やすな

紫式部先生

えぇ～

巻貝なまこ
いいか、絶対に例の秘密はバラすなよ

巻貝なまこ
バラしたら、翠部長が泣くことになるから

紫式部先生
脅迫罪！

巻貝なまこ
わからせ甲斐のあるキャラだよな、翠部長

紫式部先生
ちょっと妹に酷い事しないで！　エロ同人みたいに！

紫式部先生
エロ同人みたいに！

巻貝なまこ
なぜ2回書いたし

巻貝なまこ
お。そろそろ旅館が見えてきた

紫式部先生
ねえ真白ちゃん

巻貝なまこ
おいおいおい！　その誤爆、ここ以外で絶対やめろよ！

紫式部先生
あ、サーセン…

紫式部先生
って、いやそんなことより

紫式部先生
なんで隣歩いてるのにLIMEで会話してるの？

巻貝なまこ
うるさいな

巻貝なまこ
話しやすいんだよ、この方が

第4話 担任の先生が俺にだけウザい

「なあオズ。そろそろ手伝ってくれてもいいんじゃないか？」

「え、やだよ。親友キャラが出しゃばってヒロインと絡んだら嫌われるし」

「何だその謎すぎる忖度」

「ヒロインの兄って立場は舵取りが難しいからね」

山の中腹から村の入り口までリフトで降りてきた後のこと。

やれやれだね、と首を振りながら前を歩くオズを恨めしく見つめながら、俺は何故かひとりで彩羽をおぶってその背中を追いかけていた。

いや、おかしいだろ。手が空いてるなら手伝え兄貴。だいたい何のために犬吠ゆる山林深くまでわざわざ迎えに来たんだ。育ち盛りのＪＫの肉体を平均的な体格の男子ひとりで運ぶなどという非効率さを解消すべく颯爽と現れたお助けキャラとしての仕事を果たしてくれと思う俺の内心を察してオズはニコリと微笑む。

「仕事なら全うしてるじゃないか。ふたりの行く末を見守るっていう、仕事をね」

「爽やかな顔で心を読むな。キューピッド面して楽しんでるだけだろ、男版小悪魔め」

「あは♪　まあまあ。現にほら、アキに背負わせた方が面白い展開になってるでしょ？」

「お前は楽しいだろうけどな。……って、こら、暴れんな彩羽！」

「おーーーろーーーしーーーーてーーーーくーーーーだーーーーさーーーーいーーーー‼」

背中でジタバタしている彩羽に意識を向ける。

実はさっきから地の文1文字ごとに「ジタ」と「バタ」が挿入されるくらいの頻度で暴れていたのだが全部を詳細に認識するとウザすぎるのであえて意識の外に置いていた。

「どうしたんだよ。山の中では落ち着いてたのに」

「ここ村！　人いる！　てかすぐそこにお兄ちゃんいるし‼」

「べつにおんぶ姿をオズに見られたところで今更だろ」

「珍しい昆虫の交尾を観察する目で見られるんですよ、センパイは気にならないんですか⁉」

「あはは、兄妹なのに信用ないなぁ。いくら僕でも昆虫だなんて思わないよ？」

「だよなぁ。さすがのオズでも――」

「珍しい哺乳類くらいの気持ちだよ。分類階級を越えた認識をしちゃうような可笑しな知性は持ち合わせてないから安心して？」

「ほらぁ、そういうとこ！　意味わかんなくて怖いやつ！」

「変か？　どう見ても通常運転のオズなんだが」

「センパイの感性もおかしいですって！」

まあ自覚はある。オズの特異性は長年の付き合いで重々承知、その特殊な感性をあっさりと受け入れてしまう方が彼と付き合う上で最善だと結果が出てるからそうしてるわけだが。

首の付け根に彩羽の顔が押しつけられる。

「お兄ちゃんのことは、まあ、いいですけど……。うう、恥ずかし……」

「村の人の視線が気になるのか？」

「そりゃ、まあ」

「大丈夫だ。限界集落で時刻はもうすぐ日が昇りそうだけど、一応まだ深夜だし」

「……見つかったら二重の意味で最悪なんですけど」

「あー」

首筋をくすぐる吐息とともに彩羽がこぼしたその言葉に、俺は何となく二重と呼ばれた内容の子細を並べた。

「赤面事態と作戦失敗、の二つ？」

「です。恥をかいて策もバレたんじゃ踏んだり蹴ったり、泣きっ面に蜂ですよ」

「それなら心配しなくていいぞ。今更見られたところで、結果は変わらないから」

「……さっき言ってたやつですよね。『菫先生が家主に捕まることで、初めて前に進む』って。

結局、どういう意味なんですか？」

「昨日、影石家の当主の方に会ったって話はしたよな」

「顔合わせですよね。お孫さんを俺にください！　的な」

「微妙に違うけど大筋はまあ合ってる。でまあ、そのときに確信したんだよ」

「確信？」

菫から聞かされていた、教師になるべしという実家の言いつけ。それがどれだけの強制力を持っているのか、俺はいつか自分の目で確かめたいと思っていた。

そもそも人権が保障された日本において、自分がそうあれと決めた道を歩めないなんてことは法的にあり得ない。家族親戚一同に逆らうことが菫自身にとって、どれだけリスクと感じるのか、ただそれだけの話だ。

俺は一族の長である影石鉱と会うことで、菫の心を束縛する鎖の正体を見極めたかった。

そして奇しくもその機会に恵まれて、俺の中にひとつの答えが浮かび上がった。

「伝統を重視していると言うが、影石家は意外と柔軟なんだよ」

「それで『実はロリコン』にワンチャン賭けた、と」

「や、それはどうでもいいんだ」

「ええっ、そこが作戦の肝じゃないんですか⁉」

俺があっさりと言い切ると、彩羽は驚きで声を裏返らせる。

確かな証拠もないのに持ってるかどうかも不明な児童ポルノを期待して家探し。そんな確率の低すぎる賭けに無謀に挑むような真似は、生憎と俺の趣味じゃない。

「お前らはさ、呪いって信じるか?」

「うぅーん。べつに普段から信じてるわけじゃないですけど、こーいう薄暗い雰囲気たっぷりの場所に来ると、ふつーに怖いですね……」

「まあそうだな。俺だってそうだ。それが普通の感性だと思う」

「科学的に証明されてたら信じるし、されてなければ信じない。現状、超常現象としての呪いは、他の科学的事象を勘違いしてるだけとしか言えないかな」

「そう。それ」

オズらしい答えの中に、これから俺が言おうとしてる内容の本質があった。

超常現象の呪いなんて存在しない。でも日常の中に静かに潜む呪いは、確かに存在する。

数多の悪霊の怨念を浴び続けた日本人形が、呪いの人形と変じてしまう逸話に倣うとすれば。

強い言霊を持つ言葉を投げかけられ続けた人間は、どうなる?

「悪口ってのは、言われた側の人生をねじ曲げるほどの強い呪いの力がある。ブスだの根暗だの言われ続けたら、ますます自分自身をそう定義して、その形に近づいていく。褒め言葉も、同じだな。ヨイショされ続けたら本当に自分は凄い人間なんだと錯覚させられる。もしも呪いなんてものがあるとしたら、それは投げかけられ続けた言葉、そのものだ」

「娯楽になんか触れるな、みたいな?」

「……ッ」

低く落ち着いたオズの声。

彩羽がぴくりと反応したのが、背中に伝わる。

「……ああ。そういうのも、含む」

「たしかに。それはリアルな呪いだね」

意味ありげに彩羽をちらりと一瞥してから、オズは続けた。

「じゃあ紫式部先生も?」

「そうだ」

彩羽の反応にはひとまず目を瞑り、俺は目の前の話題に集中する。いまはまだそれが最適解だとわかっているから、あえてそうする。

「『いい子にしなさい』――どの家庭でも当たり前に言われる常套句を、他のどんな家よりも何度も何度も徹底的に言われ続けていたからこそ罹ってしまった、呪い。自分で自分をがんじがらめにする思い込み。それが、紫式部先生の人生を縛る鎖の正体だ」

《5階同盟》ができるよりも前――……。

彼女が酒を飲める場所は、一人暮らしの自室の中だけだった。

誰の目も気にならない、自分だけの空間。

いい子でいることをやめてもいい、たったひとつのボーナスステージ。

それをマンションのふたつ隣の部屋まで拡大できたのは、たぶん彼女の人生において大きな分岐点だったのではなかろうか。

「お前らの家の事情も聞いてたから、俺もギリギリまでどっちかわからなかったんだが」

「なるほどね。うちの親よりは、理解がありそう……と」

「ああ。少なくとも菫先生に歩み寄ろうって姿勢を感じた。意味不明なJK語はよくわからんが、あれも努力の痕と思えば可愛いもんだ」

彩羽とオズの母親——小日向乙羽の芸能嫌い、エンタメ嫌いは半ば怨念じみていた。

それに比べたら影石鉱は、ただの愉快なおじいちゃんだ。

でも、だからって菫の抱えてるモノが軽いと言いたいわけじゃない。自分自身の環境を俯瞰して見ることなど誰にもできやしないのだから。

俺みたいな第三者が見たら笑っちゃうくらい簡単なことで悩んでる奴も、本人からすれば、死ぬほど深刻なわけで。

暗闇の中で単純な答えに気づけないでいる奴の目となり、鼻となり、お膳立てして。

そしてあの人が最高の人生に向けて一歩を踏み出せるなら、《5階同盟》のプロデューサーとして務めを果たせたと胸を張れる。

「じゃあ、次に紫式部先生と会ったときは——」

「全部を清算して、自由になってるはずだ」

オズの問いに、確信とともに答える。

途中から黙ってしまった彩羽のことは気になるが、あえて触れないのが俺達の間のルールだった。

そうして旅館まで歩いてきたところで俺達ははたと足を止めた。

いままさに敷居をまたごうとしていた二人の女が、近づいてきた気配に気づいてふっと振り返る。

予想よりだいぶ早いお帰りの菫、そしてその隣には何故か真白の姿があった。

「真白先輩⁉　なんでここに……」

彩羽の気まずそうな小声が耳元で聞こえる。

一瞬、何を焦ってるんだと首をかしげかけて、すぐにその理由に思い当たってハッとした。

真白は、「他のみんなには俺と真白が恋人同士だと思われている」と思っている。

俺は真白をマンション５階の集まりに誘うために、月ノ森社長との契約のこと、それにより真白とニセの恋人関係を演じていることを仲間達に説明したが——……。

よく考えたらみんなにはすでに説明済みだって事実を、真白に話した覚えがない。

つまり彩羽が密着おんぶ姿を見せつけるってのは、俺と真白がニセでなく本当の恋人同士だと認識しているはずの彩羽が真白と俺の関係を知りながらその親密さをアピールしてると真白には見えかねないわけでその可能性に思い至った彩羽が気まずさから息を呑むのも無理はないというわけで——って何だこの入り組んだ関係性は！　めんどくさい！

いや、まあ、全員を集めてあらためて説明しておかなかった俺が悪いんだけどさ。

なんていうか、説明するまでもなくみんな仲良くやってるし、べつにいいかなって……。

と、それぞれ思いを巡らせる俺達のもとへ真白はとことこと小走りに近づいてくる。

そして真っ青な顔でこう言った。

「彩羽ちゃんっ……その怪我、どうしたの……⁉」

おんぶのことなど気にも留めず、真っ先にタオルの巻かれた彩羽の足を気遣う真白。

……何だ。何も気にしないのか。

事情を知りたげに見上げる澄んだ瞳にほっとした気持ちになりながら、俺はここに至るまでのことを（角が立ちそうな内容は伏せて）事細かに説明した。

「そうなんだ……。手伝うよ？」

「サンキュ、真白。あとは頼んだ」

長時間彩羽をおぶっていた俺はもう限界だった。

彩羽を地面に降ろし、両手を広げて待っている真白に引き渡す。

「……意外と、重い」

「わわ、大丈夫ですか」

「ばかにしないで。体力ないけど、これくらいなら平気」

よたよたと頼りない足取りながらも、真白は両手で彩羽の体を支えてしっかり歩き出す。

「てか真白先輩めっちゃ良い匂い！　旅館の石鹸ですか？」

「ちょ……嗅がないで」

「私も家から持ってきたヤツじゃなくて旅館の使おっかなぁ。新機軸のスメルって、なかなか誘惑ポイント高いですし！　すんすん」

「さ、さいてい。ウザい」

「ああん、もう、振り解こうとしないでくださいよう。ここ怪我人ですよ、こーこ♪」

「むう……」

ウザく絡む彩羽と鬱陶しそうに押しのける真白。

お互いに本当に心を開けてる相手にしか見せない姿を見せている。すっかり打ち解けて友達同士になったんだなぁと、胸の奥からこみ上げてくるものがあって思わず頬が緩んでしまった。

「………」

楽しそうな彩羽と真白の姿を見て、ふと脳裏をよぎる光景。

春――。

桜の花舞う景色の中、卒業証書を片手に中学の校門を去る俺とオズ。

高校生になるからって大人ぶっちゃってー、と、ケラケラ笑っていた彩羽に背を向ける一瞬。

ふとからかう笑みが消えて、一瞬、寂しげな表情が覗いた気がして。

あのときはまだ一年の空白の重みなんて知らなかったし、どうせ隣の部屋に住んでるんだからいつでも会えるだろうと、気にも留めなかったけれど。

一年生と二年生。たったひとつだが、たしかに存在する学年の差。

いつか必ず俺もオズも真白も先に学校からいなくなり、いつまでお隣同士でいられるかもわからない。

そして《5階同盟》の存在もまた、存在価値を示し続けられなければ、いつ消えても不思議じゃない泡沫の箱舟でしかないわけで。

——一年生の中にも、彩羽が心から仲良くなれる相手がいればいいんだけどな……。

って、保護者かよ。

我ながらお節介が行きすぎていて、本当にあきれるばかりだ。こういうのは俺じゃなくて、大人の役割だってのに。

「いま、完全にお父さんの目になってたわよ」

「仕方ないだろ、職業病だよ」

本物の大人がからかいの笑みを浮かべて寄ってくる。

人を弄ってる場合か。今回、誰のために右往左往したと思ってるんだ。

「良い子よねー、ふたりとも。ぎゅってしたくなっちゃう」

「まあな。……念のため言っておくけど、前者に対する『まあな』だからな」

「年相応の男子なら後者にも共感して然るべきだと思うけどぉ？」

「年相応の男子は分別わきまえてスケベ心を隠したがるんだよ。あんたみたいにフルオープンになれるかよ」

ツンツンと脇腹をつついてくる菫。

さっきから所作がいちいちウザいので、つい敬語が消し飛んでしまう。

「アタシだって《5階同盟》だけよ」

「適度に真面目なトコ出してもいいんだぞ」

「えー」

「ま、べつにいいけどさ」

「うーん、じゃあ一個。真面目なトコ出しちゃおっかな？」

菫は切れ長の目を細めて、教え子達の消えた玄関口を見つめた。

ほにゃりと緩んだ紫式部先生の顔を見慣れた俺は時折忘れそうになるが、菫は男子の間で密かな人気を獲得している美人女教師だ。すこし引き締めた横顔は、当たり前だけど、ハッとするほどの美形だった。

「ね。あとで、ふたりになれない？」

流し目でそう誘われて、思わず目が泳いでしまう。

だけどいくら女性としての魅力を感じたところで、俺は優先順位を間違えるような男ではない。

　どこまでも冷静に、こう答えた。

「彩羽の手当てが終わってからでいいなら」

「もちろん。あのね、この旅館、屋上にバルコニーがあるのよ」

　建物の上を指さして、菫はほにゃりと笑う。

「きれいな朝焼けを――恐怖の集落の仮面が剝がれるところを見せてあげる」

＊

　その後、消毒をして事なきを得た彩羽が眠り、真白が原稿の修羅場に戻った後、俺は菫に呼ばれて屋上にやってきた。

　シンプルな観葉植物とベンチ、簡単な足湯があるだけのバルコニー。特筆するほどの何かがあるわけではないが、夜明け間近の夏風は汗ばんだ肌に心地好かった。

「うーん、気持ちいい！　アキもやらない？」

　寝間着に着替え髪を解いた就寝前の菫は、裾をほんのすこし持ち上げて、素足を足湯に浸している。

　ピラニア映画のワンシーンのように小さな魚たちが足に群がる姿を見た俺は、脇に立てられた看板を読む。

「ドクターフィッシュですか」

「そそ。くすぐったいけど、何か健康になった気になれるわよ」

「角質を除去するよりズボラな生活をあらためた方がよっぽど健康になれるような」

「正論よくなーい！　こういうのは気分なの、気分！」

バシャバシャと足を動かすと、驚いたドクターフィッシュが蜘蛛(くも)の子を散らすように散開。

しかし落ち着いた頃を見計らってふたたび集まってくる。

危ないと思っても引き寄せられてしまう、悲しいサガでもあるんだろうか。

「ほら、今夜くらい付き合ってくれてもいいでしょ。——アタシの道が決まった、大切な日なんだからさ」

「……それもそうですね」

酒も入ってないし。ウザくないなら、まあいっか。

サンダルから足を抜いて木のベンチに腰かける。隣に座る菫を見様見真似(みようみまね)で湯に足を浸すと。

「おふ！」

痺(しび)れるような感触に襲われて思わず変な声が出た。

ハッとして口を押さえて隣を見ると、そいつはニヤニヤした顔でこっちを見ていた。

「いま感度３０００倍の声出たわよね？　もしかしてアキの感じる声って、そんな感じなのかしら。ムフフ♪」

「ばっ、変な妄想すんな。帰るぞ!?」

「あんもうせっかちなんだからぁ。これぐらいで怒らなくてもいいじゃない」

「ったく……。もう朝も近いし眠いんだ。用があるなら手短に頼む」

「ごめんごめん。『結論から言え!』がアキの信条だもんね。じゃあぶっちゃけるけど――」

菫は帯に挟んでいたスマホを抜くと、その画面を見せてきた。

そこには彼女のＬＩＭＥのお知らせ履歴。その最新の通知にある、たった一言の単純な一文を読んだ瞬間、頭の中で無数の疑問符が飛び交った。

『《菫》さんは、《影石家の一族》グループから削除されました』

「――勘当されちゃった♪」

てへ、とドジっ子が如く舌を出しながら弾んだ声で言う。

いやいやいやいやいや何がどうなってるんだ?

あの祖父は厳しいようでいて、そこまでの強権を発動するタイプに見えなかった。

でもそれがただの思い込みで、俺が読みを外したせいで菫と家族の関係を壊してしまったってことか?　だとしたら。

「もしかして、作戦が失敗したせいで……?」

「ああ違う違う。完全にアタシの問題。ていうかむしろ、自分から勘当されに行ったままである」

「……はい？」

いまいち状況が呑み込めない俺に、菫はケラケラ笑う。

いや何わろてんねん。勘当だぞ、勘当。自分の状況わかってるのか、この人。

「実はねぇ――」

俺の心配をよそに菫は、影石邸で起こったことを話し始めた。

児童ポルノは見つからなかったこと、影石鉱に家探しの現場を押さえられてしまったこと。

そして紆余曲折あって、結局、教師も辞めず、ただ宣戦布告だけを突きつけて、屋敷を出てきてしまったこと。

すべての経緯を聞いた俺は、全身から力が抜けるのを感じてハーッと盛大に息を漏らした。

もちろんそれは、ドクターフィッシュのリラクゼーション効果なんかではなく。

「なんでその選択なんですか……」

という、純粋なあきれ。

菫も自嘲するように渇いた笑みを浮かべた。

「ホントにねぇ」

「鉱さんの真意はわかってたんですよね？」

「ええ。本当に心の底からイラストの道を極めたいと訴えれば、きっと認めてくれたと思う。

アタシの道を理解しようとしてくれてたから」

「あの人はそういう人だと思ってました。見た目は怖いけど。だから、俺も――」

「わざとバレるように仕向けたのよね？」

「……はい」

「はー、まいったなぁ。アタシよりお祖父様のこと正確に読み切ってたとか。アキってば人生何回目の転生者なの？」

「勝手にジャンル変えんでください。――第三者から見たら簡単なことも、本人たちが気づくのは難しいってだけのことですよ」

「あー、あるある！　アタシ視点で見えてることアキも見えてないしねー。ラブコメ的な意味で」

「マジすか。客観的におかしなことはないと思うんですけど」

「そーゆーところよ？」

菫の顔がしらーっとしたものに変わっていく。

この人に指摘される側に回るのは大変遺憾だが、それくらい客観視は難しいってことだ。

「でも、どうしてわざわざ喧嘩売ってまで嘘をつき通したんですか？　お祖父さんに全部明かした方が、長期的な人生幸福度はグンと上がったと思いますけど」

「だからアタシそこまで合理主義じゃないんだってばぁ」

「うーん？」

基本的に駄目人間とはいえ菫の担当科目は数学。バリバリの理系人間だ。

ロジカルシンキングが理解できないはずはなく……。

「実はね。昔、まだ教師になる前。教師になるのが嫌で嫌で仕方なかったアタシに、道を示してくれた先輩がいたの」

「大学卒業前の話ですか？　へえ、それは初耳ですね」

「彼ね、高校に赴任したばかりの新人教師だったんだけど、とても自信家で、ものすごく傲慢で、ネクタイと眼鏡の似合うイケメンで」

「男なんですか。驚いたな。そういうの無縁かと思ってました」

「鍛え抜かれた肉体で運動神経抜群、おまけに言葉の端々に知性を感じさせる数学教師でね」

「完璧超人だ……」

まるでおとぎ話の中から出てきた王子様のような昔の男の姿を思い浮かべ、彼女はほんのり頬を赤らめながら語っていく。

「ただひとつだけ欠点があるとしたら、とんでもない色魔で、好みの相手と見るや歳も立場も関係なく口説きまくって、強引に体の関係まで持ってっちゃうことくらいで」

「『くらい』で済まされる内容じゃないような……」

「耳元で『やらせろよ』って囁かれたときは悶え死ぬかと思った……もちろん即答で『はい』

を選択したわけだけど」

「俺は何を聞かされてるんですか？」

「ここからが本題なのよう」

担任教師の爛れた性体験を知らされた俺が困惑気味に問うと、菫は頬に手を当て、くねくね身をよじりながら続けた。

「最低で鬼畜な人だけど、彼はたしかに大切なことを教えてくれたの」


俺様は数多の人間の体と心を丸裸にしてきた。

そして知った。

人は誰しも一皮むけばただの獣。いやらしい欲望を胸の内に秘めている。

常識という概念と一緒に服を着て、大勢の輪から外れないように怯えながら、自分らしさを見せることに怯えてる。

そうやって誰かをだましながら生きることに慣れちまって、みんな小さくて見えないストレスを毎日すこしずつ、すこしずつ、だけど確実に、溜めてるんだ。

息苦しい。生きにくい。

本当はみんな丸裸になって、いやらしい部分さえも全部さらけ出して、欲望のままにどこまでも突き進みたいってのに。

俺様が学校の中、白昼堂々お前を犯すのはさ、お前にこの背中を見てほしいからなんだ。いまのままの自分でいいんだって。

いやらしくて、どうしようもない自分を嫌わずに、堂々と生きていてもいいんだって。

俺様が欲望のままに生きる姿を見せることで、この生き様を世に示すことで、お前を救いたいのさ。……圭太。

「ちょい待て。最後に出てきた男の名前は何だ？」

「え？　風見圭太クンだけど。鬼畜院竜牙様との鉄板カプで有名でしょ？」

「まさか……いまのいままで語ってた、大学時代の先輩の話ってのは……菫先生の元カレの話とかじゃなくて……」

嫌な予感に喉を鳴らしながら、俺は決定的な問いを口にした。

「全部ＢＬゲーの話？」

「それ以外の何だと思ってたの？」

あ、はい。勘違いしてすみませんでした。

と思わず素直に謝りたくなるほどの清々しい断言だった。

まあ、そりゃそうか。式部だもんなぁ……。

「『鬼畜院竜牙の放課後指導』は落ち込んでたアタシに教師の道を示してくれた名作よ。推しの声優さんが二人も出てたから、滅茶苦茶ヤバかったわ。軽く百回は耳が孕んで大家族」

「ひでぇレトリックだ」

「あ、もしかして冗談だと思ってる？　アタシに教師としての心構えを教えてくれたっていうのは本当よ」

子どもみたいに拗ねて頰をふくらませ、菫は声高に主張する。

「いまの話のどこに尊敬できる場所が……ただ対男性特化型ヤリチンが、無理に良いこと言ったようにしか聞こえなかったんですけど」

「要するに自分の在り方に悩む生徒に、そのままでいいんだよ、間違ってないんだよ……って、生き様で示してあげるってトコ」

「ああ……そこまで『要すれば』たしかに良いこと言ってますね……」

「そんな先生になれるなら素敵だなって思ってたのよ。ずっとね。――蓋を開けたら、自分の素なんて一ミリも見せられない、嘘だらけの先生にしかなれなかったけど」

あははと情けない笑みを浮かべる菫。

軽く足を動かして、ぱしゃり……と水の跳ねる音を立てながら。

「でも、見つけちゃったのよ。アタシみたいな不器用で嘘だらけで逃げてばかりの生き方でも、堂々と嘘を貫き通す姿を見せることで、救える子もいるんだ……ってね」

「嘘で、救う？　それって……」

「もちろん内緒よ。同志を売るような真似はしないわん」

「まああえて詮索はしませんけど。……それにしても、意外でした。まさか実家と決別した上に、教師も辞めないなんて」

正直、そんな第三の道はまったく想定していなかった。

教師を辞めてイラストレーターになるか、イラストレーターになって教師を辞めるか。

二者択一だと思っていたのに。

「お祖父様は歩み寄ってくれたけれど、中途半端な態度で教師を続けることには絶対に反対するもの。両立したいなら、絶縁覚悟で我を通すしかなかったのよ」

「そこまでして教師も続けたかったとは。そこからして意外なんですけど」

「何言ってんの。あなた達のせいでしょ」

「え？」

聞き分けのない子にそうするように、菫は眉尻を下げて俺を見つめた。

「放っておいたら壊れそうな子ばっか集まってさ。危なっかしくて、母性本能ドクドク分泌させられるのよ」

「真白のことですか？　それとも……オズや彩羽のことも、察してたりします？」

「まあ詳しくは知らないけどね。でも、アキが頑張ってるのがみんなのためってのは明らかだし。――あれだけ才能ある子達がアキに寄りかからないといけないって時点で、どう考えても歪んでるのよね」

ご名答。

いつもふざけているけど、基礎スペックは超有能なんだよなぁこの人。

「正直、渡りに船というか。彩羽の卒業を見届けてくれる、信用できる大人がひとりいるってのは、俺としても安心できます」

「心配してるんだ?」

「まあ。これでも一応は。オズの妹ですし。俺が就職するなり大学に行くなりしたら、いつまでもあのマンションの部屋にいるとは限らない。引っ越しするかもしれないし、留学するかもしれない。そうしたらあいつ、俺をイジってストレス発散することもできないでしょう。性に合わない優等生面をずっと続けるのもしんどいかなって」

「ちょっとそれ、アタシに弄られ役を替われって言ってない?」

「いつでもウザいところを見せられる人が傍にいるだけでも違うと思うんですよ」

「なるほどねえ。おっけ。黒船に乗ったつもりで任せなさい!」

「教師なら慣用句を間違えないでください。……(性的な意味で)開国を迫るつもりじゃないですよね?」

ドンと胸をたたいて得意げに鼻息を鳴らす菫に、低い声で釘を刺す。

「しないわよぉ。もう、信用ないわねえ」

「しろって方が無理です」

隙（すき）あらば下ネタを仕込んでくるので油断も隙もあったもんじゃない。

……いま下ネタ先制したの俺じゃね？　ってツッコミはあえてスルーしておこう。

「でもホント、アキってば。何ていうか、そーいうとこ！　って感じよねえ」

「……はい？」

いきなり菫の眼差（まなざ）しが細くなり、紫式部先生から《猛毒の女王》に近づいた。

珍しく大人っぽくて、教師らしい。

「いまナチュラルに自分を計算から外したでしょう」

「……それが何か？」

「アタシから見たら、アキも充分『壊れそうな子』のひとりに見えるんだけど」

「押しの強い連中に絡まれて胃腸ズタボロって意味で？」

「いやむしろそこは信用してるわ。滅茶苦茶フィジカル丈夫そう。あとストレス耐性60
0族」

「んな人を厳選したモンスターみたいに」

まあ自覚はあるけど。

体も心も強くなきゃ、ここまで突っ走ってこれなかった。

「アキはアタシや乙馬君のために頑張ってるし、彩羽ちゃんや真白ちゃんのことも、心配して面倒見てあげてるんでしょ？　何の見返りも求めずに」

「見返りは求めてますよ。《5階同盟》のおかげで、就職の特急券も手に入れられる。そもそもみんなの才能が無駄にならないことが俺の望みなんで」

「わからないかなぁ」

「……？」

「そんな風に断言できること自体、世間一般の男子高校生とはズレてるのよ。その年齢でそれだけの強靱な精神力、一体どんな人生を歩んできたら獲得できるのか。どっかですんごい無理してんじゃないかって、普通思うでしょ」

「べつに……他のみんなに比べたら、俺に特別なことなんてないと思いますけどね……」

頑張ることは誰でもできる。

考えることも誰でもできる。

一流のプロ選手になれるような生まれつき恵まれた体格も、時代に名を刻む研究者のような先天的に天才的な頭脳も、色を見るかの如く音を操るピアニストのような絶対音感も。……何もない人間なら、せめて努力と思考は続けないと。じゃないと俺がここにいる意味がない。

そんなふうに思考する俺の顔を見て、菫ははあとため息をついた。

「ま、いいけどさ。早死にはしないでね？」

「それは俺も御免なんで、イラストの〆切守ってください」

「それは無理♪」

「あ？」

「ごめんなさい」

あまりにも自然なダメ発言にも素早く対応。式部反射速度なら世界を狙えるかもしれないな。

そんなメダルいらんけど。

「……とにかく、当分の間は教師も続けたいって意思はわかりました。《５階同盟》としても、それで問題ありません」

二年後、三年後。

もし彼女が子どもを導く仕事に一応のケジメをつけて、イラストの道に進みたくなったら。

自分の意思で、一歩を踏み出せる。

ただそれだけでも、いままでの環境よりも遥かに恵まれた状況で。

長い目で見れば、紫式部先生のイラストの才能がどんどん社会に有効活用されていくだろうことは、簡単に予想できた。

それでいい。そのとき《５階同盟》と彼女が共にあるかは知らないが、ひとつの才能の芽が守られたことに変わりはない。

「惜しむらくは実家と縁が切れてしまったことですが。穏便に済ませられたら最高でしたけど、まあ、過ぎたことを悔やんでも仕方ないですしね」

「それね」

俺の方を指さして、気だるげに背を逸らす。

「まー、言うても一族のＬＩＭＥグループから外れただけだし。もともと両親と翠ちゃん以外の親戚とはそこまで交流してないし、大した影響はないと思うわ」

「どうだかなぁ。こういう体裁を一番気にしそうな奴が――」

「あら？　こんな時間に……」

ベンチに置いていたスマホが振動し、菫が首をかしげる。

応答のために画面をフリックした瞬間――……。

『お゛ね゛え゛ち゛ゃ゛ん゛ど゛っ゛が行゛っ゛ち゛ゃ゛ヤ゛だ゛あ゛あ゛あ゛‼』

だだをこねる幼児みたいなグズグズの涙声が炸裂した。

ハンズフリー設定じゃないのに漏れ聞こえてくるとか、どんな声量だよ。

どうやら予想通りの相手からの予想外にお早いアクションのようだ。

「翠ちゃん？　まだ朝五時なんだけど」

『えっぐ、ひっぐ。朝練の日はこの時間に起きないと、朝の勉強時間が取れないから……』

「わお真面目～……っと、ゴホンゴホン。流石は翠ちゃんね」

思わず素が出かけたのを女王に戻して、菫は冷静と愛玩の狭間で妹を褒めた。

いつもなら、えへへ、とシスコンの翠はとろけるところだろうけど――……。

『ねえ、どういうことっ？　朝起きて家族のＬＩＭＥグループ見たら、削除されましたって。しかもお祖父ちゃんの書き込みで、お姉ちゃんを勘当したって……』

「…………」

『お姉ちゃんともう会えなくなっちゃうの？　うちの子じゃなくなっちゃうの？』

「……馬鹿ね。姉妹の絆が簡単に消えるわけないでしょう」

『でも、大人になって、独り暮らしを始めてから、学校でしか会えてないよ？　あとは親戚の集まりのときだけなのに』

「いつでもうちに来ればいいじゃない。――もちろん来るときは先に言ってね？　必ず24時間前より早く」

部屋を掃除したりオタクグッズを隠す時間が必要だもんな。

もしも翠が菫の家に来るときには、半裸のイケショタのポスター群や甘いイケボで囁かれるタイプのＣＤ一式は俺の部屋に緊急避難させられることになるんだろう。

――まあ、翠が混乱するのも無理はない。

昨日まであんなに近くにいた家族がある日いきなり家族の縁を切られてしまったのだ。冷静でいられるのは、親戚付き合いとか非効率的じゃね？　と真顔で言える俺みたいな奴か、生身で会うのとＬＩＭＥの会話って何が違うの？　と心底意味不明〜って顔で言えるオズみたいな奴だけだ。

そう書くと《5階同盟》の男性陣ヤバいな……。

『ワケわかんないよぉ……なんで、どうしてこんなことになっちゃったの……？』

「翠ちゃん……」

『大星君と付き合ってるせい？　それでお祖父ちゃんの逆鱗に触れたの？』

「違うわ。説明すると長くなるから省くけど、実は彼とはそういうのじゃないの」

『なんで。どうしてなの。説明してよ。意味わかんない。なんで――』

「ごめんね。アタシが教師として、中途半端で――」

『――なんでいきなり、うちのＬＩＭＥグループに《紫式部先生》が追加されたの⁉』

…………………………。

……は？

「……は？」

俺の思考と菫の声が重なった。

ははは。まったく翠ってばシスコンが過ぎるぞ。いくらお姉ちゃん子だからって、現実逃避は良くない。辛い出来事にも目を背けず立ち向かわなければ人は成長できないとビジネス系のＹｔｕｂｅｒも言っ――

「ホントだ……紫式部先生のアカで家族グループに追加されてる」

「まじかー」

通話しながら画面をＬＩＭＥに切り替えた菫が茫然と呟き、俺も困惑の極みで棒読みにならざるを得なかった。

「てかなんで紫式部先生のアカウント知ってるの。怖っ」

「ＬＩＭＥのＩＤ検索かもしれませんね。わかりやすいＩＤになってたりしませんか？」

「murasakisikibusenseiだけど」

「検索で一発ですね……」

「しかもアタシ、向こうに登録されたら自動で相互登録する設定になってる……」

「玄関も窓も全開で『Ｗｅｌｃｏｍｅ』と看板を掲げてるようなモンですね」

「イマドキ熱心なネットストーカーなんていないと思ったのにぃ!!」

ましてや親族だもんなぁ。

頭を抱えて悶絶する菫を気の毒な気持ちで見ていると、スマホから翠のおずおずとした問いが聞こえてくる。

『この《紫式部先生》って、大星君の家にいた駄目な人と同姓同名なんだけど……』

いや同姓同名て。苗字(みょうじ)と名前の区切りどこだよ。

『本人だよね？　変わった名前だから別人ってことはないと思うし』

まさか翠部長。ＰＮ(ペンネーム)という概念をご存知ない？

『どうしてその《紫式部先生》がうちの家族ＬＩＭＥに追加されるの？　ワケがわからないよ……』

俺もわからないよ。そしてきっと誰にもわからない。

『しかもお祖父ちゃん、その《紫式部先生》を養子に取るって言ってて……』

一個セリフ増える毎(ごと)に混迷を極めてくのヤバない？

『どうして凜々しくてカッコ良くて質実剛健な理想の大人像みたいなお姉ちゃんが勘当されて、あんなズボラでだらしなくてお酒に溺(おぼ)れる駄目な大人の見本市みたいな《紫式部先生》が家族に迎え入れられてるの⁉　わかんない。私、わかんないよ……‼』

おいやめろ。いまお前が振り回してる言葉の刃(やいば)、ひとりだけを確実に殺しに行ってるから。

「菫先生。鉱さんは、なんて？」

「『この《紫式部先生》を養子にすることになった。偶然なる邂逅(エンカ)にて知り合い、その類(たぐい)まれなる芸術(ばえ)の才能に心酔(きゅんきゅん)してな。身寄りがないと聞き、我が家へと招き入れた次第』」

「絶好調っすねあの爺(じい)さん。ていうかＬＩＭＥメッセージでもわざわざルビ振ってんすか」

「『元より成人し生業(なりわい)を持つ身ゆえ、今更道をあらためること能(あた)わず。例外的な措置として、特別に教師でないことを認めることとする。皆もこの新しい家族を、甚大なる親愛（アモーレ）をもって迎えてくれ』」

「あぁ～、そう来たかぁ」

たぶんこれは、あの爺さんならではの菫に対する愛情表現、兼、懲罰だ。

いつでも受け入れる準備はできてるっていう、メッセージ。

ただしカミングアウトするには滅茶苦茶ハードルが高いっていう絶妙なゲームバランス。

コイツは一本取られた。

もっと良い選択肢を選んでいたらラクにカミングアウトできたんだぞ、と菫（ユーザー）に伝えつつ、しっかりとクリアできる道筋を残しやがった。

教師一族の長なんてゲームってエンタメとは一番縁遠い存在だろうに、下手な糞運営よりもよっぽど舵取りが上手（うま）いじゃないか。

「はぁぁぁ……」

魂まで抜けるほどのドデカため息を吐きながら菫は背中を丸めた。

弛緩（しかん）しきった表情を見ると、彼女がいかに緊張に凝り固まっていたのかよくわかる。

「カッコつけてたくせに」

「締まらない先生でごめんね～」

にへら、と笑う紫式部先生。

女教師モードが解けたらすぐこうだ。

やっぱり実家と縁を切るの、怖くて怖くて仕方なかったんじゃねえか。

本質は臆病(おくびょう)なくせに、無理しやがって。

「あんたの締まらなさは百も承知だよ。――家族に戻れてよかったな、紫式部先生」

「えへへ、ありがと。ま、いつか種明かしするときはめっちゃ怖いけど」

いままでと同じカミングアウトを恐れる駄目女の笑顔。

だけどその笑顔はこれまでとは違って、未来に対しての諦念を感じさせるものじゃなくて。

およそ一年前。

学校の教室で、廊下で、職員室で、帰り道で。

しつこくアプローチしたとき、繕ったような困り笑いで断り文句を述べた彼女に今日の日のことを教えたら、どんな顔をするだろうか？

手にした自由を彼女がどう使うのかは、わからない。

《5階同盟》のためだけに使えなんて、俺に言える権利はない。

だけど、これで良いんだって。あの日の俺も、いまの俺も、変わらずにそう思えている。

感傷に浸りながら俺と菫は、ふたり視線を交わし合う。

ふっと微笑み、青春に浸る。

何か忘れてる気がしながらも、そろそろドクターフィッシュに啄(ついば)まれ飽きたし足を抜こうかと思ったその矢先。

『ねえさっきから誰と話してるの？』

……あ、思い出した。そうだ、翠と通話中だった。

「へ⁉　あ、あー……何でもないわよ。ええ、何でもないわ」

『そこに誰かいるの？　まさか大星君と――』

「あ、あー、ガガ！　おかしいなぁ、音声が途切れ、ガガピピ！　限界集落だからかなぁ～？

ガガガガ、ザーザーザー‼」

『あっ、待って！　私この不穏なシチュ知ってる！　これ、寝取ら――……』

……ぴっ。

口で言いながら通話終了ボタンをタップする菫。

翠の奴、最後に優等生にあるまじき台詞(せりふ)を残しかけた気がするが……あえて触れるまい。

あの純粋培養な真面目女子がいったいどこでそんな言葉を覚えてくるんだか……。

「切っちゃってよかったのか？」

「仕方ないでしょ！　収拾つかなそうなんだもん」

「鳴ってるぞ、スマホ」

「ほら収拾つかない！」

「とりあえず寝落ちしたってことにするか。もういい時間だしな」

足湯から抜いた足を足元の籠に入っていたタオルで拭い、目に飛び込んでくる朝陽に目を細める。

後ろでもばしゃりと音がして振り返ると、菫もその濡れた足を、タオルで拭っていた。

浴衣の裾がめくれてふとももが見えそうになり、俺はそっと目を逸らした。

まったく、はしたない教師だ。

世間一般的には美人に分類されるはずの彼女が見せる色気たっぷりなオフショット。クラスの男子連中垂涎ものの光景だが、本性を知ってるといまいちそそられない。

家の問題が解決する前も後もその事実だけは変わらなかったことにホッとしつつも、男女の関係としてそれでいいのかと苦笑してしまう自分もいた。

大事な話も終わったし、今日はこのまま遅すぎる就寝だなと思っていると――……。

「あ、そういえばアキ。ひとつ訊いていいかしら」

背中から、素朴な疑問が投げられる。

「縁結びの儀式はどうなったの？」

「……ぐ!?」

おいおいおい。この女。せっかくめでたしめでたしのタイミングで……。

クリティカルな質問、してくるか？　普通。

小説ならここでキリよく第一章・完、ってところだろうが。もうちょい構成としての美しさってモンを意識してほしくてだな。

「ふたりの関係、どこまで進んだのかしら？」

「……べ、べつに、何もねえよ。ここにきて野次馬根性とか、空気読め」

「あーいや、この質問はどっちかというと心配性の教師的なムーブで……」

「はい？」

「なっ、なな、何でもないわ！　そ、そぉーよねえ！　朝まで祠で過ごさなかったからこそ、アキも彩羽ちゃんもいまこの旅館にいるんだものね！　朝チュンなんてなかったわよね⁉」

「な、なかった。ああホント何もなかったからこれ以上の詮索はやめてくれ」

滅茶苦茶早口になった。

菫の言葉に祠の中での出来事を思い返し、自分の首筋が熱くなるのを自覚する。

駄目だ。考えないように、考えないようにしてきたのに、ここでまた、来やがった。

彩羽の照れた顔を、背中に当たる柔らかさを、腕に触れたふとももを、鮮明に思い出すと、それだけでドキドキと心臓が強く脈打つ。

「もう寝る……！　じゃあな！」

自分の中に急激に噴き上がった正体不明の感覚から逃げるように、俺は早足で屋上を立ち去るのだった。

＊

『真白ちゃんの秘密を知った上で、アキのあの反応……。うーん、アタシこれからどうすりゃいいんだろ。中立の立場を保つのって難しいわぁ』

『僕は彩羽×アキ派で先生が月ノ森さん×アキ派なら、バランス取れてるんじゃゃない？』

『むーん……そりゃあここはメタ空間だからそういう割り切りもアリだけどぉ』

『フフ。まあせいぜい悩むといいんじゃないかな。その絶妙なすれ違いのおかげで面白くなることもあるだろうからね』

005

Tomodachi no imouto ga ore nidake uza

第5話・・・・・真白の担当が俺達にウザい

「センパイが学校に着けていくのは、この金のネクタイと銀のネクタイ、どちらですか？」

「学校指定の赤いネクタイだが」

朝。

見慣れた天井。いつもの自室。

ベッドの脇(わき)に立っている彩羽(いろは)が泉の女神めいた清楚(せいそ)な笑みを浮かべていた。

てかどこから入手したその派手なネクタイ。仮装大賞の司会かマジシャンくらいしか着けてないだろそれ。

「正直者のセンパイにはどちらも贈呈しましょう……」

「いや、いらんて。学校指定のネクタイをくれ」

「あははー。実はいま洗濯機(いずみ)の底でして」

「お前、まさか……」

「畳まれてた洗濯物にジュースぶっかけちゃいました！　サーセン！」

「お前えええええ」

「うう、怒らないでくださいよう！　私だって被害者なんですよ⁉　ただのオレンジジュースだと思って振りまくったら、炭酸含有量ＭＡＸのオレンジソーダだったんですからっ」

「そもそも朝から人ん家に侵入して冷蔵庫の中身を勝手に飲むな」

「いいじゃないですかライフワークなんですからぁ～！」

何という俺達の日常。

何の変哲もない、ウザい日常から始まり、俺は学校へ向かった。

「やあ、アキ。今日も朝から疲れた顔だね」

「お前の妹のせい……いや、お前のせいか？　ん？　あれ……？」

見慣れた学校。いつもの教室。

俺の後ろの席に座っている彩羽が、少女漫画の王子様めいた腹黒な笑みを浮かべていた。

てか配役おかしくね？

「どうしたの、アキ。狐につままれたような顔をして」

「そんな顔にもなるっての！　なんで彩羽がウチの教室にいるんだよ！」

「あはは、やだなぁ。僕は彩羽じゃなくて乙馬だよ。いくら兄妹だからって性別違うんだし、間違えようもないと思うけどなぁ」

たしかに声は聞き慣れたオズの声色。だがしかし目の前にいるそいつの見た目は、どう見たって彩羽なのだ。

何がどうなってる？　彩羽の悪ふざけか何かなのか？

「おはよう。……どうしたの？」

などと俺が懊悩していると教室に入ってきたらしい真白の声。

実家のような安心感に振り返る。

「ちょうどいいところに来てくれた。聞いてくれよ、真し――彩羽ぁ!?」

「何？　大声ださないで、うるさい」

聞き慣れた塩対応。聞き慣れた平淡で手厳しい言葉。

だけどそこには見慣れぬ……いや姿だけは見慣れてるが、その席に座る姿は見慣れない女子、小日向彩羽がいた。

振り返る。オズの席にはにこやかに微笑む優男風の彩羽。

振り返る。真白の席には冷ややかに睨む清楚女子な彩羽。

前門の彩羽、後門の彩羽。

いったいどういうことだ。何故、どいつもこいつも彩羽になってしまったんだ。

「さあ、ＨＲを始めるわよ。――私語は自由よ。土下座して床を舐め、頭を踏まれて罵られる覚悟があるならね」

聞き慣れた罵倒。聞き慣れたパワハラ知らずの女王の号令。

だけど当然、そこにいたのは――……。

「やっぱり彩羽じゃねえか！」

「あら大星君。忠告の直後に私語とはいい度胸してるわね。昼休み、生徒指導室に来なさい？　たっぷり可愛がってあげるわ」

声色は完全無欠に《猛毒の女王》モードの影石菫その人だ。

さすがは彩羽、七色の声を使い分けてやがると感心してる場合じゃなく、一体全体何がどうしてこうなっているのか全然わからない。挙句の果てには、

「おいおい大星、女王様の折檻狙いかよ。抜け駆けしやがって、ずりいぞ」

特に普段交流のない男子生徒Aまで彩羽になってる。

ハッとして教室中を見渡すと、三十人あまりのクラスメイトたちが……いや、三十人あまりの彩羽が、俺の方を見ていた。

右を見ても、左を見ても。目に飛び込んでくるのは彩羽、彩羽、彩羽、彩羽の顔ばかり。

悲鳴とともに教室を飛び出すと廊下ですれ違う彩羽、職員室から出てくる彩羽、中庭の手入れをしている用務員姿の彩羽、花壇で水やりをする校長先生も彩羽。

無人のトイレに飛び込んだ俺はぜえぜえと息を切らしながら、混乱する頭を落ち着けるために鏡を見ると、そこに映った俺の顔は、彩羽――……。

「って、悪夢か!!」

盛大にツッコミながら目を覚ます。

見慣れた……わけがない天井。いつもの自室……ではなく旅館の一室。

朝。いや、時計を見たらもう十二時を回っていた。

あー、そうか。昨日は色々あったし、結局布団に入ったのは日が昇った後だったんだよな。

「しかしまさかあんな夢を見るとは」

登場人物、全員彩羽。

画面を埋め尽くす彩羽の群れは絵面的にかなりのウザさだった。彩羽の演技の幅を考えたら、ゲームの中なら再現できてしまいそうなのがまたこう、うん、やめとこう。誰得だし。

「おはようございまーっす☆」

「うお⁉」

いきなり背中から抱きつかれる。

「センパイ、寝言で彩羽ぁ～、彩羽ぁ～って私の名前を呼んでましたけど。も・し・か・し・て～、私の夢を見てたんですかぁ？」

「……！」

「お、図星っぽい。センパイの先輩が朝の海綿体事情でもう限界ってやつですかね☆」

にしししと笑う彩羽の声が耳をくすぐる。

いつものように背中からベタベタ絡んでくる彩羽に、昨夜見せた恥じらいや奥ゆかしさの類は見えない。

完全にいつも通りだ。会話に下ネタ交えてくるあたりも、とてもじゃないが俺を恋愛対象として意識しているとは思えない。

恋愛感情を向けているなら絶対にしないであろうことをする彩羽に、ある意味での安心感を覚えつつ、俺は自分自身の異常を意識せずにはいられなかった。

「………」

「んー？　センパイ何か今日は大人しいですね。いつもなら撃退しようとしてくるのに」

「そ、そう思うなら、や、やめろよ」

「ほらツッコミもキレがない！」

「～～……!?」

彩羽の逆ツッコミの勢いで体重が前にかかったせいで、背中に当たっていた胸の感触が数倍に増幅した。

「センパイ？　ねえどうしたんですか。せんぱーい？」

「………」

ふざけんなよコイツなんでこんな押しつけてくんの俺のこと好きなの？　ていうかナニコレやばい柔らかっ！　何ショア？　何ロックウェルＣ？　胸の柔らかさを量る単位として正しいかよくわかんないけど一定の柔らかさの胸を押しつけてはいけないと国際規格で定めておいて

ほしい。

「ちょ、本当に大丈夫ですか？」

「………………」

駄目だ体も頭も硬直して彩羽の体を引き剝がせない。いつもならやれるのに、いまの俺は、ただただ心拍数が増すばかり。

「帰ってきてくださいってば、センパイ！　センパイセンパイセンパーイ」

「………………」

やっぱりこの感覚は、彩羽のことを異性として意識しちまってるってことなんだろうか。

縁結びの儀がきっかけで？　んなアホな。

彩羽にはこの前、真白の件で「《５階同盟》のことに集中しろ！」と怒られたばかりなんだぞ。

舌の根も乾かぬうちに今度は彩羽に心浮かれてるんだとしたら、どれだけ節操ないんだよ、俺って男は。

「完全に無反応。これ本格的に病院案件なんじゃ……」

「………………」

俺のいまのこの気持ちを万が一彩羽に知られでもしたら。

『うわキッモ。土下座までしてカッコイイこと言っといてコレですか。目的に向かって突き進むと言いながら、ちょっとラブホでふたりきりになったくらいで胸キュンして恋に落ちるとか、結局センパイは女の子に縁のない童貞だから興味ないフリしてただけで、恋愛とか青春とかにうつつを抜かすその辺の男子と同じじゃないですか。うわー、ないわー』

と、ドン引きされてしまう。

いや彩羽に実際そう言われなかったとしても、俺自身が、いまの自分の感情にドン引きしてる。真白の告白を断ったとき……そのときに言ったことを思い出すと、あまりにもいまの感情が無責任に思えて、テメエふらふらしてんじゃねえぞと、自分の頬をぶん殴りたくなってくる。

本当に、どうしちまったんだ俺――……。

「セ・ン・パ・イ・起・キ・ロ！」

「うお、うるさっ⁉」

「お。やっと現実に戻ってきましたね」

「おま、お前なぁ。鼓膜が破れるだろうが」

「無視するのがいけないんですよ。というか、今日はやけに素直に抱きつかれてくれますね。嫌がらないんですか？」

「……え。あーうん。いやあんま嫌じゃないし――」

「え？」

「いやッ……嫌！　だと思うんだが……くそっ！　動け！　動けよ俺の体！」

「お、おう……」

困惑を隠せない声でそう言うと、彩羽はそそくさと背中から離れた。

それと同時に凶器じみた感触も背中から離れ、呼吸と発汗が落ち着きを思い出していく。

「あの、センパイ何かおかしいんですけど、心当たりあります？」

「さ、ささささあ何かしらねえ⁉　ねえ、乙馬君⁉」

「もしかしたらこれは、コングラチュレーション、かもね」

「や、お兄ちゃんイミフすぎ。解説欲しいんですけど」

「うーん。あんまり僕の口からストレートに語るのも野暮（やぼ）かなぁと――」

すでに起きて部屋でくつろいでいた菫に近寄り、ひそひそと話を始める彩羽。

ニコニコ笑顔で楽しげなオズも交え、俺の状態について議論を重ねていた。

結局、話しても有用な結論は得られなかったらしい。

彩羽はまた俺の方に近づいてきて、ぴたりとおでこにおでこを当ててくる。

「熱とかですかね？　昨日、夜中に山を歩かせたから……」

「～～～～………!!　ち、違う。べつに体調は、悪くないっ」

「それならいいんですけど……うぅーん。むむむ」

俺の答えに納得いたしかねるようで、彩羽は疑（うたぐ）り深い刑事のように顎（あご）に手を当て唸（うな）っている。

そんな些細（ささい）な動作がすでに可愛く感じるのだから、やっぱりいまの俺は異常だ。

襲い来る思春期の衝動をどうすりゃ処理できるんだと途方に暮れていると、

「ふんぐるい　むぐるうなふ　くとぅぐあ　ふぉまるはうと　んがあ────ッ！」

空気をガラリと変える神の助け船が、奇声という形で隣の部屋から聞こえてきた。

神は神でも外なる神関係っぽいのは大丈夫か？

「いまの声って……」

「誰何するまでもなく、隣の部屋で解読不能の叫びを上げるとしたらひとりしかいないよね」

菫とオズの会話の途中にも、隣からはゴロゴロと畳を転げる物音が聞こえてきて。

それからハッと気づいたようにピタリと止まるタイミングがあって。

立ち上がる音の直後、ドタドタと慌ただしく部屋を出ていく音が続いて。

バタバタバタ……とたった一メートル廊下を移動する音がして。

バッターーーン！　とドアを開けながら桔梗の間に飛び込んできた予想通りの人物が、あるプ●トーンのＤＶＤパッケージみたいなポーズで畳の上を滑り込みながら。

「やった……！　〆切……たおした……！」

天への供物の如くノートPCを両手で掲げ、歓喜の声を上げる女子は見慣れた……えーっと、たぶん、おそらく、自信ないけど、ギリギリ？　月ノ森真白だった。

学校では綺麗に整えられた髪は毛先が暴れまくってくしゃくしゃで、きらきらと輝きを放っていたシルバーブロンドもどこかくすみ、白くて綺麗と噂される肌は死にかけのゾンビみたいに青白い。死にかけのゾンビって何だよと思うかもしれんが雰囲気で伝われ。

昨夜の服装と同じだからたぶん早朝に別れた後、いまのいままでずっと寝ずに執筆してたんだろうなぁ。

「たお、したぞぉ。クソドリぃ……ぶみゃっ」

「あ、顔から行った」

「真白――――ッ⁉」「真白先輩――――ッ⁉」「真白ちゃーーーーん⁉」

オズを除いた全員が、力尽きたように顔面から倒れ伏した真白に駆け寄った。

「大丈夫か⁉」

真白の体を抱き起こす。

おでこは盛大にぶつけて真っ赤になっていたが、命の証はしっかりと脈打っていた。

意識がないのは、ひとえに。

「すぅぅぅ――……すぅぅぅ――……」

「爆睡してますね」

「このやりきった感じの顔。〆切に追われる日々はしんどいけど、倒したときの多幸感は中毒性あるよな」

「わかるわ。恋人と見たいこの夏一番の映画よりも共感できる。泣きそう」

「あんたは〆切明け寝ないで酒飲んでるだろ」

運営型のスマホゲームを運営していると嫌でも経験してしまうやつだ。無茶なスケジュールを徹夜の連続で無理してクリアするのを繰り返しているうちに本人たちに自覚がないままそのブラック労働をクオリティ上げるためには必須と考えてしまいずぶずぶと無駄な労働時間が増える罠が商業の世界ではあるようだから他山の石に学ばないといけないけど。

……もちろん特定の個人、企業、団体の話じゃないぞ？

「あれ？」

真っ白に力尽きて眠る真白の、ノートＰＣ。さすが社長令嬢というべきか企業しか買わないような本格プロ仕様のＰＣの隙間から、最新鋭とは正反対の原始的な紙切れがひらりと舞い落ちる。

何の気なしにそれを拾い上げる。

勝手に読むのは申し訳ないと思ったけれど、その紙は折り畳まれてるわけでもなく、文字の書かれた方が表になっていたせいで自然と目に入ってしまった。

『海　真白もいきたい。たぶん　力尽きてると思うけど　もし寝てても　一緒につれてって』

「ダイイングメッセージかな？」

「いや、まだ一応死んでないから。たぶん」

傍らに立って紙を覗き込んで言うオズに、軽く突っ込んでおいた。

そして彩羽と菫もすぐに反応する。

「気絶前提でメモ残しておくとか真白先輩、どんだけ海行きたかったんですか」

「サンタさんにプレゼントお願いする子どもみたいで可愛いわぁ♪」

「お疲れ、真白。いまはせめて安らかに」

「アーメン」

力尽きた英雄に敬意を表するように、口々に真白を労う俺達。

だがそのとき、ふと気づいたとばかりにオズが言う。

「あれ？　でもそういえば、海辺のホテルの予約、ぶっちぎっちゃってるよね僕ら」

真白の希望を打ち砕く、絶望的なひと言を。

「…………」

「…………」

「…………」

俺が、彩羽が、菫が。

みんなが互いの顔を無言で見つめ合い、ふるふると首を横に振り合った。

――お前予約の調整した？

――センパイは？

――いや、全然それどころじゃなくて。

無言の三十秒間にそれくらいの内容は詰まっていただろう。

『昨日中にお越し頂けなかったため予約はキャンセルとなっております。又、一度キャンセルされたお客様につきましては別日への再度の予約もご遠慮いただだいています』

そして慌てて行なった電話確認の結果は、無慈悲のアウト。

他のホテルにも片っ端から電話をかけたが、夏休みの観光シーズンということもあってか、どこもかしこも満室で。

「なんてこった……もしかして、俺達……」

「海に行けないってことですかーっ⁉」

茫然（ぼうぜん）とした俺の言葉を継いで、彩羽がオーバーに頭を抱えて叫んだ。

「ビーチに寄って遊んですぐ帰るってのも手だが」

「それだとほぼとんぼ帰りじゃないですかぁ！　全然ゆっくり遊べませんよう！」

「それに海で遊ぶと結構体力削れるわよね。遊んだ後、何時間も運転しなきゃいけないのよね。

無事故で地元に帰れるかしら……」

　菫のつぶやきが決定的だ。まだ死にたくない。

　人生をＲＴＡ（リアルタイムアタック）のように生きてる俺だが、不運（ハードラック）と踊（ダンス）って最速あの世逝（い）きってのはさすがに困る。

「センパイ……」

「心細そうな目で見られても、こればっかりはな……」

　正直、どうすることもできない。

　当初のスケジュールを変更してしまった時点で詰んでいたのだろう。

　これは、海で遊ぶ、っていうミッションに対して効率的な行動をできなかった俺達への神様からの罰なのかもしれない。

「すまん、彩羽。オズに、菫。そして、真白も。今回の海旅行は、諦（あきら）め――」

「――るには、まだ早いチュン♪」

「え？」

　特徴的すぎる語尾のせいで、正体を確かめるまでもなかった。

　声に振り返ると、いつの間にそこにいたのか、ゴスロリ服に身を包んだちっこい金髪女

――こと綺羅星金糸雀（俺の内心の呼び方はカナリア）が扉に背を預けるカッコイイ仕草で立っていた。

「お友達との思い出よりも原稿を優先する姿勢！　パリパリ立派でカナリア感激！　カナリアちゃんポイント100点ゲッチュン♪」

きゅるるーんと効果音がしそうな横ピースで声を弾ませるカナリア（自称17歳）。

彼女はライトノベルレーベルUZA文庫のエース――担当した作品すべてを重版させ、数多のヒット作を世に放つ天才アイドル編集で、巻貝なまこ先生の担当編集である。

どうやら、新人賞からの拾い上げ（？）らしい真白の面倒も見ているらしく、この限界集落影石村にたまたま訪れていたのも、この旅館が、缶詰用に部屋を通年で借りている贔屓の旅館だったからだという。

「だ〜か〜らぁ〜――……？」

そんな、俺にとってプロデュースという面で完全に格上の『大人』であるカナリアは、もったいぶって溜めた後、☆が弾けるほどのウインクを決めながら。

「カナリアちゃんが贈呈します！　辺り無人な豪邸一泊！　愛の入り江はシーサイド、出し惜しみはしてないよ？　君もあなたも先生も、みんなまとめてご招待☆」

妙に耳に残るリズミカルな韻踏みでそう言った。

＊

そして、一時間が経った。

新たに菫の車のナビに設定された目的地。

「ここは……」

ジープから降りた俺は燦々と照りつける太陽に目を細め――……。

「ええ、間違いないわ。今度こそ……！」

菫は一面に敷き詰められた白い砂を踏んで拳を握り締め――……。

「夢にまで見た……！」

目に飛び込んできた一面の青に真白が郷愁に胸膨らませ――……。

「うーーーーーーーーみだぁーーーーーーーーッ!!」

彩羽が合宿所に到着したアイドルのように両手を広げて全身で喜びを表現した。

「綺麗なエメラルドグリーン。それでいて、本当に無人なんだね」

「まさか日本にこんな場所があるなんてなぁ」

どこまでも続きそうな広大な砂浜に、人っ子ひとり見当たらないのだから異常だ。

おまけに背後を振り返れば、映画でしか見たことない二十人は泊まれそうな二階建ての豪邸がある。

普段暮らしてる家だとしても破格の広さ、大きさ、美しさを誇るのに、これで別荘だというのだから驚きだ。

スポコン漫画の合宿所かよ。

「もっとも他の観光客の姿が見えないのは、当然っちゃ当然だけど。だって――」

オズと並んで車のトランクから荷物を降ろし、俺達からすこし遅れて駐車場に入ってきた車をちらりと見る。

低い車高、洒落(しゃれ)たフォルム、若者の車離れと呼ばれて久しい昨今見なくなった格好良い大人信仰の象徴――外国製の赤いオープンカー。

金色の長い髪を風になびかせ、颯爽(さっそう)と降り立った女――カナリアは、カメラでも回ってるのかと疑いたくなるスタイリッシュさでサングラスを取って目を細める。

「――あの人のプライベートビーチなんだもんなぁ」

「圧倒的成功者の風格があるよね」

「会社の資産含めた可処分金額は月ノ森社長の方が上だろうけど、個人資産だけならカナリアさんの方が上かもしれん」

「出版社の編集さんって、儲かるものなの？」

「や、そんなことはないと思うぞ」

オズの素朴な疑問に、俺は即答で首を振った。

すると下世話な金の話に興味をそそられたか、彩羽もこちらに気づいて寄ってくる。

「でも、ヒット作を出せたらウハウハなんじゃないですか？」

「会社はウハウハだけど、会社員の時点で年収はある程度上限があるんだよ。大手出版社勤めならそりゃ年収１０００万とか余裕だろうけど、それでもプライベートビーチ持てるレベルの金がもらえるわけじゃない」

「年収１０００万！　ってだけで滅茶苦茶金持ちっぽく聞こえますけどねー。なら、いくらあったらこのビーチを持てるんです？　１億くらい⁉」

「どうだろうなぁ。正直、資産１億だと全然足りない気がする」

「マジですか⁉」

「なるほど。たしかに１億だと運用に回したり事業の準備金に回すのに一杯一杯かもね。１億もあるならそれを切り崩すだけなんてもったいないし。アキに言わせれば、非効率的……っていう」

「個人資産５億もあれば散財の余裕ありそうだが、この規模のビーチとなるとさすがに……」

「てかセンパイもお兄ちゃんも本当に高校生？　金銭感覚怖いんですけど」

大真面目に金のことを考える俺に、彩羽はうへーとなる。

ちなみにこれは金銭感覚というより経済感覚……まあ細かいことはどうでもいいか。

高校生なのにと言うが、経済の仕組みや本当のお金の知識こそ高校までの教育で教わった方が効率的に優れた社会人になれると思うのだが、何故そういう教育制度にならないのだろうか。もしかしてそのあたりの感覚をあえて養わせないことで得をする奴でもいるのか？　だとしたら、そいつにとっての効率を突き詰めた結果だろうから違和感はないが。

「でもセンパイ。それならどうして一編集者のカナリアさんが、こんな豪勢な別荘とプラビを持ってるんです？」

「ハリウッド俳優の名前みたいな略語だな。……あくまで予想だけど、あの人の収入源は給料じゃなくて、副業収入だと思う」

「副業？」

「作家をプロデュースするためにやってるいくつかの活動がそのまま事業にもなってるんだ。ちょっと調べてみたんだが――」

スマホを操作して、まとめた情報を彩羽に見せる。

「えーっと？　月額８００円のオンラインサロンに登録者2万人……」

「その時点で月収１６００万だな」

「ヒエッ。毎月本の発売日合わせで発売してるＣＤがオリコンＴＯＰ10入り……」

「印税を単純計算すると大体月平均２０００万」

「にせっ……って、ＣＭにも出てるんですかこの人⁉」

「芸能事務所を通さない場合のそのメーカーのＣＭ出演料の相場から計算すると、月平均大体１５００万くらい」

「聞いてるだけで頭が悪くなりそうなんですけど……」

「ここまでで月収５０００万強で、年収にして６億。さらにリアルイベントとか自分で執筆したエッセイの印税とかその他諸々を考慮すると――」

「オーケー了解もう大丈夫です。カナリアさんが大富豪(マネーモンスター)だってことはよーくわかりました！」

彩羽が耳を塞(ふさ)いで、あーあーあーと俺の言葉を遮(さえぎ)る。

あまりに桁違(けたちが)いな世界すぎて、脳が理解を拒絶しているのだろう。

６億くらいならば、『黒き仔山羊(こやぎ)の鳴く夜に』がハニプレのパブリッシングを受けることに成功すればひと月で稼げる見込みがあるので、俺は数字そのものには驚かないが。それは事業売上の話なので、個人資産がコレってのは純粋に凄(すご)いと思う。

「もぉ～、ここまで調べ尽くすなんて、どれだけカナリアちゃんのこと好きなのぉ～？」

「わぷっ」

彩羽の脇腹(わきばら)を押しのけて、ぐいーっと間に入ってくる十七歳（自称）。

彼女は流し目で俺を見上げると、小悪魔じみた笑みを見せる。

「まどろっこしいことしなくてもぉ、君になら教えてあげるのにぃ。体も心もお財布も、全部さらけ出しちゃうチュン♪」

「アイドルが『君』ひとりを贔屓しちゃまずくないですか?」

「やーんやん、いじわる言わないでぇ☆　ファンのひとりひとりが『君』だチュン♪」

「詭弁っぽいですけど、地味に心くすぐられますね……」

くりくりした大きな瞳。ちんまりした背丈ながらも出るところは出たプロポーション。

ロリ巨乳、と呼ばれし神の造形は、たしかにオタク男子ウケしそうだ。

そんな姿で甘いキャンディボイスを響かせた日には、ライブ会場最前列の連中が揚げられた海老の如く飛び跳ねるに違いなかった。

「まあ実際訊いたら教えてあげるチュン。べつに隠してないからネ♪」

「それ、本当だよ。カナリアさん、誰に対しても年収フルオープン。編集部の中で、知らない人いないと思う」

「真白」

海に見惚れていた勢の真白が、いつの間にか彩羽とカナリアの反対側——の、俺の隣に寄り添っていた。

そうか、真白はこの人の担当作家。すでに何度か打ち合わせもしてるのか。

「も〜、その言い方！　カナリアちゃん、まるでチュンチュン自慢っ子！　ノンノン。みんなが知りたがって訊いてくるから、期待に応えて公開してるだけでチュン！」

「でもそれ大丈夫なんですか？　同じ編集者なのにそこまで収入格差あったら、同僚から不満とか出そうですけど」

出る杭は叩かれるのが日本社会の常。オズがそうであったように、突出した人間はなかなか社会に交われない。

だからカナリアがどんな扱いを会社で受けてるのか気になって、そう訊いたのだが。

「う〜ん？」

彼女は不思議そうな顔をすると、可愛らしくこてんと首をかしげながら。

「ヒモに文句を言う資格があると思ってチュン？」

「ヒモ」

「あ、もちろんいまのは高度なレトリックだチュン。リアルヒモなんか御免だチュン」

「えーっと、つまり……？」

「カナリアちゃんの担当作品だけでUZA文庫の全売上の九割を叩き出してるんだからぁ〜、養われてるだけの皆にどーこー言う権利なんてナッシンチューン☆」

「九割」

すげえ。ここまで尖ったら会社の中でも好き放題できるのか。

目の前のふざけたノリの大人に圧倒される。見た目は子どもみたいにちっこくて、年齢不詳のちょっとアイタタうわキツ系の女の背後に阿修羅の幻影(スタンド)が見える。

俺はこんな人と巻貝なまこ先生の時間を奪い合っていたのか。

「飛び出た杭を打つとか日本企業の古すぎる固定観念はポイポイポーイ♪　カナリアちゃんはグローバルスタンダードに生きるチュン」

「おおっ。評価されるべき人が正当に評価される価値観。そこを目指す姿勢……！」

カナリアの言葉に感銘し、自然と声が弾む。

すると、隣にいた真白の表情がふっ……と冷淡なものに変じた。

「あんまり本気にしない方がいいよ。カナリアさん、ハリウッドへのコンプレックス丸出しのアメリカかぶれなだけだから」

「うぐっ」

真白の辛辣(しんらつ)な台詞(せりふ)にカナリアの表情がピキリと凍る。

「ま、真白チュン？　な、なーんでそーゆーこと言うのカナー？」

「アキに変な影響受けてほしくないし。真白知ってるよ。本当はハリウッドのプロデューサーになるのが夢だったのに英会話が壊滅的で――」

「やあああああああやめるチュン!!　それはカナリアちゃん一発即死の禁呪だチュン!!」

「さっきの考え方も業界最大手の大帝国書店の偉い人のセリフ丸パクリだし」

「リスペクトって言ってよおおおお!!　っていうかヒドくない!?　真白ちゃんが海に行きたいっていうから、別荘使わせてあげようとしたのにっ」

「それは、ありがと。……でも、カナリアさんも何か狙いがあってのことでしょ？」

「う……ピーヒョロロロ♪」

じろりと真白に睨まれたカナリアは、目を逸らして滅茶苦茶器用な口笛を吹いた。

よくわからんが勝手知ったるふたりのやりとり、見てるだけでほっこりするほど仲良しだ。まるですでに長期連載を一緒にこなしているかのような安定感だが、その絡みやすさも名編集たる所以なんだろうか。

「まあ、大帝国書店を倒そうとか、暑苦しいこと言っちゃうトコはべつに嫌いじゃないけど」

「そういや真白、さっきから出てくる大帝国書店てそんなに凄いのか？」

正直ライトノベルには詳しくないので業界のことはよく知らない。

超有名な出版社の名前はいくつか知ってるし、大帝国書店もその中のひとつだが――……。

「正直、カナリアさんの実績とか個人資産とか巻貝先生の発行部数とか聞いてると、すでに負けてないんじゃないかって気が――」

「えっ、ばかなの？」

久々にストレートに罵倒された。

「り、リサーチ不足ですまん。小説の世界はサッパリなんだ」

「たとえばね、出版社の編集さんって、高学歴が多いんだけど――」

「へー、そうなんですね。カナリアさんもですか？　……まさか東大とか⁉」

真白の言葉の途中で興味を示した彩羽がひょこっと割り込む。

するとカナリアはむふーんと得意げな顔になった。

「いっけね☆　東大卒ってバレちった☆　やーん、まいっチュン☆　学歴自慢とかダサすぎて本当はやりたくないけど嘘は言えないチュン☆」

「流れるような高学歴自慢……やっぱり私よりウザいですよね、この人」

「彩羽とはウザさのベクトルは違う気がするが、かなりのウザ度数なのは間違いないな」

白けた眼差しを向ける俺と彩羽に、真白がふっと冷笑を浮かべる。

「カナリアさんが学歴でイキってると、笑える。学歴で切られたから大帝国書店に入れなかった人なのに」

「なん……だと……」

「ぐふぅ」

「ちょ、カナリアさん⁉　大丈夫ですか⁉　ドヤ顔のまま唇から血が出てますよ⁉」

流れるような流血描写に驚いた彩羽がカナリアの体を支える。

青い顔でブルブルと震えながらもカナリアは、強気な笑みを保とうとしながら。

「だ、大丈夫だチュン。これは悔しさのあまり唇を噛み切っただけだチュン……！」

「あんまり大丈夫じゃないような⁉」

　彩羽のツッコミをよそに真白が表情ひとつ変えず補足する。

「あの会社、お金で超有能な人材を集めた結果、スタンフォード大学卒業でハリウッドで様々な映画を世界規模でヒットさせたプロデューサーとかイェール大学出身の現代マーケティングの始祖と呼ばれる心理学者とかオックスフォード大学卒でイギリスで世界的ヒット作品となる魔法学園小説を出版した元エージェントとかで編集部が構成されてて、新卒も世界の大学ランキングで十位以内の大学からしか取らないの」

「出版界のCOOGLE（クーグル）だな……」

　いやまあ物凄い企業だということは当然知っていた。だが、小説編集部もそんなワケのわからん人材で固められていたのか。

「ぐぬぬ……あらためて聞かされたら悔しさ爆発（ばくはつ）ぅ〜！　ほら、みんなさっさと建物に入るチュン‼　カナリアちゃん、上がったばっかの巻貝先生の原稿に赤入れしないと‼」

「ちょっ、それはっ」

　ブンブンと肩を回して建物に向かっていくカナリアに、真白が慌てたように手を伸ばす。

　ん？　いまのカナリアのセリフ……。

「カナリアさん、巻貝なまこ先生の原稿が上がったって……」

「そうなのそうなのるんるんるーん♪　『白雪姫の復讐（ふくしゅう）教室』の最新刊、ようやくその初稿が上がってねぇ〜。偶然にも、このタイミングで、ねぇ〜？」

「か、かかかかカナリアさん……〜〜っ!!」

「うぅ〜ん？　なぁ〜にかなぁ真白ちゅーん？　カナリアちゃん、さっき株を下げられたのが嬉(うれ)しすぎてとってもお口がご機嫌なだけでぇ〜、べつに『匂(にお)わせ』してるつもりはないチュンよ〜？」

「くっ……最低のクズ……」

「えぇー？　聞こえなーい。原稿を人質に取られないボーナスステージ、突入(とっチュにゅ〜ん)☆」

「なんで真白が怒ってるんだ？　それより巻貝なまこ先生が原稿を上げたっていうのは」

「もぉニブいぞぉ♪　つーまーりー真白ちゃんは巻(まき)──」

「魔斬(まきり)!!」

「大吟醸(だいぎんじょう)ッ!?」

　突然、何故かこのタイミングで会話に乱入してきた菫がカナリアの口をふさいだ。

「あぁ〜、海に着いたら日本酒の『魔斬』が飲みたくなってきたわぁ〜。豪華な別荘なんだし、お酒のストックもあるわよね!?　ほらほらぁ、大人同士飲み明かそぉ〜！」

「まだ夕方前なのに!?　てゆーか原稿読むって言って──」

「じゃあアタシだけ飲んでるからカナリアさんはお仕事ファイト♪」

「何それひどすぎ、ナチュラル畜生いやがらせ！　せっかく海に来たのに初手飲酒とかナメてるチュン。何のために招待してあげたと思ってるノ⁉」

「わかったわかった。ちゃんと泳ぐからお酒のストックを見せて頂戴。ねっ」

「しつこ――ちょ、どこ掴んでるチュン！　……アッー！」

抗議するカナリアと肩を組んだまま、強引にずるずると引きずっていく菫。

一瞬だけ振り向いて、真白にウインクしてみせたのは気のせいか？

「何だったんだ、いまのは……」

「な、何だろうね。わかんないね。あは、あははは」

真白の笑いも乾いている。

うーむ。俺はただ――……。

「センパイはいま、何を訊こうとしてたんです？」

大人達の謎のテンションで流されてしまった俺の問いを供養してくれるらしい。彩羽、お前たまに良いところもあるなぁ。ホントたまに。

まあ、大したことを話そうとしてたわけじゃない。俺はただ――……。

「巻貝なまこ先生が〆切明けたなら、いまのうちに次の仕事をぶち込んでおこうかと」

「鬼ですか」

「さいてい。しね」

「ええ……？」

彩羽と真白の両方から突っ込まれてしまった。

何故だ。無駄にタスクに穴が空いてるより、埋まってる方が安心できると思うんだが……。

とまあ、そんなどうでもいい一幕もありつつ。

菫から逃げようとするカナリアと逃がすまいとする菫という大人組の背中を追いかけ、俺達はカナリアの別荘へと向かうのだった。

＊

『さあいよいよみんなお待ちかねの海の時間だね。彩羽の水着を楽しみにしてるんだろう？』

『勝手に人の心を代弁するな。思ってないから』

『まったく素直じゃないね。我が妹ながら客観的に可愛いと思うんだけどなー』

『ウザいところに目を瞑れ(つむ)ばそうかもな』

『神はこう言ってると思うんだよ。そのウザいところも可愛いじゃないか、と』

『ウザいと可愛いが両立する概念だ、と？』

『納得できないかい？』

『…………』

俺と超絶カワイイ彩羽ちゃんの部屋(2) 

彩羽
セ・ン・パ・イ♪

AKI
ん?

彩羽
男子部屋の居心地はどうですか?　快適ですか?
お兄ちゃんとシてますか?

AKI
定期的に式部に燃料投下しようとするのやめろ

彩羽
冗談ですよう

AKI
あとこのグループ名やめろ。まるで俺が自分で設定したみたいじゃねえか

彩羽
センパイ視点で真実だから問題なし!

AKI
捏造にも程がある。部屋の管理者権限よこせよ、もう……

AKI
つーかそっちは女子部屋で着替え中だろ。真白や菫先生と話してろよ

彩羽
もちろん話してますよ?　ぼっちのセンパイと違ってコミュ強ですし☆

彩羽
てか会話しながらフリック操作で簡単LIMEはJKの基本!

AKI
安いソシャゲの宣伝文句みたいなことを……

彩羽
良いもの見せてあげますから☆

AKI
は？

彩羽
ほいっ

AKI
ちょ

AKI
ば、おま、え？

彩羽
今度こそぉ～マジでガチで～

彩羽
夏の新作で～っす‼

彩羽
うれしすぎて声も出ませんかぁ～？　既読ついてるのは見えてるんですよ？

彩羽
ふふふ。海辺で合流するのが楽しみですね！

彩羽
期待しててね、センパイ♪

006

Tomodachi no imouto ga ore nidake uza

第6話　青春の浜辺で俺だけがウザい

「？　どうしたの、アキ。随分と前かがみだけど」

「な、なんでもない。なんでもないぞ。うん」

不審げなオズの問いに、俺は曖昧な苦笑を返した。

——言えるわけねえよ、こんなの。

カナリア荘（カナリアの別荘の意）の客室、男子部屋として宛がわれた場所で、俺とオズは水着に着替えていた。

外観もさることながら内装も見事なカナリア荘は、まさしく映画に出てくるＴＨＥ欧米の金持ちの家、みたいな佇まいを見せていた。

白い壁、白い柱、白いソファに白い椅子、天井は変なプロペラが回っていて、窓からは砂浜と海が一望できる。

壁に飾られた変な魚拓や鹿の剥製なんかも『っぽさポイント』が高い。

さっそく海で遊ぼうという話になり、俺達は男子部屋と女子部屋に分かれて着替え、あとで合流することになっていた。

なので現在の俺は上半身裸、下は海パン一枚という軽装備。

こんな防御力低い状態のときに彩羽（いろは）から送られてきたのがさっきのＬＩＭＥの画像なわけで。

テロにも程がある。

――それにあの縁結びの儀式以降、どう考えても俺の状態はおかしい。

送られてきた画像だって、いままでならハイハイわろたで流せたはずなのに。なのに、どうしてこんなにも心臓がうるさく騒ぐんだ。

ＬＩＭＥで誘惑するような画像を送り、俺の反応を愉（たの）しむようなウザい行動。

そこにはウザさこそあれ、魅力的な部分なんてないはずだ。

――それとも俺は、彩羽のそのウザ行動を……？

いやいや。

一瞬浮かびかけた考えを振り払うように、俺は首を振る。

するとそんな仕草をどう勘違いしたのか、オズがすっと近づいてきて問いかけた。

「もしかして水着姿が恥ずかしいの？　アキは体鍛えてる方だし、恥ずかしいことないと思うけどなぁ」

「いや、べつにそういうわけじゃ……って、おいまじまじ見んな」

「眺め甲斐（がい）のあるカラダをしてる方が悪いよ」

男が女性に対して言ったら完全にセクハラとして訴えられるであろう台詞（せりふ）とともに、オズは俺の腹筋まわりを観察する。

「健康のためにほどほどに鍛えてただけだ。病気は人生リソースの最大の無駄だからな。……お前も、あんま不摂生してると死ぬぞ」

「あーね」

オズは適当な相槌を打って、頬を掻く。

水着一枚のその肉体はあまり筋肉がついていないが、ぜい肉のたぐいもまったく見当たらず、イルカのようにつるりとした白い肌も相まって線の細いイケメンならではの魅力を醸し出している。

さすが水着姿も絵になるイケメンなのだが、どうにも自分自身へのケアが足りないのが玉に瑕で――……。

「毎日アキにせっつかれてようやくいまの姿を保ってるけど、基本的には元はアレだからね」

「自覚あるなら直せ。セルフネグレクト状態の頃と比べたら、だいぶマシだけど」

「でしょ?」

「いやその『だから褒めて』みたいなノリはおかしいだろ。お前がしっかりするのは、お前の人生のためであってだな」

「あはは。アキってばお父さんみたいー」

「よせ。ただでさえ彩羽や真白に絡まれてるとき、休日の父親気分になるんだから……。オズにまでそう言われたらマジで老け込んじまう」

「大丈夫、アキはまだ若いよ。その証拠に彩羽の水着で興奮できるみたいだし」

「なっ……⁉」

「どうせさっきスマホの画面見てたの、彩羽からのＬＩＭＥでしょ？」

「ぐ……」

「彩羽のことだから、ここぞとばかりにアキにちょっかいかけるだろうからねえ」

コイツ、観察の末に答えに行き着きやがった。

これだから勘の鋭い奴は困る……。

などと思っていると、オズは俺の顔をまじまじと見つめ――……。

「ふーん。……アキさ、もしかしてそろそろ気づいたんじゃない？」

「な、何がだよ」

「彩羽の魅力について、さ」

「顔が良いのは認めてるよ。スタイルもいい」

「性格は？」

「……学校の奴らが勘違いする気持ちは、理解してるつもりだ。何せ正体を隠してるんだからな」

常にハイテンションで俺に対してだけ人当たりのウザい彩羽だが、学校ではそうじゃない。

爽やかで清楚な笑顔の絶えない、優等生。

男女分け隔てなくどんなカーストに位置する人間に対しても平等に明るく気さくに話しかける、優しくて可愛い女の子。それが一般的な小日向彩羽像であることなど、百も承知だ。

「そっちの彩羽の話じゃなくてさ」

「……何が言いたいんだよ」

「ウザい彩羽も可愛いと思ったりしない？」

「い、い、い、い、い、い、い、い、い？」

「…………は？」

あまりにも意外なことを言われ、俺は間抜け面を晒してしまった。

ウザい彩羽が可愛い？

何だその背脂たっぷりのラーメンが健康に良い、みたいな話は。

「誰に対しても優等生で優しい顔を見せる彩羽が自分にだけ心を開き、ウザい態度を見せてくれる。――現代オタク的にもポイント高いんじゃないかな？」

「ウザカワってことか？　最近増えてるやつ」

「そそ。人気属性だと思うけどなぁ」

「うーん……。まあ、そういう需要があるのは俺もリサーチして知ってるけどさ。でもあれ、あくまで二次元の話だろ」

「コミュニケーションを教えるためにギャルゲーをやらせまくった人とは思えない発言」

「あれは苦肉の策だっての！」

さまざまな手段を試したが悉く効果が出ず、唯一、オズの納得できる教材がギャルゲーだっただけなんだよ。俺、べつに現実と虚構を区別できないタイプの人間じゃないし。

それはともかく。

「漫画とかアニメはさ、主人公っていうフィルターを一枚隔ててるだろ。だからウザく当たられたときのストレスが直接こないし、ヒロインの本当の好意っていうのも視点変更されたりして読者や視聴者に見えやすくなってるから安心してウザさを受け入れられるわけでさ。現実はそうじゃないだろ」

普通に考えてみろ。ウザい言動を取られて喜ぶか？

そんなのドMだけだろうが。

「もちろん彩羽が素を出せるのはいいことだ。俺相手にならそれができるっていうなら、オズや乙羽さんの代わりにいくらでもサンドバックになってやるさ。ウザいけど。でもまあ、それであいつやみんなの才能を推せるなら、呑めなくはないウザさだしな。でも――」

「――それは可愛さとは違う、ってこと？」

「そゆこと。しゃーねーな、とは思うが。異性として魅力的って感覚とは違う」

「惚れることはない？」

「……たぶんな」

断言できない。できるわけがない。

影石村で感じた彩羽への感情の正体すらまだ掴めていないのだから。

「惚れられてるとは思わない？」

「……もしそうなら不自然な点が多すぎる」

「不自然？」

「ウザく来るのがあいつの素だとしたら、どう考えても俺は恋愛対象じゃないだろ」

「どうしてそう思うの？」

「好きなら良いところを見せようとするはずだ。倦怠期のカップルならともかく、付き合ってもないうちにそうなるわけもないし。ありのままを見せても怖くないのは、恋愛感情とか面倒なものがない証拠だろ」

「前にもそんなこと言ってたね。……ま、たしかにその通りかも」

「だろ？」

「普通の男女関係なら、だけどね」

「……何だよ、その含みは」

「いろいろなところが歪んでる人間関係なら、恋愛感情も歪んで出ちゃうかもしれないよ？アキはその歪みを丸ごと受け入れてくれるけど……こと恋愛になると、その歪みの部分を前提とした判断ができないだけなのかも」

「……難しいこと言うなよ」

仮説は大事だ。あらゆる人類の発見や発明は仮説の先にある。

だが仮説の検証には時間とリスクが伴うわけで。人間関係において、そう簡単に実験などできるはずもない。

彩羽の心の声も含めたすべてを見通せる神様だったら、どんだけやりやすいことか。

「くだらないこと言ってないで、行くぞ」

「はいはい。……おっと、これを忘れないようにしないと」

「それは……？」

首をかしげて訊ねると、オズは萎れたビニールと空気入れを手に恥ずかしそうに頬を掻いた。

「浮き輪だよ。水は苦手でさ」

「おま……的確にギャップ盛ってくるなぁ」

天才エンジニアかつ王子様系イケメンキャラに加えてカナヅチ属性という隙を付与されることで隙のない魅力をまとうに至った親友とともに、俺は客室を出るのだった。

＊

砂浜に出たもののまだ女子勢の着替えが終わってないらしく、俺とオズは設営したパラソルの下で優雅に時間をつぶしていた。

リクライニングチェアに深く体を沈めたオズは、鼻歌まじりにスマホを弄っている。

こう見えて遊んでいるのではなく、新しいWEBサービスのプロトを作成中なのだから驚きだ。最近ではPCを使わずともスマホで普通にプログラミングが可能らしく、オズもそれを存分に活用し、手慰みで斬新なITサービスを考案してしまう。

本当はこうしてオズが余暇で生み出したアプリにはかなり市場価値の高いものも含まれてるんだが、サービスの維持、運用を続けられる体力が《5階同盟》にないので公開せずにいた。

立ち上げるだけ立ち上げて当たったら大手にサービスごと売却すればと思うのだが、オズ的には自分が生み出したモノが誰かの手でクソ化させられるのは嫌らしく、その想いを尊重させてもらっている。

で、まあそんな暇つぶしのプログラミングに勤しむオズの横、俺はといえば、こちらもどうでもいい思考をぼんやり遊ばせていた。

――このプライベートビーチ、せっかく景観も良くて価値が高いのにカナリアさんがいないときは誰も使えないってのはもったいないよなぁ。

一般観光客が立ち入らないからこその美しさなので、その魅力を保てる範囲で商売に利用するとしたら、単価を極限まで上げたうえで贅沢な体験として提供するとか。あるいは一ヶ月の内、決まった回数使える定額課金制とか。価格帯が高ければ客の質も高いし、わざわざ従業員を雇って監視させる必要もないしコスパ良さそうだ。いまは金を持っててもあえて土地を所有せず、ミニマルに生きる人も多いから、意外と需要が――……。

とまあ、こんな感じで。

我ながら海を前にした男子高校生らしからぬ思考回路で本当にすまないと思っている。でも仕方ないだろ、考えちゃうんだか――ゴフゥ!!

「あはははは！　ゴフッてなったー！」

「う、うおおお……」

取り留めもないビジネス思考を瞬時に侵す、偏差値を下げる笑い声。

俺が腹を抱えて悶絶していると、腹の上に落とされたスイカが転がり落ちる。

「お、お前……なんつー登場の仕方を……」

「あはは♪　これから私達のスイカにやられるセンパイのために、スイカ耐性をつけてあげるっていう粋な計らいですよ☆」

「意味わからん。何なんだよスイカって」

「スイカップ的な意味で！」

「な、おまっ……」

誘惑的な単語に悶える体がピタリと止まる。そしてゆっくりと、ゆっくりと、顔を上げる。

そうだ。この場に彩羽が来たということは――……。

「お、おまたせ。……アキ」

「おっまたせぇ～！　さあさあさあアタシの水着ならいくらでも見ていいから、オズとアキの水着２ショットを見せて頂戴！」

恥ずかしげにもじもじと体を揺すりながら歩いてくる真白と、ハイテンションな菫。

「…………!?」

彩羽、真白、菫の三人の姿に目が吸い寄せられ、俺は硬直した。

まずは真白。

白と青を基調とした生地にシースルーの巻きつけスカート。いわゆるパレオというやつだ。清楚な佇まいながらもつるりとした肩や可愛らしいおへそは男の視線を奪うだけの確かな魅力を備え、いつも耳につけてる貝のイヤリングも相まってまるで船乗りを誘惑する人魚のよう。

菫は……まあ、コレは描写しなくていいか。以前に更衣室に閉じ込められたときに試着してたエグめのビキニ。以上。

そして彩羽。

人のＬＩＭＥに自撮り写真を送りつけてまで挑発してきた女は。当然、世の男すべてを魅了しかねない圧倒的プロポーションを誇示するような露出満点の水着を着てきているはずのその女は――……。

「水着姿だと思いました？　残念、ラッシュガードでしたっ」

「お前……、そりゃ……」

そりゃないだろ。

今、平均的な世の男子と心をひとつにできた確信がある。

愕然としたまま二の句が継げずにいると、フード付きのラッシュガードをしっかり着込んだ彩羽は口の前に手をあてて、にししとからかいの笑みを浮かべてみせた。

「あれー？　何か期待外れみたいな顔してますね？　センパイは何を期待しちゃってたんですかぁ？」

「……べつに、期待とかしてねえよ」

「ふーん？」

「てか、ＬＩＭＥの画像は何だったんだ」

「あの水着もちゃんと着けてますよ。その上からラッシュガードを着てるだけで」

ちくしょう、騙された！　とギャンブル漫画の主人公が髪を掻きむしるシーンをたまに見るが、その気持ちが初めて理解できたような気がする。

「水着……画像……うう～……！」

って真白よ、何故お前まで悔しそうに頭を抱えてるんだ？

何か悩ましい出来事でもあったんだろうか。……よくわからんが。

と、そこで俺はあることに気づいた。

足元に目をやる。ビーチサンダルに包まれた彩羽の足。足首にはきつく包帯がまかれていた。

「……そういうことか。まだ痛むか？」

「お気づきになりましたか」

「いまのいままで忘れてた。すまん」

「あは☆　素直ですねー。ま、べつにもう痛みもないんでいいんですけどね！」

「ならいいんだが。でも海に入るのは無理か」

「海水はちょっと沁みますからねー。でも、ビーチバレーとかなら全然平気ですよ！」

「あんまり無茶なプレイはするなよ」

「へへー。怪我したり病気するとセンパイめちゃ甘くなるんですよね。治っても包帯まいたままでいよっかなー」

「さりげなく闇が深いことを言うな」

にへら、と表情を崩す彩羽にツッコミを入れる。

そのとき、ヴヴヴと、ビーチパラソルで充電していたスマホが震えた。

何だ……？　と思い、ＬＩＭＥを確認してみると、真白から水着姿の自撮り写真が送られてきていた。

「……何故いまこれを送った」

「ら、ＬＩＭＥへのレスをリアルでやるとか最低。デリカシー案件……っ」

掲げていたスマホを落としかけてお手玉した後、真白はじろりと俺を睨みつけてそう言った。

「ツッコミたくもなるだろそりゃ」

「う、うるさい。口答えしないで。しねっ」

「ええええ……」

水着自撮りを送ってきた彩羽に対抗したんだろうか？

未だ俺のことを好きでい続けると宣言した真白だから、嫉妬の末にそういう行動を起こしたとしても無理はないのかもしれないが、それにしても張り合い方が意味不明だ。

「えーっ、アキばっかずるい！　彩羽ちゃんと真白ちゃんの水着自撮りとか、最高の作画資料じゃない！　アタシのＬＩＭＥにも送ってプリーズ！」

「お。そうか。なら転送して──」

「ちょ、人の自撮りを他の人に転送するとか普通やります⁉」

「最低。プライバシー意識なさすぎ」

条件反射でやったことだが、彩羽と真白からクレームが殺到した。

「す、すまん。式部なら身内だし良いかと思って」

「センパイは経営者なんですから、個人情報保護のリテラシーを高めてください！」

「いやそれ人ん家に不法侵入してる奴に言われたくない」

「いつでも来ていいって言ったじゃないですか！」

「俺がいるときならな⁉　不在のときにまで入っていいとは言ってねーよ‼」

「……！　～～～っ」

ドン、と。俺と彩羽がやり合っていると、真白が肩で背中を押してきた。

無言のまま、俺の体の陰に隠れてこそこそと何かをやる気配があり、
《真白》やっぱりおかしい！　彩羽ちゃんに合鍵渡すなら、恋人の真白にも渡すべき！

スマホでそんなメッセージが送られてきた。

「彩羽に渡した覚えはねえよ！」

「だ、だからっ、ＬＩＭＥの返事をリアルでしないでっ」

「まったまたー。お兄ちゃんに合鍵を渡したのは照れ隠しですよね？　私に直接渡すのが恥ずかしかったから～みたいな！」

「だから違うって言ってるだろ、しつこいな！」

「そうよ、彩羽ちゃん。アキは違うって言ってるんだもの。信じてあげましょう？」

「菫ちゃん先生……」

「菫先生、あんた……」

「アキは乙馬君に合鍵を預けたのよ。そう――」

俺と彩羽の肩をぽんと叩いた菫は、たおやかな聖母の如き微笑みを浮かべて言った。

「彼氏の乙馬君に『そう言うと思ったよ』」

言わせねぇよ。

本当、この人はブレないな……。

「はぁ……到着早々騒がしい奴らめ……」

「センパイが落ち着きすぎなんですって。海ですよ、海」

「そりゃそうなんだが。――っていうか彩羽。お前、さっきのは何なんだよ。あのスイカ」

「え、私のスイカですか？」

ラッシュガードの上から胸を抱えて冗談ぽくドン引きなポーズを見せる彩羽。

「違う！　俺の腹の上に落としたアレだ！」

「ああ、コレですか」

砂浜に転がっていたスイカを指さす俺。

彩羽はそれを拾うと、顔の横に掲げてにひひと笑う。

「もちろん、青春の浜辺に欠かせないイベント――スイカ割りです！　やー彩羽ちゃんがいて良かったですね。いなかったらこんなこと一緒にやってくれる女の子なんていませんでしたよ、セーンパイ☆」

「……うるさい。いちいち弄るなっての」

俺はつい顔を背けてしまう。

彩羽の様子はいつもと同じだ。言動、声、距離感、そのどれもが普段と同じウザ絡み。

だというのに俺は何故か正面からコイツの顔が見れずにいる。

変わったのは彩羽ではなく、俺……？

「あだ⁉」

「アキ。……デレデレしすぎ」

脇腹を肘で突かれて振り向くと、真白が頬をふくらませていた。

嫉妬満点にじろりと睨みつけてくる。

「な、何だよいきなり。そんなはずない……だろ」

自分でも自信がないまま否定の言葉だけを返す。もちろん、まだ俺のことが好きらしい真白がそんな言葉で信じるはずもなく。

「……知らない」

真白はぷいとそっぽを向く。

その横顔を見ていると、自然とため息が出てしまう。

ひどいことをしている自覚はある。真白の告白を断り、いまも真白が俺のことを好きなのだと知りながら、彩羽に対して抱いている妙な感覚の正体を探っている状態は、真白にとっては酷なことに違いない。

でも、告白されたあの日、彼女は明確に俺に振られたことを自覚しているはずで。これ以上の拒絶をしたら、その方が遥かに最低な行いに思える。

——真白が《5階同盟》のクリエイターじゃなくてよかった。

もしそうだったら、彩羽へのこの感情の正体次第では、俺は最悪のサークルクラッシャーになってしまうのだから。

俺自身の妙な感情と行動が原因で《5階同盟》が崩壊でもしたら、とてもじゃないが立ち直れそうにない。

……本当に、それだけが不幸中の幸いだ。

＊

それから俺達は「らしくない」と自覚しながらも、俺達なりに青春の浜辺を楽しんだ。

——まずはスイカ割りで、

「センパーイ、こっちですよー。はい、そのままです！　まっすぐ、まっすぐ！」

「な、何自分の方に誘導しようとしてるの……！　違うよ、アキ。左。左が本当」

「こらこら。ふたりともどこに誘ってるわけ？　……右よ、アキ。右に行けば桃源郷が!!」

「そっちはお兄ちゃんの方じゃないですか――!!」

「まったく、みんな欲望だだ漏れだなぁ。アキ、もちろん誰を信じればいいかわかるよね？

そのまま、まっすぐ歩こう。ね？」

「ず、ずるい。二対一で彩羽ちゃんの方に……菫先生、協力してっ」

「えっ、アタシ⁉」

「式部」

「そそ、そうね！　左が正解よ、アキ！」

「お前らスイカの位置を教える気ないだろ！」

目隠しをされた状態でカオスな仲間達の会話にツッコミを入れたり。

――続けてビーチバレーで、

「どうでもいいですけどダイビングレシーブした後のセンパイの姿、コスプレイヤーの下半身を狙うローアングラーみたいで笑うんですけど」

「本当にどうでもいいな！　いいから決めろ！　せっかくギリギリで拾ったんだから！」

「ジャンプしてラッシュガードの下から水着のお尻がチラリするのを期待してるんですか？

もー、センパイってばえっちだなー」

「だから集中しろっての！　ほら、スパイクチャンスだろうが⁉」

「はいはい、っと。彩羽ちゃんにかかればこんなの、ちょちょいのぉ……ちょおい‼」

「紫式部先生。右斜め後ろ1．9メートル、入射角77．6度――スパイク！」

「オッケー！　完璧に計算通り、読み切っ――うにゃーっ⁉」

「転んだ……」

「転びましたね……」

「うう……完璧な計算だったのに、体が追いつかなかった……。運動不足のさだめ……」

「ヒエッ……」

「僕のシミュレーションを無駄にしましたね、紫式部先生？」

「波にさらされる小さなヤドカリ。可愛いなぁ」

「真白……お前審判なんだから、よそ見するなよ……」

得点すら適当な勝負にならない勝負を楽しんだり。

――おまけに砂の城づくりで、

「完ッッッ成ッッッ‼　どぉ〜よこのシンデレラ城‼」

「おおーっ！　菫ちゃん先生、流石すぎますッ」

「すご……細かい装飾も完璧」

「へえ、意外だね。２Ｄだけじゃなくて３Ｄの造形センスもあるんだ。ねえ、アキ？」

「ああ、これは思わぬ朗報だな。――でもまさかこんなことまでできるなんて。菫先生、将来に備えて独学で勉強していたとかですか？」

「いや〜、お気に入りキャラのモデルを自作してドスケベなＭＭＤ作品を趣味で作っててね〜。この城も『シンデレラは男の娘』っていうショタＢＬの舞台が元ネタでぇ〜」

「ふえぇ。そこまでやりますか。恐るべしショタコンの情熱……！」

「……待てよ。学校の仕事をしながらうちのイラストを描いて、さらに趣味でＭＭＤだと？　そんな時間がどこにあったんだ？」

「ビクッ」

「まさかとは思うが、イラストをサボってＭＭＤに勤しんでたわけじゃあるまいな？」

「うっ……せ、責めたければ責めればいいじゃない！　３Ｄでショタを自由にしたかった！　その想いに忠実に生きたことを後悔なんてしないわ！　いいえ、公式でなかなか供給されないエッチな絡みを実現できたことを誇りにさえ思う！　我がショタ道に、一片の悔いなし‼」

「ＯＫあんたの本気は伝わった。そこに正座しろ」

「全然伝わってないいいいいい！」

「膝（ひざ）の上に一個ずつ石を載せていく。ショタ道に殉ずる覚悟があったなら、構わないな？」

「それガチの拷問なやつ！　……た、助けて真白ちゃん！」

「菫先生……どんまい」

「そんなー！」

菫の意外な才能と開き直りに今後の可能性を見出しながらも灸(きゅう)を据えたり。


そうして俺達の楽しい海のひとときは過ぎていった。

もしも第三者が俺達の姿を見たら、満場一致でリアルの充実した高校生たちだと思うだろう。

それくらいこの時間は、青春の一ページと呼ぶにふさわしい一幕で。

だからこそ俺は余計に感じてしまう。

俺だけが心のどこかで楽しみきれていないという事実を。

みんなと遊び、会話をしながらも、彩羽に対しての不思議な違和感を拭い切れず、おまけに真白に対して言い知れぬ後ろめたさが三十秒間隔でチクチクと胸を刺す。

彩羽も真白も菫も、オズでさえ。仲間達がみんな、この海での時間を楽しんでいるっていうのに。

どうしてこう、俺だけがこんなにもウザいんだろうか。

……本当に、非効率的で嫌になる。

＊

『彩羽や月ノ森さんとの関係を真面目に考えてるなら、それは良い傾向だね』
『……お前がけしかけたんだろ』
『みんなそれを求めてたと思うよ』
『……そうかよ。なら、もうすこしきちんと考えてみる』
『うん。それがいい。でもまあ、あんまり暗くならない程度にね？』
『……肝に銘じる』

第7話 真白の担当が俺にだけウザい

夜──。

海で遊び尽くし、シャワーを浴びて着替えた俺達を待ち受けていたのは、豪華すぎる食事の数々だった。

ひと目で新鮮とわかるネタを使った寿司(すし)、白身魚のカルパッチョ、金目鯛の煮付け、七輪で焼かれたハマグリに伊勢海老、食卓の中央には大きな蟹がでんと鎮座している。

海鮮三昧、いや、海鮮無双とも呼べる徹底ぶり。

「こんなの絶対おいしい……じゅる」

「わあ、これもう竜宮城案件じゃないですか。全部食べてもいいですか⁉」

「100パー日本酒進むやつぅ‼　カナリアさんわかってるぅ‼」

海鮮マイスター真白(ましろ)は当然として、彩羽(いろは)も菫(すみれ)も輝かしい食卓を前に大興奮のご様子。

俺はつい原価率のえげつなさに眩暈(めまい)がしてしまうが──……。

「ふっふーん♪　カナリアちゃん御用達のケータリングサービス、『臨海食堂』のクオリティはどうでチュン？」

「海に来てないと思ったら、これの手配をしてたんだね」

どやぁ、と胸を張るカナリアに、納得がいったとばかりにオズがうなずく。

すると彼女はチチチと言いながら指を振り、

「巻貝(まきがい)先生の原稿チェックも終わらせたチュン♪」

「速ッ。え、マジですか？」

「天才編集ともなればこれぐらいは余裕カナ～♪　まあ、巻貝先生も昨日の今日でＦＢ(フィードバック)戻されても気が休まらないだろうし、日付変更までは執行猶予をあげるチュン」

「あと六時間切ってますが」

あたかも優しいことしてる風に言ってるが、鬼スケジュールなのは変わらないだろそれ。

とツッコミを入れつつも、俺は素直に尊敬してしまう。

どれだけ作業を効率化しても、俺が巻貝なまこシナリオ２００KB（およそ文庫一冊分）を読んでＦＢコメントを書くのに六時間はかかる。

カナリア荘に到着して海で遊び始めたのが午後三時過ぎなので、たったの四時間程度しか経(た)っていなかった。

遥(はる)か遠い背中。そこに手を届かせるには、どうすればいいんだろう？

とまあ真面目な思考は置いといて。

飲み会を始めるには何はなくとも乾杯が必要だ。

彩羽と真白に勧められてカナリア荘秘蔵のフレッシュトマトジュースを注いでもらい、準備完了。

「みんな、飲み物は持ったカナー?」

「いつでも飲めるわよー!」

一名、グラスどころか一升瓶をまるまる一本掲げているが、突っ込んだら負けなのでスルーしておく。

各々の準備が整ったのを確認して満足げにうなずくと、カナリアはパチンと指を鳴らした。

「オッケー。それじゃあ早速始めるチュン♪」

「始める……?」

「ミュージック、スターーーッチュン!」

ずんちゃ♪　ずんちゃ♪　ずんちゃ♪　ずんちゃ♪　とIQの下がる音楽が鳴り始める。

音楽とともにフリフリとフリルを揺らして踊りながらカナリアは真白に近づいた。

「乾杯の前に、イカしたメンバーを紹介するチュン♪　まずはご存知真白ちゃん。引っ込み思案で卑屈なぼっちでも、文才だけは本物です!　行きたい旅行も我慢して、いい子に原稿仕上げたね♪　これからどうぞよろしくチュン!」

「え。まって。なにこれ。なにこの展開」

置いてけぼりを食らって茫然とする真白をよそに、カナリアは次の標的へ。

リズミカルに一升瓶を奪うと、その中身を器用にお猪口へ注ぎ込みながら。

「続いて《5階同盟》絵のエース♪　名前は紫式部さん？　ノンノン紫式部先生でワンセット。ショタもロリもイケメンも、精緻にエッチに描きまチュン。うちのお仕事まだだけど、いつか依頼をしちゃうかも？　これから末永くよろしくネ♪」

「よくわかんないけどアタシいまめっちゃ褒められてる？　いや〜、それほどでもぉ。ごく、ごく……ぷはぁ！」

注がれたばかりのお猪口の中身を飲み干して上機嫌の菫。……いやそれ、乾杯用だろ。

クルクルと回りながらカナリアは続けてオズのもとへ。

「こちらは天才エンジニア。ＯＺこと小日向乙馬君♪　甘いマスクでＯＬ誘惑、溢れるタスクを納期で瞬殺。まだまだ秘密が一杯で、裏側とっても気になりまチュン。これからじっくり、ゆっくりと。親交深めてよろしくネ♪」

「どうも。もっとも、僕の裏側なんてスカスカだけどね」

本気か冗談か。俺以外には判断しにくい笑顔で肩をすくめるオズ。

それを気にした様子もなく、カナリアはクルクル回りながら今度は俺のもとへ――……。

「お待たせリーダー、大星明照。みんなのお守りに時間を割いてる。どこまで効率求めたら、咲かせられるの夢の花。巻貝先生争奪戦で、カナリアちゃんとはライバルだけど。仲良くできたらうれしいナ♪」

「……良い関係を続けていきたいですね。切実に」

ふざけたノリの中、一瞬だけ狡猾（こうかつ）な野良猫（のらねこ）の瞳（ひとみ）を覗（のぞ）かせるカナリア。挑発的な大人の眼差（まなざ）しを、俺は無難な社交辞令で返した。

フ、と意味深な笑みを残したカナリアは、次のメンバーのもとへ行こうとし……固まった。

「わくわく」

視線の先にいるのは、見えない尻尾（しっぽ）を振りながら待つ彩羽。

このハイテンションなノリでどう自分が紹介されるのか、楽しみにしているんだろう。

しかし――……。

「………」

「わくわく」

「…………」

「わくわくわくわく」

「……………………」

「わくわくわくわく……わく？」

「ごめん。君のことミリも知らないチュン」

「無慈悲っ⁉」

「やー、ごめんごめん。《5階同盟》のことはまし——巻貝先生から詳しく聞いてたんだけど。それ以外の仲良しメンバーは、名前と大体の性格しか知らないチュン」

「むーっ。私の期待を返してくださいよう！」

「ごめんねぇ～。あとで素敵なプレゼントをあげるから、許してくれるとうれしいナ♪」

両手を合わせてトウィンクル☆ウインク。

小悪魔的な所作にやられたら流石の彩羽も引き下がるほかないようで、まーいいですけどー、と唇をとがらせながらも了承した。

とまあ、いまいち締まらない展開だったが、何はともあれ。

「とにかく！　ここにいるみんなの素敵な出会いを祝してぇ～——かぁんぱぁーい♪」

「「「「乾杯!!」」」」

カナリアの高らかな声とともに、夜の宴（うたげ）ＩＮカナリア荘は幕を開けたのだった。

＊

「そもそもクトゥルフって海の魔物を賛美する内容じゃなくて……」

「わかるわぁ。生意気ショタのリバは滾（たぎ）るのよねえ」

「ラヴクラフトの海産物への嫌悪、恐怖から生まれた物語であって……」

「ホントそれ。たしかに受け責めの逆転は賛否分かれるけどさぁ」

「海産物をこよなく愛する真し——巻貝なまこの作風とは根底から違ってて……」

「同人作家さんそれぞれの性癖が込められてて、どれも等しく価値があると思うのよね」

「そんな簡単なことも読解できない奴に限って、レビューで☆1をつけてたりして——」

「なのにすーぐ炎上させたりしてさぁ——」

「——ホント自称上級者様って厄介」

「——ホント自称上級者様って厄介よね！」

「なんで全然話が嚙み合ってないのに、最後だけピッタリ重なるチュン⁉」

「菫先生と月ノ森さんは、酔うとこうなるんだよねえ。あ、月ノ森さんはもちろんお酒なんて飲んでないよ？　場に酔ってるだけで」


と、室内でくだらないやり取りをしているのを聞きながら、俺はラウンジでひとり涼しい風に当たっていた。

宴が盛り上がっているのを確認し、さりげなくフェードアウトしてきたのだ。

楽しい空気は嫌いじゃないが、長時間浸っている暇もない。

欄干に腕を載せて遠くに海を眺めながら、俺はスマホを片手に思考を巡らせていた。

考えているのは、『黒き仔山羊の鳴く夜に』で次に実装する新キャラクターのアイデア。

本当なら海への旅行だけで旅は終わり、いまごろ帰宅して作業を進めていたはずだった。

しかし影石村に寄り道した上にこうして延長戦とばかりに遊びにきてしまったため、確保していた作業時間が圧迫されているのだ。

「月ノ森社長へのネゴシエーションはうまくいってる、はず。あとはこのままDAUを落とさずにいきたいが……」

俺達《5階同盟》が作っている『黒き仔山羊の鳴く夜に』において、最も大事な指標は売上ではない。

もちろん活動資金にもなるので稼げるに越したことはないが、そもそもこれはス、マ、ホ、ゲ、ー、ム、だ、が、ガ、チ、ャ、ゲ、ー、で、は、な、い。最も効率的な集金スキームを採用していないのは、それが俺の目的における最善策からかけ離れているからだ。

収益モデルは広告収入とアイテム課金、そしてキャラクターのエピソード課金の合わせ技。死亡時の復活ペナルティで広告を見せたり、正解の地図を有料で渡したりするほか、無料で追加された新キャラ、あるいは旧キャラのストーリー……巻貝なまこ先生書き下ろしで送る、それらの物語に金を払ってもらっている。

まあべつに、無課金で遊んでもらって構わない。何故なら、目先の利益など求めてないから。

あくまでも目標はファンを獲得すること。厚い信者層を獲得することにある。

大金を稼ぐ、という点で大企業に勝つのは不可能だ。

たった五人の弱小チームが百倍、千倍もの規模を誇る大企業に価値を認めてもらうためには、IPとしての確固たる人気を振りかざす必要があった。

「新キャラ……どうしたもんかなぁ……」

いつも紫式部先生、巻貝なまこ先生、オズと相談し、アイデアを出してきたが――……。

そろそろ新しい刺激が欲しい。同じ脳味噌から出てくるキャラのバリエーションはだいたい出し尽くしてしまった。

「カナリアさんをモデルにしてみるか？　キャラ濃いし……いや、やめとこう」

魔が差しかけて、すぐに思い直す。

たしかにキャラは濃いが、あんなのを出したら最後、扱いにくいったらありゃしない。

セリフを考えるのに膨大なカロリーを消費しそうだ。

むに。

と、そのとき、頬にめり込む冷たいアルミの感触。

「……んだよ」

「センパイがお疲れかと思いまして。後輩から粋な差し入れです☆」

「レッド●ルじゃねえか。本当に効くのか？」

「効きますよ～。私が念を込めておきましたから！　変化系能力者なんで、おいしくなること請け合いです！」

「最初から甘いだろこれ」

連載再開するだけでニュースになりそうな彩羽のボケに、俺も全力のマニアックで応えた。

うーん、何という安心感。

とりあえず彩羽からその青い缶を受け取り、プルタブをあけて口をつける。

炭酸が口の中で爽やかに弾ける感覚に軽いトリップ感を味わっていると、彩羽は欄干に背中を預けるようにして隣に陣取った。

「何か『あのとき』から様子が変ですけど。もしかして意識してます？」

「……何の話かわからん」

「またまたごまかしちゃって～☆　――ってノリはさておいて。あのー、なんていうかですね。もし、こう、変な風にギクシャクしてるなら、あのときのことは忘れてほしいなー、なんて」

彩羽はすこし目を逸らし、口をもごもごさせている。

ラブホじみた祠でふたりきりになったときのことを思い出し、またしても体温が微妙に上がる。

「気にするなよ。べつに、あれでどうこうって話じゃない」

「でも、あのときからですよね？　センパイの様子がおかしいの……」

「あれも含めて、いろいろありすぎて疲れてるだけだ。心配しなくても、お前のプロデュースを諦めて見捨てたりしねえよ」

「その点は心配してないですけど。その『疲れてる』って状態自体、センパイ的にはレアじゃないですか」

「や、さすがにそんな鉄人じゃないし」

「自覚ないのが一番の問題なんですってー。ほら、いまもスマホで仕事してる」

「あ、おいこら」

彩羽にひょいとスマホを取り上げられた。

「詰まってるなら私もアイデア出し手伝ってあげますから☆　今回はどんなキャラ属性なんです？　ツンデレ？　クーデレ？　それともエキセントリックな……あれ？」

「御覧の有り様だ」

スマホで開いていたのは、テキストを編集するだけの一般的なアプリ。

そしてそこに書かれているのは【名前】【性別】【年齢】【性格】【外見】【コンセプト】という項目の見出しのみ。

「方向性すら固まってない。ま、考える時間はまだあるし、ゆっくり企画を練るつもりだ」

「なるほど……。…………」

俺にスマホを返すと、彩羽は自分の両手の指先を手持ち無沙汰にむにむにと揉みだした。

五秒、十秒、十五秒。彼女が黙ったままその行動を続けているときは、何か言いにくいことを言うか言わないかを考えている証拠だ。

こちらが何も言わなければ沈黙を選択しかねないのが小日向彩羽という女。仕方なく、会話を促す潤滑油を塗り込むことにする。

「どうした？」

「私、手伝いますよ。新キャラのアイデア出し」

「はは、何だよいきなり。らしくない台詞は大雨と死亡フラグの合図だからほどほどにな」

「ひどい！　そんな言い方ないじゃないですか、もー！」

頬をふくらませていじける彩羽。俺もコイツの心根の優しさはもちろん知ってるつもりだ。考え抜いた末にその結論に至ったんだろうと、俺はすこしも疑っていない。

だが。いや、だからこそ。

「でもこれは俺の仕事だ。声優の彩羽に企画職まで手伝わせたら、俺の立つ瀬がなくなる」

「私だって、そうですよ」

「え？」

振り向くと彩羽の頭は思ったよりずっと下の方にあった。いつの間にか欄干を背にずるずると地面に座り込んでいて、まっすぐに片足を伸ばし爪の先を眺めていた。

「さっきカナリアさんが私を紹介できなかったとき、思いました。そりゃそうだよなーって」

「…………」

「お兄ちゃんにも正体秘密にしたいから、《５階同盟》には入れない。私は謎の声優Ｘ。企画の話もだいたい《5階同盟》のLIMEグループで話されるから、ほとんど参加できずじまい。たまたま私が部屋にいるときなら絡んでいきますけど、みんなと一緒に作ってる感はゼロですし」

「希望するなら、俺が無理矢理アシスタントとして引き入れたってテイで正式加入させる手もある。乙羽さんにバレたときの言い訳も頑張れば……」

「や、そういうのはやめときます。あとで説明が大変な嘘を重ねるのもアレなんで。……ただ、表向きセンパイと一緒に《5階同盟》のために何かを作った──そういう実績が欲しいだけなんです。へへ、トロフィー目的のクリエイターなんて、半端者ですかね」

困ったような苦笑を浮かべて頬を掻く彩羽。

それは、ウザくない表情。このまま放っておくと自分の意見を閉ざして、胸の内にしまってしまう兆候。

だから俺は許さない。その困ったような苦笑を打ち消すために声を上げる。

「半端なもんか。実績目当て、上等だ」

「センパイ……」

彩羽の声のトーンはさっきまでよりも尻上がりで。堂々と《5階同盟》の仲間を名乗れない寂しさがすこしでも紛れたのなら良かったと、俺はホッと胸を撫でおろした。

「ただし、『黒山羊』の企画は厳しいぞ」

「手抜き厳禁、妥協なし。ですもんねっ」

「おう。みんなが好きな、まだ誰も見たことがないキャラを生み出さなきゃならん。……それに、やると言ったからには俺より斬新な発想力を見せてもらうぞ？」

あえて得意げに鼻で笑い、挑発的な眼差しを向ける。

これは必要な儀式。対抗心を煽ることで、素のお前をぶつけてこいという、俺から後輩への言外のメッセージ。

「……！　ふっふーん。彩羽ちゃん、本気出しちゃっていいんですね？」

「もちろんだ。へちょい新キャラ案じゃ困るからな」

「センパイのお株を全力で奪うようなやつをパパーっと思いついてやりますよ、パパーっと！所詮は童貞。想像できる女の子の幅には限界があるに違いありませんからね！」

「そこまで煽っていいとは言ってねえよ！」

「あはは♪」

勢いをつけて立ち上がり、俺のほっぺたをぷにぷにつつきながら笑う彩羽。まったくもってウザい行動だがこれこそが彩羽と俺のコミュニケーションなんだ。

影石村行きが原因で遅れたスケジュールを彩羽とふたりで取り戻す——それはある意味で、唾棄すべき無駄な青春にも思える。

だが、俺の目指す目的地に対して一歩たりとも後退せず、それどころか前進すらしているのだから、これは許される行動に違いなかった。

普通の青春ラブコメならここから俺と彩羽が協力して最高の新キャラを作るためのドタバタが描かれていくのだろう。もし俺が作劇の神様だったら、そんなありきたりな物語の線を引いたと思う。

だけど俺は――俺達は、忘れていた。

この世界は漫画やアニメやラノベのようなフィクションの世界じゃなくて。

どこまでも不条理で意味不明なイベントが思わぬベクトルから発生するような。

いい、い、現実世界、なのだということを。

「――というわけで、交渉はまとまったチュン。『黒き仔山羊の鳴く夜に』の次回実装予定の新キャラクターは～……カナリアちゃんが発案します！」

「……えっ？」

「……はい？」

決意を固め、明日からの活動に胸を躍らせ室内に戻った俺と彩羽は、いきなり浴びせられた謎の宣言にしばし茫然と立ち尽くした。

さっきまで宴会で盛り上がっていたはずの室内は、妙な沈黙に支配されていた。

菫と真白はソファに腰かけたまま、どこかばつが悪そうにうつむいて、俺と視線を合わせようとしない。

オズだけはニコニコしながらカニ味噌を堪能しているが、その笑みには含みを感じる。

――いったい何があったんだ？

カナリアは俺と彩羽の顔を交互に見ると、にゅふ、と得意げに笑ってみせる。

「通常の更新スケジュールから予測すると、そろそろ次の新キャラ制作に向けて、発注準備を進めないといけない頃合いだよネ？」

「何でそれを……？」

「スーパーアイドル編集をナメてもらっちゃ困っチュン。リリース時期のデータを観測してれば、逆算でスケジュール引くなんてとっても楽チュン♪」

「や、でも、だからって……」

「君にとっても悪い話じゃないと思うナー。何せもう、キャラ設定はできてるし♪」

「なっ……」

そう言ってカナリアはスマホの画面を見せてきた。

レポート風にまとめられたそれは、まさしく「キャラ設定」そのもので。

「黒龍院紅月。女。２０４歳。外見は極めて冷酷非道なクールビューティー吸血鬼。不老不死で無敵の強者だと周囲から恐れられているが、実は寿命を迎えないだけで殺されれば普通に死ぬのでかなりの臆病。外面は威風堂々としているのに内面はビクビクしてるギャップがウリ」

ファイルに書かれている文字をカナリアがすらすらと読み上げていく。

彼女の手描きなんだろうか？　簡単にキャラデザの方向性だけがわかる程度のラフが添えられていた。

ここまで具体的にイラストイメージを固められてしまうと嫌がるイラストレーターもいるかもしれないが、おそらく彼女は依頼相手がそのタイプのクリエイターではないと読み、あえてこの粒度のキャラデザ発注書に落とし込んでいる。

何故なら、俺の予想が正しければ正解だからだ。彼女は、依頼内容を詳細に固められることでモチベーションを下げたりはしない。

完璧すぎた。

キャラデザ発注の情報密度、『黒き仔山羊の鳴く夜に』の世界観を守った上で心地好く新たな刺激を与えてくれる新奇性、ユーザーの心を掴むキャラの二面性。すべてが、高い水準でまとまっている。

「ね、アキ君。このキャラの実装に合わせたイラスト、シナリオ、新システムを――ぜーんぶカナリアちゃんの主導で完成させてもいいカナ？」

「……ッ」

「だ、駄目に決まってるじゃないですか！　《５階同盟》はセンパイのチームなんですよ⁉」

口を噤んだ俺の代わりに彩羽が食ってかかる。

「え～？　でもぉ、ＯＺきゅんも紫式部先生も巻貝なまこ先生も、みんなその案に賛成なんだけどナー」

「いつの間に交渉したんですか？」

「何のために宴会を開いたと思ってるチュン？　仕事は現場で取るんじゃない、飲み会で取るのがジャパニーズビジネスだチュン」

「日本企業っ‼」

堂々と胸を張るカナリアに彩羽もツッコミ役にならざるを得ないようだった。

というか、米国に影響されてるのにそこは日本的なんだな。

「そ、そんなわけないですよね？　裏切ったりしませんよね？　お兄ちゃん、菫ちゃん先生！　巻貝なまこ先生は……ああ、ＬＩＭＥ交換してないから訊けない！」

「あ、巻貝先生に反論の余地はナッシンチュン。このキャラ設定、巻貝先生のド性癖だから」

「～～……！　か、カナリアさん。性癖とか、言わないで」

まさかの担当編集によるカミングアウトに、何故か真白が恥ずかしがっている。

性癖って単語が下品すぎたんだろうか？

「うぅーん、てゆーか彩羽ちゃん。どうして反対するチュン？　これは彩羽ちゃんにとって、最高のプレゼントなのに」

「い、意味わかりませんよ！　こんなの、どこが――」

「一週間」

「えっ？」

「一週間で、キャラのイラスト、シナリオ、新システムを完成させてみせるチュン。それならアキ君のスケジュールにも余裕ができるし、この別荘には各種作業環境が完備されてるから、完成までの間、彩羽ちゃんはアキ君とゆっくり休暇を楽しめるチュン」

「え、ええ……？」

思わぬ条件提示に、彩羽は振り上げたこぶしの行き先を探すように俺の顔を見る。

そんな目で見られても、俺はどうすることもできない。

「ま、そーゆーこと。アキには普段苦労をかけっぱなしだからさ。たまには休んでくれた方が僕らとしてもうれしいんだ」

「オズ……」

「それにラブコメ的な意味でも、僕としてはカナリアさんの提案を飲んだ方が都合が良さそうなんでね。今回はこっちにつかせてもらうよ」

オズは相変わらず余裕たっぷりに底知れない笑みを浮かべてみせる。

その隣で真白が小さく縮こまったまま頭を抱えていた。

「うう……本当は真白も、夏を、アキと楽しみたいけど……」

「えっと、月ノ森さんはべつにいいんじゃないの？」

「関係なくない。だって真白は――」

「あああストップ真白ちゃん！　ほら、昨日出した原稿に大量の赤がついちゃったのよね⁉　だから引きこもって作業しなきゃいけないのよね⁉」

「……あ。うん、それ。たぶんそれ」

「もー！　真白ちゃんってば、うっかりさん！」

ＬＩＭＥの《５階同盟》グループの返信を見てみたら、どうやら巻貝なまこ先生もやる気のようだ。

それは、つまり――……。

「ってことで。駄目な理由は何もないよネ、アキ君？」

オズ、菫、巻貝なまこ。三人の主要メンバーがやると言っていて、おまけにキャラの企画書は勝ち目しか見えない完全無欠なモノ。

合理的かつ効率的に判断したら、この申し出を断ることなんてできやしない。

この女。綺羅星金糸雀（きらぼしカナリア）という女。自称スーパーアイドル編集は伊達（だて）じゃないってことか。

ビジネスにおいて相手の立場を理解し、相手の欲望を嗅（か）ぎ取って、己（おのれ）の都合を重ね合わせて望んだ成果を上げるのは王道中の王道。

そういう意味で彼女は、その基本のキを完璧に押さえてきやがった。

目論(もくろ)みは不明。彼女のメリットはどこにある？

もしかして俺の手から《5階同盟》のチームや権利を奪い去ろうとしているのだろうか。

だとしたら《5階同盟》の利益を最大化することを至上命題とする俺の、取るべき行動は。

「本当に一週間、滞在期間を延長したら……新キャラの制作が完了するんですね？」

「モッチロン♪」

俺の目をまっすぐ見返して、カナリアは元気に敬礼した。

はは、一秒の躊躇(ちゅうちょ)もなしだ。

「紫式部先生、〆切守りませんよ？　一週間なんて非現実的では？」

「大丈夫だチュン。いままでカナリアちゃんから逃げきれたイラストレーターなんて、ひとりもいないしネ♪」

横ピースとともに断言する。

自分なら《5階同盟》のクリエイター達を束(たば)ねてハイクオリティな物を作るのに一週間すら必要ない……とでも言わんばかりだ。

紙の出版とゲームの仕切りは異なるのだが、そんな未知の領域への挑戦に対し、カナリアの顔には焦(あせ)りの色ひとつ浮かんでいなかった。

——そうかい。ここまで徹底しているなら、仕方ないな。

「わかりました、カナリアさん。あと一週間——俺達を、この別荘に泊めてください」

＊

『懲役一週間のいちゃウザ権利を与えられた気分はどう？』

『そこに浮かれたり嫌がったりする心境でもないな……』

『やっぱり自分以外の仕切りで新キャラが作られるのは、複雑な気持ちかな？』

『……いや、そこまででもない。と、思う。べつに誰が作ろうと、効率的に、かつハイクオリティにコンテンツを世の中に発表できるなら、それでいい』

『たとえそこにアキ自身がいなくても？』

『……そうだな』

『奇しくも演劇大会のとき、翠部長に対してアキが問いかけたことと同じだね』

『……ああ。本人さえそれで良いなら、他の誰かが代わりに成果を上げるのも、けっして悪いことじゃないと思う。だからこそ、あのとき俺は翠の代打を務めた』

『ならどうしてちょっと複雑そうなのかな？』

『……知らん』

第8話 友達の妹と俺だけがサボり

翌日。黒龍院紅月制作プロジェクト、一日目。

二度目に訪れた砂浜の、その白さはどこかくすんで見えた。

波の音以外に誰の声も何の音も聞こえない中で俺と彩羽はふたりきり、まるで無人島に取り残されたような錯覚に襲われる。

「私は絶対無理だと思うんですけどね！　——はい、トス！」

「いや、大丈夫だろ。何せあの人はプロの編集者だぞ？　——ほい、トス」

ケータリングサービスで用意された朝食をメンバー全員で食べた後、カナリアと真白と菫とオズは作業部屋へ、俺と彩羽は海へ。

「イラストレーターに〆切絶対守らせるマンを自称してましたけど、そんなん絶対嘘ですって。すぐに紫式部先生のヤバさにビビってギブするに決まってます。——トス！」

「どうしてムキになってるんだよ。お前らしくないぞ？　——トス」

ポーン、ポーン、とビーチバレーボールが軽やかな音を響かせながら宙を舞う。

夏の浜辺の風物詩、まるで海を往く優雅な魚のようなボールの往来に合わせるように、俺達は言葉でもキャッチボールを繰り返す。

「どうしても何も、センパイは悔しくないんですか？　新キャラ作成は私達の共同作業になるはずだったんですよ！　それなのに、あんなポッと出の人に取られるなんて――トォス！」

「や、そりゃ残念だと思うさ。でもカナリアさんの企画は完璧だった。オズも紫式部先生も、巻貝なまこ先生まで乗り気だって言うなら、多数決は三対二。俺の信条としてＮＯとは言えないっての――っと。トス」

　彩羽の掛け声にすこしだけ力強さが増し、ボールはやや遠くへ飛んでいった。その落下点に向かうために移動してそれを返す。

「むう。私の意見なら百票分だー、みたいな。青春的ラブコメ的な無茶はないんですか。――トォーーース!!」

「俺はそのときそのときで最善の選択をしてるつもりだ。今回は、それが最善に思えたんだよ。――うおっ、どこまでトス上げてんだ」

　怒りのままに我儘に、彩羽はボールを打ち上げた。高々と舞い上がったボールが、太陽と重なりただの黒い点に見える。

　眩しさに目を細めて、俺はすこし考える。

　――せっかくの彩羽の決意が無駄になったことについては俺も申し訳なく思うけど、コイツがここまで不機嫌になるとはなぁ。

俺達以外は誰もいない夏の浜辺。最初こそ彩羽はふたりきりですね～と煽ってきたり、俺も影石村でのことを思い出して複雑な感情に揺さぶられたりしたものの、三十分も経ったら他のメンバーからのツッコミや横槍が入らずに物足りなくなって、だんだんと口数が減ってきてしまった。

微妙に気まずかったので、昨日みんなでやったときに使ったボールを取ってきて、ふたりっきりのビーチバレーを始めたのだが――……。

ボールをたたく毎にアドレナリンが増していったのか、彩羽の口調はどんどん荒れていっていた。サーブもスパイクもレシーブもないまま淡々と続くバレーに、過激化する要素など何もないはずなのに。

「彩羽はあの『黒龍院紅月』ってキャラ、駄目だと思ったのか？」

「……。思いませんけど」

自信なさげにうつむいて、いじけたような小声で彩羽は言った。どれだけ感情で否定しようとしても、自分の感性に嘘はつけないんだろう。

「ならそれが答えだろ。あの子以上のキャラを思いつけないなら、俺達に出る幕なしだ」

「……むう」

「悔しかったら企画力を身に付けるかない。俺も、お前も。今回はお流れだけど、新キャラ追加のチャンスはこれからいくらでもある。彩羽なら物覚えが良くてセンスもあるし、すぐにみんなが唸るような新キャラ企画を作れるように――」

「私が悔しいのはそこじゃありませんし」

「え？」

予想外の言葉を漏らした彩羽に、目が奪われる。

落ちてきたボールが、ポーンと俺の頭の上で跳ねて、ころころと彩羽の足元まで転がった。

「センパイはどうして悔しがらないんですか」

「どうしてって……そりゃ《５階同盟》のために最適な企画が転がってるなら、そっちを優先するのが当たり前だろ」

「でも、あんなの……！　カナリアさんのあんなやり方――センパイの手なんて要らないって言ってるみたいなやり方まで、認めることないじゃないですか‼」

「……考えすぎだよ」

「じゃあもしもですよ？　あのままカナリアさんがお兄ちゃんと紫式部先生を《５階同盟》から引き抜いて、巻貝先生のメディアミックスプロジェクトチームを作る、とか言い始めたら、センパイはどうするんですか？」

彩羽は普段のウザさを引っ込めて、真剣な声音で訊いてくる。

……どうするかって？

決まってるだろ。そんなの、いまも昔も変わらない。俺の信条はブレたことなんてない。

「それでもいい。《5階同盟》にとって最善なら」

「……ッ」

「オズと紫式部先生の才能を生かしてくれて、巻貝なまこ先生がそれに賛成ならそれでいい。あとはどんなタイミングで彩羽の正体を教えて、その才能を活用してもらうかだけ後押しできれば……。カナリアさんが本気で俺の代わりに《5階同盟》をプロデュースしてくれるなら、たぶん大丈夫だろ。あの人なら、彩羽の才能もきっと正確に判断して……っと!?」

話している途中でビーチバレーボールが飛んできた。

咄嗟に片手で止めた俺は、いきなり何事だと、サッカーのエースストライカーばりに右足を振り抜いた彩羽に怪訝な視線を送る。

キレのある良いシュートだ。その分だと足の怪我はもう大丈夫そうで安心した。

「センパイ、自己評価低すぎ！」

「何がだよ」

ムキになって声を荒らげる彩羽に山なりでボールを返す。

「カナリアさんの方が上って最初から決めつけてますよね？　センパイの方が何倍も優秀かもしれないのに」

「……社会に出て、あれだけ実績を上げてる人よりも優秀だなんて、本気で思ってたらとんだ自惚れ野郎だろ」

「たまには自惚れてみてもいいんじゃないですか？」

「無理。──いつも言ってるだろ」

「それは……」

低く、それでいてハッキリと。俺のそんな言い回しに彩羽は口ごもる。

そう、以前に彩羽には言ってあるんだ。

俺は自分が誰かに認められることを望んでいない。

人間なんてしょうもない生き物で、自分が大勢に評価される成功者だと認識した途端に成長は止まり、万能感を得て傲慢になっていき、やがて衰退と没落の道に堕ちていく。

盛者必衰は世の常。歴史を紐解けば、駄目になった企業や人の例は枚挙にいとまがないわけで。自分だけは大丈夫なんて、思える方がどうかしている。

「カナリアさんが実際何を考えてるかは知らん。べつに《５階同盟》を乗っ取るつもりなんてないかもしれんし。乗っ取られるようなら、俺はそれまでだったってことだ」

「……じゃあ、結果が出るまで指を咥えて見てるって言うんですか？」

むすっとした顔で、彩羽はボールを投げ返──

「や、それはない」

「えっ」

──しかけたところで俺の言葉に水をかけられたようにピクリとし、あらぬ方向へ投球してしまう。

「ボーっと時間をつぶすなんて無駄の極(きわ)みだ。俺達は俺達のやることをやろう」

「私達のやること、ですか？」

「ああ。カナリアさんの実力は疑(うたぐ)ってないし、実際あのアイデアは素晴らしいと思う。でも、たとえ超有能プロデューサーだとしても『黒山羊』の制作は初めてだ。どこに落とし穴があるかはわからない」

「そ、そうですよね！　センパイだからうまくやれてることもありますよね！」

「や、それは大してないとは思うけど」

「だから自己評価ぁ……」

仕方ないだろ、性(さが)なんだがら。

「もしもの時には備えておく。——それでいいだろ？」

「い、い、い、……ま、いーですけどね。でも、何をやるんです？」

波打ち際に転がっていったボールを追いかけ、拾い上げた彩羽が振り向きながら小首をかしげる。

「黒龍院紅月の制作が頓挫(とんざ)したときの保険を用意するんだよ」

「……！」

「スーパーアイドル編集に限って、そんな事態にはならんと思うが……」

念には念を入れる。

普段はギリギリのリソースで回しているからそこまでバッファを取る余裕はないけど。

手が空いてるなら当然そうするのが俺という人間だ。

「かけましょう！　生命保険のオプション並みにゴテゴテ保険かけまくりましょう！」

「保険は投資の効率悪すぎるからあんまりオススメできないぞ」

「えへへ。いいんですよ、保険かけられる側はあっちなんですから。がっぽり手数料を奪ってやりましょう！」

活き活きと目を輝かせて、彩羽はポーンとボールを空に打ち上げた。

さっきまで不機嫌だと思ってたらすぐにこうだ。

思えば彩羽は俺が自己肯定感が低いところを見せると、すぐにそれを否定してくれる。俺が自分を侮ることをけっして許してくれなかった。

……本当、良い奴なんだかウザい奴なんだかよくわからんな、コイツは。いやまあ、本当はどっちかなんて俺にももちろんわかってるんだけどさ。

――さて、そんな彩羽の期待に応えるためにも、黒龍院紅月の制作が暗礁に乗り上げたときにどんなフォローができるか。どんなフォローをすべきか。しっかりと考えておかないと。

まずは初日の動向をきちんと見ないとな。

今日から紫式部先生がキャラデザ作業に着手しているはずだが、あの逃げ癖クイーンの仕事を、カナリアがどれだけ制御できるのか。それ次第で、話はだいぶ変わってくるのだから。

と、思っていたのだが――……。

「ハッピークリエイショーン♪　プリティークールなキャラデザの完成チューン‼」

ひととおり海で遊んでからカナリア荘に戻ってきた俺達を迎えたのは、タブレットを高々と掲げてはしゃぐ十七歳（自称）の姿だった。

「完成って……え？」

「いやいやいやいくらなんでも早すぎますって！　あの紫式部先生に限って、そんなのありえませんし！　私達を騙そうったって、そうは問屋が卸しませんよっ」

「もォー、嘘だなんて人聞き悪いチュン。はいっ、証拠☆」

そう言ってカナリアが見せてきたタブレットの画面には、眼帯をつけたゴスロリ少女の姿。

「ホントだ……しかもクオリティも高い」

「完全にノッてるときの紫式部先生ですね……むむむ」

片目を覆う眼帯に細かい模様の刺繍が入っていたり、服の細部への描き込みが丁寧だった。

ギリギリの進行が多い紫式部先生は、キャラデザの段階ではあまり作り込まない傾向がある。

俺としても世には出さない資料だからと割り切って、それでも良しとしてきた。

キャラ愛の強い紫式部先生は、どうせ実装用の絵を描く段階で作画カロリーの高いデザインを後から付け足していくだろう……という読みもあってのことだ。

　ところがこの黒龍院紅月のデザインは違う。

　キャラデザラフの段階から隅々まで気を配った、背脂ましましのラーメンのようなカロリー満点の一品なのである。

「……凄いですね。『黒山羊』のユーザーなら絶対に喜ぶ見た目ですよ、これ」

「でっしょでしょー♪　永遠の中学二年生、カナリアちゃんのセンスにひれ伏すチュン！」

「これがカリスマ編集の手腕……」

「ふっふっふ。もっと褒めてもいいチュン。称賛はいくらあっても足りないチュン」

「でも、どうやったんですか？」

　紫式部先生から半日たらずでキャラデザを上げさせることがどれだけ難しいのかは、長い間担当プロデューサーをやってきた俺が一番よく知っている。

　普通のやり方では、絶対に実現不可能なミッション。一体どんな手品を使ったら彼女に予定通りに仕事させることができるのか。

「大したことは何もしてないヨ？　監ご――モチベが上がって仕方ない素敵な作業環境を提供してあげただけチュン」

「いまめっちゃ不穏な単語を言いかけてたような……菫ちゃん先生にヒドいことしてませんよね？」

「現場を見せてもらってもいいですか？　後学のために」

「ＯＫ、ＯＫ。カナリアちゃんの精神と時の魔術工房にご案内するチュン」

いろいろ混ざってんなと思いつつも俺は彩羽とふたり、カナリアの案内で別荘の中を進んだ。

そして、俺達の泊まる客室のさらに奥。廊下の端の方に異様な光景が現れる。

「電子ロック……？」

洒落(しゃれ)た別荘の白い扉に似つかわしくない、ゴッい灰色の機械がドアノブの上についている。

カナリアが小さな手をかざすと、ピピピと電子音が鳴り、続けて開錠する音が聞こえた。

まさかの指紋認証とは、恐れ入る。

「内側から鍵(かぎ)を開けられない缶詰部屋、編集者にはありがちな固有結界だチュン」

「魔術工房じゃなかったんですか」

「ノンノン。細かいことは気にしちゃナンセンス♪　それよりドーンと御開帳～♪」

相変わらずのテンションでドアを開ける。

「なっ」

「これは……」

目の前に飛び込んできた光景に、俺と彩羽は絶句した。

「おえかき、たぁーーーのしーーー。あははは。ウフフフフ」

白、白、白。白白白白白白白白白白白白白白白白白白白白白。

三十畳ほどのだだ広い個室。

客を招いて泊めるには最適な、ゆったりした空間だ。

——普通であれば。

しかしこの部屋は床も壁も天井も、すべてが白一色で埋め尽くされているのが異様だった。

ここが実験動物を隔離した研究施設ではなく、クリエイターが作業するための空間なのだとかろうじて判別できるのは、部屋の中央に置かれた作業机とＰＣ、タブレット、デッサン人形といった小道具のおかげだ。

そんな仕事道具の他にはガチで何もない空間の真ん中で、菫は幸せそうにペンを動かしていた。

ＰＣのモニタに映し出された黒龍院紅月の立ち絵ラフに、次々と綺麗な線が引かれていく。

ペン入れの工程も順調……だと……。

普段の菫なら、キャラデザ作業提出したんだから三日はサボってもいいよね？　とばかりに、次の作業工程に進む前に遊びまくっていた。

だというのにこの菫は、一心不乱にキャラと向き合っているのだ。

「す、菫ちゃん先生。大丈夫ですか？」

「アハハハハ――あ、いろはちゃん。どうしたの、たのしいよ？」

「台詞（せりふ）が全部ひらがなになってる！　目を覚ましてください。いまの菫ちゃん先生、絶対何かおかしいですって！」

「もお、なにいってるの？　おえかきたのしいよ？」

「ほら、会話も違和感マシマシですもん！　しっかりしてください、菫ちゃん先生！」

　菫の肩を摑んで強くゆする彩羽。

　首をかっくんかっくんさせながらも菫は、あどけない子どものようなポーっとした顔で首をかしげると、あ、とつぶやいて、ふたたびペンタブを走らせる。

「黒龍院紅月ちゃんかわいい。かわいいのかきたい。あたし、たのしい！」

　そんなことを言いながら物凄い速度で手を動かしていく菫。

　人妻催眠モノのエロＣＧ集でしか見たことないようなグルグルした目で仕事を続ける菫に、俺はうすら寒いものを感じた。

「なるほど。娯楽ゼロの監獄、ですか」

「ピンポンピンポーン♪」

　自分のスマホを取り出して確認すると、予想通りここは電波妨害万全の場所らしくアンテナは一本も立っていなかった。

「ネットを完全遮断。ＰＣにも仕事に関係するソフトしか入ってないんでしょうね」

「そゆこと。紫式部先生の本質は『逃げ癖』でショ？」

「……わかりますか」

「事前に巻貝先生からも話を聞いてたしネ。まーでも、最初ちょろっと打ち合わせしただけで、あーこういうタイプねーってわかったケド♪」

「たった一度の打ち合わせで？」

「伊達に長年編集者をやってるわけじゃないからネ☆」

パチンとウインクして横ピースのカナリア。

行動の一個一個は本当に痛いし、きついし、ウザいんだが、それでも確かな才能と実力を感じる仕事ぶりを目の当たりにすると、文句を言う気も起きない。

「すーぐ逃げるこのタイプは、楽な方へ、楽な方へと流れるタイプだチュン」

「まるで普段の式部を見てるかのようですね」

「だからそういうヒヨコちゃんをコントロールするのは簡単だチュン。楽な方へ逃げるなら、絵を描いてる状態が一番楽だし楽しいって、思わせればいいノ」

「合理的ですね。……その方向に思考を誘導させるのは、苦労しそうですけど」

「どうカナ？　カナリアちゃんは場所を作ってあげただけだから。紫式部先生のモチベ管理に意外と自分の手は使ってないヨ？」

「ああ……たしかに」

「自分の時間を最小に、そして効果は最大に。バッシバッシと無駄を省いて効率化した先には、こぉーんな境地があるんだチュン」

「……。……なるほど」

ドヤ顔のカナリアに対して、返す言葉もない。

ひたすら勉強になるな、と思った。

まだまだ『黒き仔山羊の鳴く夜に』におけるイラスト業務には無駄を省ける余地が残っているとは思っていた。だけどまさか自分よりも早く、高精度に、《5階同盟》の課題をクリアしてしまうとは。

重版確率１００％のアイドル編集、綺羅星金糸雀恐るべし。

＊

さらに翌日。黒龍院紅月制作プロジェクト、二日目。

「はい、あーんですよ。真白先輩」

「……ん。おいし……」

朝起きて食卓に顔を出すと、椅子の背もたれに体を預けげっそりした様子の真白と、ぽかんと開かれたその口に小鳥の餌やりのようにスプーンでヨーグルトを与えている彩羽という奇妙な光景に出くわした。

「介護現場か」

「あ、センパイ。おはよーございます」

「……おやすみ……」

「あっ、真白先輩ダメですって！　せめてごちそうさまの後にしてくださいっ」

力尽きようとする真白の肩をゆすり声を荒らげる彩羽。

「そんなに大変なんだな、原稿の修正作業」

「んー……うん……大変……」

向かいの席に座りポットから紅茶を注ぎながら声をかけると、真白はこっくりこっくり船を漕ぎながらうなずいた。

本当、大変だと思う。つい一昨日提出したばかりの原稿をもう直さなければいけないんだから、小説家というのは酷な仕事だ。

それと同時にカナリアの凄まじさも思い知らされる。

巻貝なまこ先生の原稿も上がったばかりでその校了作業を終わらせ、真白の原稿にも赤入れをし、さらに『黒き仔山羊の鳴く夜に』のキャラシナリオの発注もしたわけで。

巻貝なまこ先生との仕事だけなら現実的だが、真白の面倒も一緒に見るのはなかなかハードだよなぁ。

「あんまり根を詰めすぎるなよ。せっかく海の近くに泊まってるんだし、羽を伸ばしたくなったら一緒に遊ぼうぜ」

「そうですよ。真白先輩の海の豆知識百選もまだ聞いてませんし」

いつの間にそんなものを聞く話が持ち上がっていたんだ。しかもわりと気になるな、それ。百個も語る内容があるのかってところが特に。

「どうだ、真白。今日はキリのいいところまでやったら休憩しないか？」

「ん……キリ……昨日、行った」

「おお、本当か？」

「うん。シナリオの……プロット、おわった……」

「え？」

寝ぼけまじりの真白の発言に俺は背筋にぞぞぞと怖気が走った。

小説のことをシナリオと呼んだ？　――っていうのは、どうでもいいとして。

プロット、だと？

真白は新人賞から担当付きとなって、カナリアの指導のもと商業デビューを目指しているらしい。影石村での旅館缶詰を経て無事にその原稿の初稿を上げ、このカナリア荘では原稿へのダメ出しをもとに修正作業をしていたはずだ。

プロットとは小説における設計図のようなものであり、本文を執筆する前に用意するもの。

何故いま、真白がプロットをやっている？

その疑問の答え。それは、あるひとつの恐ろしい真実を示唆しているのである。

原稿がプロットからやり直し、すなわち——……。


全ボツ。


だったのでは、なかろうか？

もしそうだとしたら気の毒すぎる。夢うつつ状態の真白に対して、俺はもう何も言葉をかけられなくなってしまった。


「ハローエキサイティング♪　今世紀最高の激エモシナリオの完成チューン‼」


真白の様子を心配しながら朝食を食べていた俺達のもとに、またしてもタブレットを天高く掲げたハイテンションなカナリアがやってくる。

「シナリオって、黒龍院紅月のキャラシナリオですか？」

「もちもちもっチュン。巻貝先生渾身の、最強プロットおいでまチュン！」

「最強プロット……！　あの、俺も読んでいいですか」

「もちもち。先生の新作を誰よりも早く読めるのがプロデューサーの特権だからネ♪　はい、どーぞ！」

カナリアに渡されたタブレットの画面を俺は食い入るように見つめる。どうしても前のめりになってしまうし、声も自然と弾んでいた。

同じ制作チームの仲間だからとか、そういうのを抜きにして、俺は純粋に作家・巻貝なまこのファンなのだ。

毎回『黒き仔山羊の鳴く夜に』のために書き下ろされる新作シナリオを楽しみにしているし、それはカナリアが仕切る黒龍院紅月のキャラシナリオについても同じだった。

いやむしろ気分の昂揚具合は普段以上かもしれない。

何せ『黒山羊』関連のシナリオで自分が一切関わっていないものを読むのは初めてだから。

もちろん普段からストーリー周りの発案は巻貝なまこ先生だ。けど、その過程で俺のところにはよく相談のＬＩＭＥが来るし、事前に方向性をすり合わせてから進めることがほとんどで、純粋な読み手という気分ではいられなかった。

でもいまは、本当にただひとりの読者――書店で見かける『白雪姫の復讐教室』の最新刊を読むのと変わらない感覚で読める。

さて、一体どんなストーリーが綴られているのか――……。

「…………」

一文一文、丁寧に読み込んでいく。

　黒龍院紅月というキャラクターとの出会い。序盤は破天荒で奇天烈で支離滅裂な人間性から主人公たちは振り回され、困惑する。

　しかし共に屋敷の怪異に挑むうちに絆を育んでいき、徐々に彼女という人間の奥深さ、厚みが感じられていき、共感していく。

　後半で明かされるまさかの過去と、既存キャラクターとの意外かつ納得感のあふれる因縁。

　プレイヤー自身の達成感をくすぐるギミックと、複数人のプレイヤーが協力して謎を紐解いていくようなソーシャル性さえ兼ね備えた熱い展開と涙を誘う結末。

　一個の物語として……それも小説ではなくスマホゲームという媒体にマッチした物語として完璧と言わざるを得ない、素晴らしい構成で――……。

「あ、アキ。口、閉じて。読みながら感想を全部口に出すとか……最低……っ」

「……いけね」

　どうやら全部声に出してたらしい。

　でも何故真白が顔を赤くして怒るんだろうか。もしかして『黒山羊』をプレイしてくれてて、巻貝シナリオを楽しみにしてるとか？　だとしたらネタバレをされたのが嫌だったのかもしれない。すまん、真白。

「で、感想はどうだったカナ？」

　にまにました顔で小首をかしげる編集カナリア十七歳。

わかる。わかるよその顔。

自分だけが最高の結末を知っている映画を他人にオススメして、その感想を聞くときの顔だよな。

だから俺はオススメされた側の流儀として、この言葉を贈ろう。

「いい……」

多くの言葉は要らない。

単行本一冊分およそ十万文字に渡る読書感想文を執筆可能な万感の想いが、たった二文字に凝縮されていた。

「でっしょでしょ～。巻貝先生の才能120%引き出しちゃってるチュン♪」

「む、むむむ。何ほだされてるんですかセンパイ。こんなのいつもと同じぐらいのクオリティに決まってます！」

「いや、いつもより凄いぞ。彩羽も読んでみろよ」

「ふ、ふーん。いいですよ。私はセンパイみたいに涙腺チョロすぎマンじゃありませんから。そう簡単に感動したりしませんからね」

何故かいじけた様子で意地を張りながらタブレットを受け取った彩羽は、上から下まで内容に目を通し……そして、号泣した。

「うわあああああ‼　黒龍院紅月ちゃんイイ子すぎるううううう‼」

「だろ？」

「なまこ節がさらに加速してバリエモ帯びてますよ、これ！」

「とりあえず涙拭けよ」

「あっ、ありがとうございます。——けど何なんですか、いままでの巻貝なまこ先生と、何が違うんですか」

　俺の渡したハンカチで目を拭いながら彩羽は疑問を口にする。

たしかに俺も気になるところだ。やはり最初に作家の才能を見出したカナリアにしか引き出せない何かがあるんだろうか。

「フフフ。実はこのヒロイン設定、巻貝先生と微妙に似てるチュン」

「似てる……？」

「そ。表向きは闇属性の強そうな女の子だけど、実は内側めちゃ乙女！　ギャップの方向性が巻貝先生自身とよーく似てるから、相性抜群なんだチュン」

「乙女て」

　巻貝先生、男性なのに。

だけどたしかに言われてみれば、巻貝作品は男性作家の手によるものにもかかわらず女性の繊細な心を上手に描き出しているところに定評があった。

　本人の中に、魅力的な女性に通ずる何かが魂レベルで存在する——つまり、心におっぱいを持っているということだろう。

「作家が最も魅力的に描けるキャラは、本人と似たところのあるキャラだチュン。その本質がどこにあるかを見極めるのも編集者に求められる資質ってネ☆」

「なるほど……勉強になります」

これぞ一流の仕事、か。

綺羅星金糸雀十七歳、仕事の流儀。――そんな番組名のテロップがぼんやり浮かび上がって見えた気がした。

「むう……」

「何むくれてるんだよ。素直に実力を認めていいだろ、ここは」

「そうですけどぉ。むむー」

一向に納得する気配を見せない彩羽。

そして何故かカナリアの方でも、真白が頬をふくらませてカナリアの脇腹をつついていた。

「最低。どうしてこう。ぎりぎりを。攻めるの」

「やん。ちょ。脇腹。ちゅんちゅん。つつくの。やめてぇ……」

「……何やってんだ、真白？」

「なんでもないよ？」

俺が声をかけるとピタリと手を止めて清楚にニッコリ。

その反応といい、背後のカナリアのもの言いたげな視線といい、本当にワケがわからん。

＊

「でも、なんていうか。感服って感じです」

朝食の時間が終わり、仕事部屋に引っ込んだ真白と水着に着替えに行った彩羽を見送った後。

キッチンには皿を濯ぐ水音と食器の鳴るカチャカチャという音が響いていた。

「んー？　いまカナリアちゃん天才って言ったのだぁれ？　よく聞こえなかったチュン♪」

「や、ガチで天才ですよ実際」

「にへへへ。もお、そんなストレートに真実を言われたら照れるチュン」

洗い物をしているのは別荘を管理する可愛いメイドさん……ではなく、綺羅星金糸雀十七歳。

この家の主、その人だった。

長い金髪をリボンでくくって、極めて家庭的なエプロン姿。

非現実的な活動実績と奇天烈な大富豪っぷりからは想像もできない地に足のついた姿だったが、意外と様になっていた。

「……っていうか、自分で家事やるんですね。お手伝いさんとか雇わないんですか？」

「誰もが羨む超絶キュート。みんなひれ伏す仕事の神様。札束パタパタ成功者。──そんな人に、どんな一面があったら好感度アップアップと思うカナ？」

「意外と家庭的なところ？」

「イエス！　これならいつメディアの突撃取材があっても準備ＯＫチュン♪」

「プライベートまでキャラ付けしてるんですか。……凄すぎですよ、それ」

編集者をやる傍ら、自らを人気アイドルとしてセルフプロデュース。

その行動だけ見ると、著者の人気にあやかって調子に乗った痛い人に見えるかもしれない。

実際、昨夜のうちに調べてみたが、ＷＥＢ上には彼女のアンチも大勢いた。

ただそんな批判の声に対してカナリアは、自身のＹｔｕｂｅチャンネルの動画でこう告げていた。

『アンチちゃん見てるぅ～？　今日も再生数に貢献してくれてありがとチュン！　拝金主義者系アイドル、カナリアちゃんです☆　これからも作家さんの作品をチュンチュン売りまくって、みんなの幸せ目指しまチュン♪』

そのアンチ煽り動画は、千個近くのＢＡＤと、十万個に及ぶＧＯＯＤが踊っていた。

あれこそがカナリアの凄さの本質だと思う。

普通の商売人は他人に嫌われることを極度に恐れる。ＰＲだ、金儲けだ、と思われると嫌われるからといって、本当の狙いを隠してあたかも慈善事業であるかのような偽善の顔を覗かせ、人々の善意に媚びる。

まう。

無難に、無難に。おとなしく。波風を立てないように。そうしてつまらない発信をしてし

だがカナリアは何も隠さない。自分が何故アイドル活動をしているのか、それは作家の本を売りたいから。宣伝戦略に必要な金を稼ぎ、メディアミックスのための資金を稼ぎ、その上で自分自身も大いに報酬を手にしていることを隠さず公表している。

偽りがあるとすれば年齢くらいだ。それも演出の一部というのがあきらかなので、嘘のうちにも入らない。

自分の希望、野望、あらゆる内側をさらけ出し、キツイと思われようともキャラを徹底するその行動の根っこに、担当作家に対する燃え盛るような愛情と、言い知れぬ執念を感じた。

もちろんこの痛いキャラは彼女の本当の姿じゃないんだろうけど――……。

プライベートをここまで徹底して改造してるなら、それはもはや偽りの姿とも言い切れない。

「ま、さんざん『可愛い女の子』を作ってきたからネ。そのメソッドを自分自身に使えばいいだけ。――やーんやん。職権乱用って言っちゃダメ～☆」

「なるほど……。そのブランディング意識。だからこそ、黒龍院紅月みたいな魅力的なキャラを生み出せるんですね」

「んー？　カナリアちゃんに感心しちゃった？」

「はい。――盗ませてほしい、と思うくらいに」

俺が強い感情を込めて言うと、カナリアは皿を泡立てる手を止め、つぶらな瞳で見つめてきた。

そして、にまあ、と笑ってみせる。

「君も華麗にアイドルデビュー、してみまチュン？」

「それは遠慮しときます」

即答した。

「えー、残念ねん☆　カナリアちゃん後継者ＧＥＴ＆ＧＥＴだと思ったのに～」

「いまのカナリアさんがその売り方をできるのは、基礎の基礎、王道を極めたからこそだと思うんですよ」

何年も何年も正拳突きを続けたからこそ至れた高みっていうかさ。ただ外面だけを真似して目立とうとしたら本当にただの痛い奴になるんだろう。

「俺はまだその域には至ってません。万が一、そこにたどり着けたら、わかりませんけどね」

「へえ～。足元が見えてるんだネ。……好きだなぁ」

最後のひと言だけはキャラが消えて、思わず漏れてしまったというような地声だった。

うーん、としばし考えた後、カナリアは泡を塗りたくるように指で俺の鼻の頭をつついた。

「ＯＫＯＫ教えてあげルン☆　君のまだまだ足りないトコロ♪」

「……いいんですか？」

鼻にくすぐったさを感じながら、俺は訊き返した。プロのアドバイスを聞けるのは貴重だ。

「『黒き仔山羊の鳴く夜に』の動向はずっと注目してたチュン」

「巻貝先生のリソースを奪い合うライバルだから、ですよね」

「ノンノン。ゲーム自体も面白かったチュン」

「それは……光栄ですね」

「巻貝先生でノベライズ企画を動かしたいな～とか、未来への投資の可能性も含めて興味深いコンテンツだチュン。でも――」

カナリアはくるくると踊るステップで流しに戻ると一枚の皿を手に取った。

泡だらけのそれを裏返すと、洗剤で磨き抜かれた表面とは違って、裏側にはまだべっとりと油汚れがついたままになっている。

「――君のプロデュースは、汚いトコから目を背けてる、カナ☆」

「汚い……ところ……?」

「そ。クリエイターを優しく包み込んで、楽しく前に進ませる力はすでに一級品。でも、それだけで作れる作品はカナリアちゃん的にはまだまだチュン。トラウマ、憎悪、ルサンチマン。胸の奥底に眠る情動――呪いみたいなものを強引に抉り出すようなプロデュースができるのか。……君が一皮剝けるかどうかは、そこにかかってる」

「俺も、クリエイターの負の感情が名作を生むって意識は、あるつもりでした」

「でも自分からは踏み込まないでショ？」

「……！」

鋭い指摘だ、と思った。

俺は《5階同盟》のバランスを取ることをかなり意識している。危うい心理状態のメンバーを抱えてる自覚があるし、ひとつ舵取りを間違えたら、取り返しのつかない事態を招くのではないかと思い、効率を求めながらも慎重に、慎重に、意思決定してきたつもりだ。

だけどそれが『呪い』から目を背けてることになるってのか？

「たとえば君さ、恋してる？」

「え？　や……その。い、いま、その話、関係あります？」

「即答できない、すなわちＹＥＳ☆」

「ちょ、待ってください。本当に自分ではわからないだけなんですってば！　……あ」

勢い余って否定した瞬間、俺は失言に気づいた。

これではまるで自分が自分のモヤモヤした感情を、恋愛感情なのかどうか迷っているのだと、そんな難しい気持ちを抱いていると、告白したも同然じゃないか。

案の定、カナリアはにまにまと井戸端会議好きな主婦のような目で俺を見ている。

「どっちどっち？　真白ちゃん？　それとも彩羽ちゃん？」

「最初からその二択なんですか」

「紫式部先生はアウトでショ。年齢差的にあっちが犯罪だし、キャラ的にも共感性は高いけど彼女にしたみはゼロだし」

ひどい言い草だ。いや一応、付き合ったら楽しい相手だと思うぞ？　俺はあの人と付き合う気はまったくないけど。どこかの誰かには是非オススメしたい相手だ。家庭でケツをたたいてイラストを期日通りに納品してくれるなら尚良い。

「まあ、俺の交友関係を見たら。疑うとしたらその二人ですよね」

「チュンチュン。どっちも可愛いしネ☆」

「可愛い……んですかね。いやまあ、一般的には、そうなんですけど」

煮え切らない言葉しか出てこない。

「自分にとってどうなのか、あんまり考えないようにしてるでショ」

「……ええ。まあ、はい」

「やっぱりネ〜。そーゆートコだゾ☆」

人差し指を俺に向けて、器用にウインク。

うん、ウザい。

だけど彼女はそのふざけた態度を消して居住まいを正すと、皿の汚れた面に目を落として、しっとりと話し始めた。

「君はさ、とても優しくて包容力もあるから、安心して甘えられる相手ではあるんだけど」

ちらりと俺の顔を流し見て。

哀れむような、寂(さび)しそうな、諦(あきら)めにも似た笑顔を浮かべてみせる。

「汚いトコを見せられる相手じゃ、ないんだよネ」

「俺が……頼りないからですか。信用に、値しないから」

「ノンノンその逆。――完璧だから、カナ」

どこがだ？

俺以外の《5階同盟》の仲間達はみんな才能に溢(あふ)れた天才たちだ。あいつらを完璧と称するならまだわかる。コミュニケーション能力だったり、その他いろいろな部分で難のある奴らではあるけど、こと自分の職分においては完璧と呼んでいい実力がある。

しかし俺には何もない。だからその欠落を努力と効率化で埋めなければならないんだ。

だというのに、この自称十七歳は何を言ってる。

「迷惑をかけず、私情を交えず、適切な距離を保ち、自分をプロデュースするためだけに最適な道を突き進んでくれる、まるでヒーローみたいな完璧超人」

「誰ですか、それは。俺はそんなんじゃ――」

「君が自分をどう思ってるかと、どう思われてるかは、まったく別の問題だチュン。少なくとも――あー、正式にはあの子は《5階同盟》じゃないかもだけど。彩羽ちゃんね。彼女の行動を見れば、一目瞭然だチュン」

「彩羽の行動、ですか。ウザ絡み以外、あんま記憶ないですけど」

「水着姿を見せてくれないでショ？　せっかく海に来たのにネ？」

「は……？」

カナリアの言葉は数多の疑問符を乱舞させるに充分な破壊力があった。

彩羽の……水着が、何だって？

あれは俺に水着を期待させて、実は上にパーカーを羽織ってますっていう悪戯、ウザ絡みの類でしかないと思うのだが。

「意味わかんな～いって顔してるネ」

「や、そりゃそうでしょう。俺が完璧超人って話と水着に何の関係があるんですか」

「あっまあっまチューン。そこがわかってないんだよナー、君は」

チチチと指を振って、カナリアはあきれた顔をする。

「自分のスタイルに自信がない子にとって、水着姿なんて最大の汚点だヨ？」

「自信が……ない……？」

何を言ってるんだろうか、この自称十七歳は。

小日向彩羽といえば学校の誰もが認める超絶美少女。彼女自身も俺をからかうとき、性的な魅力を押し出してくるんだ。あんなの自分の可愛さやスタイルに自信がなければ絶対にやらないだろう。

「いやいやそれはないですよ。逆ですよ、逆。あいつ自信満々ですって」

「はい童貞乙チュン。可愛い子ほど胸を隠すって古事記にも書いてあるチュン」

「ないですから。堂々と嘘つかんでください」

「古事記はさておきアキ君や。胸の話だけに胸に手を当てて考えてほしいチュン。――君さ、彩羽ちゃんのお胸、見たことある？」

「は……⁉　いや、あるわけないでしょうっ、そんなの！」

思わず声が裏返った。

いきなり何を言い出すんだこの人は。同年代の女子の胸なんざ、そう簡単に見えてたまるかよ。それが許されるのは少年誌系のエロコメ寄りのハーレムラブコメだけだ。

「なんで見せられないと思う？」

「普通は見せません」

「なんで普通は見せないんだと思う？」

「そりゃ恥ずかしいから……」

「そっ。つまり彩羽ちゃんは恥ずかしがってるんだよネ。『自信がない』って言ったのはそういう意味だチュン。裸を見せても恥ずかしくないのは、女神フレイヤとかミロのヴィーナスとか、それとカナリアちゃんぐらいだチュン」

「自分を北欧神話の神々と並べるメンタル凄いっすね」

何の恥ずかしげもなく語る姿勢に俺は苦笑いする。

「や、社会的地位とかはどうでもいいチュン」

カナリアは汚れを拭き終わった皿を水切りカゴの中に突っ込みながら、あっさりと言った。

「つまりは精神性の問題だチュン」

「精神性？」

「カナリアちゃんが肩を並べるのは天上の神々。それ以外の下々の人間は、その辺の虫と同じような存在だチュン。虫に裸を見られても、ぜーんぜん気にならないよネ？」

ひでえ。

「というかその論だとカナリアさんは下等生物の俺とかに裸を見せても恥ずかしくないんですか？」

「見せてあげよっか？」

「ちょっ待っストップ！　ノータイムで脱ごうとせんでください!!」

ためらう様子もなく服をたくし上げようとしたカナリアを、あわてて止める。

冗談で言っただけなのにまさか本当に脱ごうとするとは……。

「ま、アイドルが簡単にヌード晒(さら)すのはノンノンだから、本当に脱いだりしないけどネ☆　裸を見られるのはべつに恥ずかしくも何ともないチュン」

「マジすか……いや、マジなんでしょうね……」

疑うとあっさり実行に移されそうで、俺はとりあえずその事実を受け入れることにした。

カナリアはニヤリと得意げな笑みを浮かべる。

「まさにこれこそが『恥ずかしさ』の本質だチュン。自分よりランクの低い相手とか、自分よりも恥ずかしい相手に恥を晒してもノーダメだけど、格上の相手とか隙のない相手に恥を晒すのはとーってもハードルが高いチュン」

滅茶苦茶な理屈のようでいて、一定の説得力もありそうに思える。

これがただのカナリアの話術のせいなのか、ひとつの真理を突いているからなのか、いまの俺にはいまいち判断できなかった。

「汚い欲望を見せないように、あまり踏み込まないように。君のその自制心は、他のメンバーの自制心にも繋がってる。――それが君の、プロデューサーとしての最大の弱点カナ」

「俺の……弱点……」

「ま、すぐには理解できないかもだけどネ☆」

言った直後にくるりとターン。顔を傾けながら振り返るカッコイイ構図（アニメでよく見るやつ）でこちらを流し見て、パチンとウインクなんてしてみせて。

「せっかく彩羽ちゃんと二人でたっぷり遊べるんだから。もっとひと夏のアバンチューンルを愉しむといいヨ♪」

ひととおり洗い物も終わり、言いたいことも言ったということなんだろう。

カナリアはそれだけを言い残すと、颯爽とリビングを立ち去った。

「……汚い欲望から目を背けてる、かぁ……」

カナリアの姿が消えた後、椅子に座った俺は彼女に言われた言葉を反芻して、ぐいーっと背もたれに体重を預けた。

エンターテインメントの本質は欲望だ。

プロの編集者であるカナリアが、その掘り下げ方を重要視する気持ちは凡人の俺にもわかる。

実際、『黒き仔山羊の鳴く夜に』を制作する際には、巻貝なまこ先生の描く後ろ暗い情念をきちんとゲームで表現しきれるように意識している。

不安、恐怖、嫉妬、怒り、そして恋――。

人間の安全欲求や承認欲求、所有欲やら性欲やら、いろんなものを刺激することでユーザーの心を揺さぶろうとしてきた。

でもたしかに言われてみれば、それは誰かの抱えるであろう欲望であって。

俺自身の欲望ではなくって。

恋――。それは、創作の世界でそれこそ神話の時代から語り継がれてきた物語。

人間の持つ欲望の最たるもの。根源の欲求と言ってもいいだろう。

「あー……たしかになぁ……」

そこを理解できてないってのは、逆に非効率的なのかもしれないな。

影石村でのふざけた儀式の時から漠然と胸の内で渦巻いている、彩羽への感情。

あいつの顔を見ているだけで脈拍が妙に速くなったり。

あいつのウザ絡みを受けるだけで、顔面がカッと熱くなったり。

あいつの耳に響く声を聴くだけで、
あいつのシャンプーの匂いを嗅ぐだけで、
あいつの。

あいつの。

あいつの──……。

泡沫のように無数に浮かんでは消えていく『あいつ』の特徴と、それに対して反応してしまっている自分自身を客観的に俯瞰すると、見えてくることがある。

小日向彩羽。俺にだけウザい友達の妹。

俺自身の欲望に照らし合わせたとき、俺はあいつをどう考えているのか。どう考えたいのか。

そこを乗り越えられないと、カナリアを超えられないのだとすれば。

オズや紫式部先生や巻貝なまこ先生に、《5階同盟》を選んでもらい続けることができないのだとすれば。

恋や青春を捨てて、全力を注ぐという選択肢そのものが、間違っていたことになる。

そんなものにうつつを抜かしていたら、俺の実力ではあいつらについていけない。もっと、もっと凄くならなきゃいけない。だけどそのせいで自分の欲望やら感情やらに向き合えなければ、あいつらの才能を引き出しきれない。

ひどすぎるジレンマだ。

それに、もし「恋」が俺の目標のためにも必要なのだとしたら。

勇気を振り絞って「恋」に向き合い、告白してくれた真白に対して、俺はなんて仕打ちをしてしまったんだろう。

いま本気で自分の価値観を矯正したら、俺の真白への返事は変わるんだろうか。それとも、俺の目標とは関係なく結果は変わらないのだろうか。

わからない。自分でも何が正解で、どこに向かえばいいのかがわからない。

難易度高すぎだろ、このゲーム。俺みたいな平均的な能力値の人間にもクリアできるように設計しろよ。

「ホント……俺は、どうすればいいんだろうな……」

＊

『一番簡単な答えはそこにあるのに、選べないのがアキなんだよね』

『…………』

『ヒントは僕がアキに恋や青春をオススメしてること』

『……それは、お前がイイ奴だからだろ』

『イイ奴である僕の善意に甘えることはできないって？』

『…………』

『そーゆうところだよ、アキ。……ま、それがアキらしいんだけどね？』

009

Tomodachi no imouto ga ore nidake uzai

第9話 友達の妹が俺にだけビキニ

それから一日、また一日と時間は過ぎていった。

イラストはキャラデザの後、必要な立ち絵やカードのラフ、線画、塗りへと順調に作業工程を踏んでいき、シナリオも徐々に本文が組み上がっていく。

もちろん最高のクオリティで。

俺(おれ)が誰(だれ)よりも『黒山羊』と向き合い続けてきたからこそ、わかってしまう。カナリア主導で作られていくこのキャラシナリオは、これまでで一番の出来になるだろう、と。

見るまでもなく、傑作と評するユーザーの声が予想できる。

さらに、オズの組んだＡＩが現在のユーザーの進捗状況や過去の膨大なデータ（新キャラの入手率、話の閲読率、エピローグ到達率、離脱率などなど）から適切なゲームバランスを割り出し、黒龍院紅月(こくりゅういんくげつ)を欲しがる層に合わせ、紙一重でクリアできない難易度を設定。

上がった素材をオズが仮にスクリプト実装し、それを監修役のカナリアがしっかりと確認し、微調整を施す。

そんな一連の流れは、傍(そば)から見ていると、ただただプロの仕事で。

やはりここまでの仕事をできる《5階同盟》の仲間達は優秀だな、と再認識できた。
本当、凄い奴らなんだよ。こいつらは。

だからこそ、俺は問われている。

――お前はこいつらを導く器たり得ているのか？

――カナリアを含め、プロの編集者やプロデューサーの方が、よっぽど才能を生かせるのではないか？

――《5階同盟》の仕事をするよりも、『黒き仔山羊の鳴く夜に』の仕事をするよりも、更に有意義な仕事はいくらでもあるのではないか？

――お前にしかできないことは何だ？　お前は何者だ？　お前は彼らに何を与えられる？

お前は。お前は。お前は。

その問いかけに答えられなければ俺の居場所はない。

俺を抜いた方が《5階同盟》の仲間にとって最高の結果が得られるのなら、もちろんそれが最高で。


「センパーイ！　ほらほら見てくださいよこれ、珍しい形してますよ！」

「そうだな」

「うわ、でっかいカニがいますよ。ていうか黒ッ。え、カニって赤くないんですか？」

「そうだな」

「あはは！　このヒトデ絶妙にキモカワで笑うんですけど！　酔っ払ってソファで爆睡してる菫ちゃん先生に似てますね！」

「そうだな」

「……って、さっきからちゃんと話聞いてます？」

「そうだな」

「…………………」

「そうだな」

「可愛い可愛い彩羽ちゃんの水着姿が楽しみすぎて、心ここに在らず～って感じなんですか？　もぉ～、センパイってば仕方ないドスケベさんですね☆」

「そうだな……」

「…………………」

「そうだな」

…………………。

「そうだｎ――」

「い・い・か・げ・ん・に・し・ろぉーーーーーーっ‼」

「うお⁉　なんだよいきなり」

突然、顔に何かがぶつかる感触がした。

遅れて彩羽の大声も聞こえた。

べちゃりと顔に付着したそれを剝がしてみると、面白い形をしたヒトデの腹が見えた。

地味にグロいな、おい。

「何さっきから上の空になってんですか。私達のやるべきこと、忘れたとは言わせませんよ」

「えっと……何だっけ」

「素潜り漁ですよ」

「待て。どうしてそうなった？」

ハッと気づくと波打ち際に立ち尽くす俺の右手には、銛のようなものが握られていた。

足元のバケツには大量の貝やらカニやらが詰め込まれている。

　プラスチックの表面が大きな爪(つめ)で引(ひ)っ掻(か)かれる音が波音と混ざる中、彩羽があきれたようにじと目で見つめてくる。

「センパイが言ったんじゃないですか。『俺達にできることをやろう』って」

「なぜ素潜り漁なんだ」

「新鮮な海の幸でみんなを労(ねぎら)おう！　的なスローガンを掲げてた記憶があります。三日前くらいに」

「そんな話、したっけ……というか、新鮮かもしれんが、これは食えるのか？」

「……正直自信ないですね」

　バケツの中で蠢(うごめ)く奴らは、どう見てもスーパーや魚市場に売ってる顔ぶれとは違う。毒とかあるかもしれんし、食うのはやめておこう。

　俺がそう提案すると彩羽は案外素直にバケツをひっくり返し、お家へお帰りーと言いながら海の幸をドバドバと解放した。

　今ようやく思い出してきたが、この素潜り漁はもともと本気でやってたわけでもなければ、俺達のやるべきことの本命でもなかった。

　みんなが一週間で新キャラ実装作業を完了させるため必死で机にかじりついているのに、俺だけが彩羽とふたりきりで夏を満喫するわけにはいかない。……あ、真白(ましろ)の修羅場(しゅらば)はそれとは関係ないんだが、まあ細かいことはいいだろう。

俺と彩羽は「俺達なりの作戦」を遂行するかたわら、アイデアを促進するための運動として、ついでに海の幸を採ってみんなを労えたら最高だなっていう浅い考えの結果として、素潜り漁をしていたのだ。

……が、彩羽の指摘が本当なら、俺はどうやらボーっとしていたらしい。

一日、また一日。

途中経過として仲間達の最高の仕事を見せつけられるたび、俺のテンションはどんどん落ちていた。

情けない話だ。自分の関わらない場所で作られた『黒山羊』に、嫉妬してるなんて。これは俺ひとりのコンテンツじゃない。《5階同盟》の仲間みんなで作ったコンテンツであり、最初から俺の持ち物と呼べる代物ではないのだから、取られたなどと落ち込む資格すらないのに。

「はあ……」

「もー。なぁに何辛気臭い顔してるんですか！　えいっ」

「ぶっ⁉　おいばか、やめろ」

海面を彩羽の素足が蹴り上げる。

数日の別荘生活ですっかり傷も塞がり、完治した彩羽の足。そこから繰り出される水しぶきを受けて、俺は軽く身をよじった。

口の中に海水の塩辛い味覚が拡がっていき顔をしかめる。

それを見た彩羽があはは☆と笑った。

「ざまあないですね☆」

「て、てめえ……」

「センパイがいけないんですよ。せっかく超絶美少女彩羽ちゃんと二人きりで遊ぶ権利を手にしているというのに！　ボーっと突っ立ってるんですもん」

「放置気味だったのは悪かったよ。……でも、仕方ないだろ、考え事してたんだから」

「新キャラ実装の件ですか？」

「まあな……」

「むーーーん。むむむ。……センパイ、ちょっといいですか？」

「？」

周囲をこそこそと見回して彩羽が声を潜める。プライベートビーチであるこの場所に、他の人間の視線も声もあるはずもないのだが、彼女は俺の腕を摑むと人目を憚るように引っ張っていった。

一体何なんだ。そう思いつつ、されるがままに俺は彩羽の後をついていく。

やってきたのは奥まった場所にある岩場だ。

別荘の入り口からも死角になっているため、そこは正真正銘、人目につかない隠れ処で。

「お、おい、彩羽。何のつもりだ？」

「いいからそこに座ってください。はよ」

「お、おう」

妙な圧に押されて、俺は岩場に腰かけた。凹凸に足を引っかけてバランスを取りながら体勢を整える。これが意外と難しく、すぐに平衡感覚を失ってぐらぐらしてしまう。

と、いきなり彩羽の顔が間近に迫ってきた。

「!? な、何だよ」

自分でも声が震えているのがわかった。

息のかかりそうなほど近くに彩羽の顔があるという事実は、ちょっと前なら何も気にならない日常茶飯事だった。

しかし今回ばかりはそうもいかない。そんなに近づかれてしまったら、意識せざるを得なくなる。

壁ドンの要領で標本に蝶を留めるが如く俺の体を縫いつけて。

無敵の強者だと周囲から恐れられている不老不死の美少女のような強者のオーラたっぷりの声で、彩羽は言う。

「我が同胞よ。闇を曝け出し、我が漆黒の炎と混じり合うがいい」

「は……？」

「直訳すると『悩みがあるなら相談してください。力になりますよ』です」

「なぜ日本語から日本語の翻訳が必要なんだ……って、待てよ」

あれ？　何だこの既視感は。最近そんな持って回った言い回しを使いそうなキャラクターを見たような。

「黒龍院紅月ですよ。センパイが言ったんじゃないですか、練習しとけって」

「あー……そうか。それが黒龍院紅月か」

「そうです。まだ脚本も上がってないんで、私とセンパイの予想する黒龍院紅月、ですけど」

みんなが頑張っている間、俺達にできることのひとつ。

シナリオが完成したらすぐにでも収録に向かえるように、キャラづくりを始めること。

避暑地で作詞作曲修行中の音井さんを呼び戻すことになるが、まあ、あの人なら文句言いながらも何だかんだで協力してくれるだろう。こんなこともあろうと新たにシャインマスカットのケーキを買える店も見つけておいたし。

「……で、わざわざ黒龍院紅月を演じて何のつもりだ？　悩みがあるなら相談しろと言うが、べつに俺は何も悩んじゃいないぞ」

「**たわけが！**」

ぺしーん！

「痛っ……くはないな」

頬がたたきつけられたが、それはビンタ……ではなく、さっきとは別のヒトデだ。

微妙に顔が濡れるのが結構ウザい。

「己が闇も扱えぬ未熟者よ。主たる我に懺悔の供物を捧げることもできぬと申すか？（ひとりで抱えてないで、何でも言ってくださいね）」

「……いつまで続けるんだよ、そのロールプレイ」

「センパイが腹を割るまでです☆」

新手のウザ絡みの一種、なのか？　キャラづくりの完成度が上がればキャラシナリオの質も上がるし、俺としても万々歳なんだが。

「腹を割るも何も、いままでと変わらねぇよ」

みんな――《5階同盟》に集まる稀有な才能たちと真正面から向き合うためにも、俺は努力をやめられないってこと。その努力の方向性は正しいのか、もっとやれることがあるんじゃないか、まだまだ足りないんじゃないか、そんな想いに駆られていること――

「――それもこれも、ずっと考え続けてきたことだ」

ただすこし、いまはその量がちょっと増えてしまっただけ。

ぽつぽつと語る俺の声を、彩羽は真剣に聞いていた。

そして、ふっと不老不死の微笑みを浮かべ。

「繚乱の花を束ねし者。美しき花に触れたその手が、毒の棘を摑んでしまったか（天才に囲かもな」

「……。焦り、なのかな。まあたしかに、割り切れてるつもりで、全然割り切れてなかったのかもな」

「花を羨む必要などあるまい。その御身は、花さえ羨む神木なのだから（センパイは充分特別なんですけどね）」

「どこがだよ。何も特別なことなんてない代替可能品だろ。俺はべつに、《5階同盟》が俺を必要としなければ、消えてもいいと思ってる。それが一番効率的な判断なのだとしたら、容赦なくそれを選べる」

いや、むしろその時が来たら俺は積極的にそうしなければならないんだ。

人間の真理は脆く醜いもの。

最初は崇高な理念のもと活動していた人間でさえ、己の正義を信奉しすぎて大義のためなら平気で悪事を働くようになり。独裁的なワンマン社長の経営するブラック企業に嫌気が差して、自分の理想とする会社を作ろうとした経営者が己もまた部下にパワハラをするようになるのだから。

才能がありながら社会に溶け込めない奴らの居場所を作ろうとした人間が、我が身の保身のために居場所を見つけるチャンスを奪ってしまうことだってあり得るんだ。

だから俺は常に自分を戒めてきた。すこしでも自分が彼らに良いことをしているんだ、恩を売っているんだと考えたら、絶対にいずれ駄目になる。すこしでも自分の居場所に固執したら、いずれ道を外れる。

世に蔓延るクソみたいに非効率的な人間、組織の数々と同じ末路を歩むことになっちまう。

そう思ってきた。

「……はず、だったんだけどな……」

こぼれる。これもカナリアの作戦のうちだったりするんだろうか？

俺を怠惰の奈落に落とすための卑劣な罠だったりするんだろうか？

自分の弱いところ、見せちゃいけない汚い部分の欠片が、口からぽろりと溢れ出す。

せめてもの強がりで苦笑しながら。

「あそこまで実力見せつけられたら、やっぱ結構しんどいわ」

俺は頬を掻いてそう言った。

「センパイ……」

「や、悪い。弱音吐いても仕方ないんだけどな」

一年前と比べ現在は事情が変わっている。

オズのコミュニケーション改造は順調に進んで、いまでは表向き取り繕うことはできてるし、紫式部先生の実家問題も解決されてる。『黒き仔山羊の鳴く夜に』の認知度も上がっていて、それに携わるクリエイターたちの市場価値はしっかり上がっている。

才能はもう、世間に認められつつあると言っていい。

でも――……。

「カナリアさんの仕事を見てさ、いまなら俺である必要はないのかもなって、思わされてさ」

いざ口にしてみたら言葉は思いのほか滑らかに出てきた。

「もちろんカナリアさんはスーパー編集だし、誰にでもできることじゃないかもしれないんだけど。でも、あのレベルじゃなくても、ある程度のレベル以上のプロデューサーだったら、俺じゃなくても誰でも扱えると思うんだ、いまの《5階同盟》は」

言葉は一度流れ出したら川のように止まらない。そして上流の淀みは、下流に汚い土砂を運んでしまう。

「だけどさ、こんな考えが頭をよぎっちまうんだよ。……俺がここまで持ってきたから、他のプロデューサーは、この才能たちに気づけたんだぞ。ってさ」

泥水の汚さに自分で吐き気がしながらも、今更せき止めることなんてできなくて。

「ホント、醜いし汚い考えだ。こんなの《5階同盟》の利益には1ミリも役立たない、非効率的で最低な独占欲でしかないってのに。……要はただの嫉妬ってことだ。ははっ」

結局、最後まで吐き出してしまった。

しゃべってしまったことでとても楽になった。そして、あらためて自己嫌悪した。

こんな非生産的な愚痴をぶつけたところで何が変わるわけでもないのに。

「センパイ……」

ほら、彩羽のやつも困ったように固まってる。

「や、いまのなし。やっぱ聞かなかったことにしてくれ」

だから俺は慌ててキャンセルを要請した……が。

「……（ふるふる）」

彩羽は無言で首を振った。

俺の申し出を無慈悲に却下して、ラッシュガードの合わせ目、ほんのすこし胸の盛り上がる部分をきゅっと片手で握り締める。

そして、

「繭を解いたその中身、見せてくれたことを嬉しく思う。同胞よ（話してくれてありがとうございます）」

柔らかな笑みを浮かべて、彩羽は言う。

「暗闇に生きる眷属たる我は主が放つ光の眩さにいつも身を焦がされておるよ（私はセンパイのこと超眩しい！　って思ってますよ？）」

「……。だとしたら、見込み違いだ。実際はこんな弱くて、汚い奴だった」

「………………」

やたらと過大評価してくる彩羽に、俺は自己嫌悪のまま言葉を連ねる。

彩羽は悲しそうに目を細めた。どんな励ましの言葉を投げたところで、素直に受け入れられることはないんだと悟ったようだ。

実際、いまの俺は何と言われたところで自分への嫌悪感を払拭できる気はしなかった。

「なるほど。……なら、こちらにも考えがあります」

と、彩羽は何を思ったのか、唐突にラッシュガードのファスナーを指でつまんで。

「刮目せよ！」

呪われた拘束具を破壊するように、ひと息に脱ぎ去ってみせた。

「な……え……？」

一体どう反応するのが正解だったのだろうか。

目の前で行なわれた彩羽の行動の意味がわからずに、俺はただ口をあんぐりとあけたまま、瞬きを繰り返していた。

――尊大かつ不遜な不老不死の美少女、黒龍院紅月であれば、虫に等しき下々の者に素肌を晒すことなど容易い。そういうことなんだろうか。

最初に頭に浮かぶのは、眩しいほどに白い、なんていうありきたりな表現。

太陽の光が岩場に遮られ、微かに影がかかっているものの、水着に覆われた彩羽の肌の白さははっきりと見えた。ＬＩＭＥにふざけて貼られた画像を見たときからわかっていたが、彩羽が着ているのはレモンの香りさえ漂ってきそうな明るい色のビキニで、陽のイメージが強め

の彩羽にはよく似合っていた。

バランスのいい肉付きの脚はすらりと長く、腰の形といいお腹の滑らかな曲線といい、雑誌のモデル顔負けのスタイルをここぞとばかりに主張していた。胸の部分も予想通りというか、何というか……。たまに背中やら腕やらに押し当てられていた感触から何となく想像していたが、いやべつに日常的に想像していたと誤解されるのは困るが、こう、男子として当然の範囲で想像していた通り、かなりのボリュームの双丘を晒していた。

——あ、俺の脳内実況に特に大事な情報はないのでとりあえず読み飛ばして次の一文だけ頭に入れておいてもらえれば充分だ。

ビキニ姿の巨乳ＪＫがそこにいた。以上。

「せ、センパイ。……黙られると、逆に恥ずかしいんですけど」

「え？　あ、ああ、すまん。や、でも、この状況で俺に何を言えと」

こちらは唐突に水着姿を披露されただけで、何故こんなことをされたのかさえわからない。

脱いだばかりのラッシュガードを天女の羽衣についた領巾のようにして、潮風に吹かれ立つ彩羽がほんのりと頬を赤らめ目を逸らす。そんな姿を見せられたら俺の方も童貞反応を余儀なくされるのだが、そこのところコイツはわかってんだろうか。

「私、これでも学校で可愛いと評判なんですよ」

「……知ってるが」

というかいつの間にか黒龍院紅月の口調が消えている。

いまここにいるのは、ただの小日向彩羽だ。

「宇宙一可愛いって、クラスの全男子が恋慕の眼差しを向けてるんですよ」

「スケールでかいな」

「ちなみにプールの授業は男女別なので、私のスク水姿ですら学校の男子は見たことないわけです」

「なるほど……。話をどこに運びたいのか、まるで読めん」

「ちなみにお兄ちゃんも見てません」

「だから何が言いたいんだよ！」

「も、もうっ……信じられません。ここまで言ってもわかんないんですか⁉」

「わかるか！　察してほしいならストレートに言えよ！」

「だーかーらー！　センパイにしか見せてないってことですよっ。私の……水着姿をっ！」

両目を強く瞑ってやけくそのように言い放つ彩羽。

真っ赤な顔のまま唇を震えさせながら、それでもさあ見ろと言わんばかりに、両手を左右に広げてみせる。

「平均崩れたり、です！」

「え？」

「学校の男子が誰も見れてないモノを見れてるんです。みんな妄想するしかない、彩羽ちゃんの貴重な水着姿を生で拝んでしまったいま、センパイがどれだけ自分のことを地に貶めようと、『彩羽ちゃんの水着姿を見たことがあるランキング』で世界一位の座に躍り出た事実は決して消えません!!」

詭弁にも程がある、あまりにも頭の悪い理屈。

だけど彩羽のその行動とセリフからは、落ち込む俺を慰めようとする精一杯の愛情が感じられて。べつにそれが男女の感情だとか、恋愛がどうとか、そんなくだらない些末なことを抜きにしても、どんな種類の感情にせよコイツが俺を想ってくれてるのは確かなんだと確信できた。

後輩にここまで気を遣わせちまうとは。どうしようもない先輩だな、俺ってやつは。

「……ありがとな」

頬を掻いて目を逸らし、俺は素直にそう言った。

照れくさくはあったけれど、ここで礼を言えないような恥知らずにはなりたくなかった。

「あんな弱音を吐く情けない俺でも、お前はどうにかして慰めようとしてくれるんだな」

「何言ってんですか。こっちはよーやく言ってくれたって気分ですよ」

「……そこまで筒抜けだったか？」

「や、全然。ただ、見返りを求めない姿勢とか、普段やってることとか。普通に考えたらその辺で折れるでしょ、ってタイミングでも全然弱音吐かないから、ガチで何も効かない超人なのか、弱音を隠してるのか、どっちだろーってよくわかりませんでした。どうしてこれまで何も相談しようとしなかったんですか」

「仲間に余計な心労をかけるのは、効率的じゃないだろ」

精神状態は創作に大いに影響する。

愚痴や弱音を吐くのは簡単だが、それをぶつけたせいで《5階同盟》の仲間の生産性が落ちたのでは話にならない。

「あの、それ。前からずーーっと言いたかったんですけど。いい機会だから言いますね？」

「ん？　あ、ああ。いいけど」

心なしか彩羽の眼差しがあきれの色を含んでいるような気がする。

「……⁉　な、何のつもりだ⁉」

彩羽は岩場に足をかけてぐいと俺に体を寄せてきた。露出の多い水着姿の彩羽が近づいてくるだけでも刺激的なのに、顔まで近づけられてしまったら頭が煮えてしまいそうだ。

しかし身じろぎする俺を標本にするように、彩羽はその細い指先でとんと俺の胸板(むないた)を突いてきた。

「《5階同盟》」

「……へ？」

「センパイの言う効率って、《5階同盟》の仲間が幸せになるための最短距離を目指すための効率ですよね？」

「ああ、そのつもりだけど」

「ならセンパイ、いまのままだと効率厨失格ですよ」

「……そうか。俺に足りないところがあるとすれば、何だ？」

「自分の落ち度をまず疑って、足りないところがあるって考えちゃうところです」

「なんだその禅問答みたいな答えは」

「もうちょっと自分を大切にしたらどうですか、ってことですよ！　だって——」

彩羽は俺の胸に指を当てたまま、真剣な眼差しを逸らさずに言う。

「《5階同盟》には、セ、ン、パ、イ、も、含、ま、れ、る、ん、で、す、か、ら」

「……ッ」

「センパイ自身の幸せを達成できないなら、それはただの失敗です」

触れているのは指先のわずかな面積だけ。

だけどそこから伝わる熱は、じわじわと肌の表面を這って広がっていく気がした。

「……んなこと言われてても。しゃあないだろ、性なんだから」

「知ってます☆」

にひ、と意地悪な笑みを浮かべて彩羽は言う。

「ところでセンパイはたったいま、『彩羽ちゃんに素肌を触られたことがあるランキング』でも世界一位に躍り出ましたが、トップに立った感想をどうぞ☆」

「また胡散臭(うさんくさ)いランキングを……。他に参加者はいるのかよ」

「もちろんいません！　ちなみに実は『彩羽ちゃんに自室に入り浸られてるランキング』でも世界一位ですし、『彩羽ちゃんと密着したことあるランキング』でも世界一位なので、実質、センパイは世界一位の男です☆」

「んな雑な切り分け方したら、誰でも世界一位だろうが」

「えへへ。どうやらセンパイは、自分を褒めるのが嫌みたいなんで。センパイの嫌がることをするのが信条の私としては！　果敢に積極的に、センパイを世界一位の男に仕立て上げていく所存です！」

　びしっと敬礼して普段のウザい笑顔を見せる彩羽。

　――本当、無茶苦茶な奴だ。

　だけど、何だろうな。

　これまではあまり考えないようにしてきたからか、あるいはあの縁結びの儀式をきっかけに、俺の見え方が変わってしまったからなんだろうか。

　論理も合理性もすっ飛ばした、ウザさ極(きわ)まる彩羽独自の謎(なぞ)理論が――……。

イジりワードでしかない世界一位の男呼ばわりするときの、彩羽のにひひ笑いが——……。

俺の心臓をこれでもかと鷲掴みにしてきやがる。

ここ最近、感じ続けている俺の感情の正体。

それが恋愛感情と呼べるものなのかは、正直まだよくわからない。

ただひとつ、確かに言えることがあるとしたら。

俺はいま、彩羽を「可愛い」と思っている。

当然、いままでも世間一般の常識に照らし合わせたら可愛い部類に入るだろうとは思っていたし、口を開かなければ、本性さえ明かさなければ世の男子どもは可愛いと認定するだろうと思っていたけれど。

いま、俺が確信したのはそういう意味での「可愛い」についての話じゃない。


ウザい彩羽も、可愛いんだ。


戦略的に、効率的に恋愛戦争を戦おうとしているなら、好きな人に対して不合理な意地悪なんて絶対にしないはず。

好きな相手にわざわざ意地悪するような奴、わざとツンツンするような奴はラノベやアニメの中だけの架空存在で、現実の女子は好きな男にはわかりやすい笑顔を向け、明明白白な恋慕を覗かせるものだと考えてきた。

しかしいま、俺の中でその理屈は根底から音を立てて崩れ去ったのだ。

ウザくて可愛い女の子が実在するのだとすれば。それが相手に可愛いと感じさせる行動なのだとすれば。戦略的にも効率的にも、恋愛戦争を戦う戦略として一ミリも矛盾しないのだから。

彩羽が俺に対してどんな感情を持っているのかはわからない。良くしてくれてはいるものの、それが恋愛感情とは限らないし、ただ単に彩羽が良い奴なだけかもしれない。

ただひとつ言えることとして。俺は彩羽のことを、ウザくて可愛い女の子だと認識してしまっている。

俺自身も彩羽に対して抱くこの胸の高鳴りが恋愛感情かどうかまではわからない。たぶん、理解できていない時点で、正しく恋愛感情というわけではないのだろう。

ただ、真白に迫られたときに心揺れてしまったときと同じ、可愛い女の子に対して生理的に感じてしまうドキドキを、彩羽に対しても感じてしまったのは事実なのだ。

性的な意味で、というだけでなく。

ウザく絡み、ウザく笑い、ウザく接してくるこの友達の妹のことを、その飾らないありのままのウザさを、ウザいけど可愛いと、そう思ってしまっている。

「…………ッ!!」

自覚した瞬間、にやけそうになる自分に気づいて、俺は慌てて口元を手で覆って顔を背ける。

するとと彩羽が目ざとく俺の反応を見とがめた。

「あー、いまセンパイ照れてる！」
「て、照れてねえよ」
「うっそだぁ。頬が真っ赤ですもん。にひひ、そっかそっかぁ。センパイも男の子ですねえ。彩羽ちゃんの水着に完全悩殺されちゃったかぁ☆」
「う、うっせ。あんま調子に乗ると――ふお⁉」
「あはは。ふおって言ったー！　センパイ意外とお肌敏感なんですねー」

触れた指先がくりくりと円を描くように動く。

肌を通じてぞわりとした感覚が背筋を駆け上がっていき、俺は思わず悶えてしまう。

「や、やめ、それは、弱っ……」
「つんつん。つんつん。つんつんつーん！」
「やめろォ！」
「あはは。やっぱりセンパイ弄りは楽しいな～。当分止められそうにないですね☆」

悶える俺を見て笑うとんでもない女、小日向彩羽。

だけどやりたいことをやる、すなわち欲望をきちんと表に出して楽しもうとするその姿勢を見て気づかされた。

カナリアに指摘されたこと。俺はもっと自分の欲望を表に出してもいいんじゃないかということ。

ただ《5階同盟》のために尽くすのではなく。そこに含まれる俺という要素に蓋をすることなく。

それすらも包括して得をする道を模索していくのも……。効率的なチーム運営の、在り方のひとつなのかもしれない。

俺にはこんなにもウザ可愛い後輩との楽しい日常があるのだ。この日常を一秒でも長く続けたいというのも、俺の素直な欲望のひとつってことで、いいよな？

「……サンキュ、彩羽。なんとなく見えてきた」

「えへへ。ようやくいつものセンパイに戻りましたね」

「そうか？　俺としては、前と変わったつもりだったんだけどな」

「効率的な道を選んでるときのセンパイの顔をしてます」

「ああ……それは、そうかもしれないな」

ある意味で。《5階同盟》の最大幸福を最高効率で、というコンセプトに立ち戻ったのだ。

以前とは違って、自分の感情と向き合ったぶん変化はしているものの。

どうすればいいか迷っていたここ数日の自分に比べたら、よほど「らしい」のだろう。

あらためて俺が《5階同盟》とどう向き合うべきなのか、何となくわかってきた気がする。

迷いを払拭させてくれた彩羽や、疑問を投げかけてくれたカナリアには感謝しないといけないな。

……まあ、それはそれとして。俺はぐるりと首を回して彩羽を見ると、両手の指をぽきぽきと鳴らして、にっこり微笑む。

「――ところでお前はさんざんくすぐりまくってくれたが。それは俺にくすぐり倒される覚悟があってのことだよな？」

「あ、普通に断ります。やったらセクハラーって叫びますよ☆」

「それは不公平すぎないか？」

「もちろんセンパイがどうしても彩羽ちゃんの肌に触りたいって言うなら、考えてあげなくもないですよ？　誠心誠意土下座して、彩羽ちゃんをくすぐらせてくださいって泣いて懇願するなら――」

「言ったな？」

「え」

「すこしプライドを捨てるくらいで、お前にやられた攻撃を倍返しできるなら、安いもんだ」

「ちょ。冗談ですよね、センパイ？」

「やられっぱなしは性に合わないんでな。――せいぜい良い声で啼いてくれ」

「ちょちょちょ。やめ。それ以上近づかな……ふにゃーッ!?」

夏空の下、断末魔の笑い声が響く。

人のことをさんざんくすぐってきたウザ女は実は自分自身も敏感で、俺の手から逃げて浜辺に上がった頃にはビクビク痙攣しながら倒れ込んでしまった。

……弱いなら何故仕掛けたんだ……。

そんなこんなで精神的にいろいろな進歩がありながらも絵面的にはひたすら遊び倒してきた俺と彩羽が別荘に帰ってきたとき。

事件は、起こった。

「あ、アキ君……彩羽ちゃん……」

玄関に入るや否や、げっそりと頬がこけたカナリアが生まれたての小鹿のような足取りで、よぼよぼと近づいてきた。

俺が肩にかけたバスタオルにすがりついてようやく立っていられるといった様子の彼女に、俺は訊ねる。

「ど、どうしたんですか」

「ごめん……助けて。これもう、どうすればいいかわからないチュン」

「えっと。状況がわからないんですけど」

「簡潔に説明するネ……」

意気消沈、憔悴しきった状態で、カナリアはこう言った。

「紫式部先生と巻貝なまこ先生がスランプになったチュン」

「あっ」

そのひと言で俺はすべてを察した。

＊

『さあトラブルシューター・アキのお出ましだ』

『楽しそうに語るなよ。まったく……』

5階同盟(4)

AKI

緊急MTGを始める

OZ

マジック・●・ギャザリングかな?

AKI

ミーティングだよ、ミーティング

AKI

主要スタッフみんな修羅場のときにカードゲームやってる場合か

OZ

だよねー

AKI

で、何があった?

紫式部先生

イラストを塗りまで完成させたんだけど、何かコレじゃないのよね

紫式部先生

理屈じゃわかんないんだけど

紫式部先生

このまま世に出しても喜んでもらえる気がしないっていうか

巻貝なまこ

禿同

巻貝なまこ

俺も黒龍院紅月のセリフで詰まってる

巻貝なまこ

俺の魂に響く良いキャラのはずなんだけど、何かが一歩足りない…

AKI

何が足りないのか明文化できますか?

巻貝なまこ
うーん…

紫式部先生
心のチンコが勃たないとしか言いようがないわ

AKI
さらっとそういうこと言うのやめてもらえます？

OZ
「勃」の字が一発変換っぽいのが流石だよね

巻貝なまこ
俺の方はキャラのセリフがどうしても死んじまう。魅力が足りない

AKI
巻貝先生の文章力で強引にクオリティを上げるとか

巻貝なまこ
小説だと文章を尽くして魅力を増幅させることもできるけど

巻貝なまこ
尺の厳しいゲームだとそういうわけにもいかないだろ

巻貝なまこ
根本的にセリフ一個一個の威力を増さないと

OZ
そうだね。その方がユーザー定着率も高いと思う

巻貝なまこ
設定を見たときは「イケる」と思ったんだけどなぁ

巻貝なまこ
黒龍院紅月。このキャラの、何が足りないんだろう

AKI
カナリアさんが設定した〆切まで残り二日か

OZ
あの人が勝手に決めた〆切だし、いざとなったら守らなくてもいいんじゃない？

紫式部先生

神！

巻貝なまこ

さすOZ

AKI

いや、せっかくだし間に合わせよう。後工程もラクになるし

紫式部先生

鬼！

巻貝なまこ

これだからAKIは

AKI

そう言うなよ

AKI

こんなときのために、代案は用意してあるんだ

紫式部先生

おおっ

巻貝なまこ

どんな提案だ？

AKI

とりあえずみんなリビングに集まってくれ

AKI

巻貝先生はLIME通話越しで

巻貝なまこ

りょ

OZ

これから一体何が始まるんだろう

AKI

ああ、とりあえず…

AKI

みんなでアニメを観よう

第10話 友達の妹が《5階同盟》にウザい

その日の夜。黒龍院紅月納品〆切まで残り三日……いや、日付が回ったのであと二日。

カナリア荘のリビング、80インチの4Kテレビの前に俺達は集まっていた。

俺の他には彩羽、菫、オズ……そして肩身狭そうにソファの隅で縮こまるカナリアがいる。

真白の姿だけ見えないが、どうやらまだ原稿の修正作業が終わっていないとかで部屋に引きこもったままだ。代わりにと言ってはアレだが、スマホのＬＩＭＥ通話の向こう側に、ここにはいない巻貝なまこが待機していた。

別荘で起きた殺人事件を解決する探偵小説の推理パートじみた全員集合っぷりだが、べつにこれから始まるのはそんな大それた解決編じゃない。

「さて、とりあえずアニメを観ましょう。ここ、ネットフリマックス繋がってます？」

「ネトフリのこと……？　うん……それなら繋がってるチュン……」

どんよりした様子で答えるカナリア。シナリオ担当とイラスト担当をスランプにさせ、その解決方法も見つからなかったと落ち込んでいるらしい。

語尾にチュンを忘れないあたりはプロ意識ってことでいいんだろうか。よくわからん。

「巻貝先生もそっちでテレビつけられます？」

『あー……旅行先だからテレビはないな』

「えっ。新シナリオ、旅行先で書いてるんですか」

『……！　ち、違っ。えーっと、あーっと……そ、そうだ！　せっかく〆切明けで羽を伸ばそうとしてたところにお前らが発注してきたんだろ！』

「あー……たしかに。タイミング最悪でしたよね、すみませんでした」

『しかも何故うちの担当編集が仕切りやってるし。意味わかんねーよ』

　返す言葉もない。

　巻貝先生視点だと経緯とか意味不明だったろうなぁ。

『まあでもスマホもう一台持ってるから、そっちでネトフリ観られるし。何やろうとしてるか知らないけど、付き合えるぜ』

「それならよかった。じゃあ早速なんですけど、マイハニの一話の視聴準備を始めてもらっていいですか」

『マイハニ……ああ、春クールにやってたやつか』

　そう。それはちょうど真白が転校してきたあたりの頃、《5階同盟》の仲間が毎週楽しみにしていたアニメのタイトルだ。

「アキ、いまいち話が読めないんだけど。まさか現実逃避でアニメ鑑賞に逃げるのかい？」

「ホントに⁉　〆切チャラでミオちゃんのお腹に浸っていいの⁉　ひゃっほーーーーい‼」

「式部」

「ごめんなさい。……って、いやいや何でよ！　アニメ観ようとし始めてるのアキでしょ⁉

なんでアタシが怒られる流れなの⁉」

「まあまあ菫ちゃん先生。センパイに秘策アリってことですよ☆」

「秘策ぅ？」

「疑わしそうな目をすんな。あんたにとっては悪い話じゃないぞ」

「フフ。面白そうな話だね」

『とりあえず聞いてやるよ』

オズや巻貝なまこ先生も前向きに聞いてくれそうで、俺はひとまずホッとした。

「それじゃ、あらためまして……」

「「「「ごくり……！」」」」

息を呑み、期待に満ちた目で俺の言葉を待つ仲間達。

そんな姿に、自分がしっかりと存在価値を認められているのだと感じられて。

たかがその程度のことに安堵している自分の小物っぷりに、嫌気が差したりしながらも。

でも、俺は俺という人間の。ありのままの武器で戦っていかなきゃならないんだから仕方ないと、いまなら割り切れる気がして。

「マイハニ一挙放送、全部観るまで寝られま10の開催だ!!」

俺は、堂々とそう言い切った。

…………。

…………。

……。

『ばかなのか?』

「うっ。ま、巻貝先生。批判は歓迎だけどもすこしオブラートにですね」

『や、だって明後日が〆切だってのに』

「くすくす。アニメなんか観てる時間はないよねえ。常識的に考えたら、だけど」

困惑する巻貝なまこ先生。一方で俺の狙いがわかっているのか、オズは余裕たっぷりに微笑んでいた。

「ふぇー。センパイ、とんでもないこと言い出しますね」

「急がば回れって言うだろ。どうせ詰まったまま机にかじりついても一個も前に進まないんだ。だったら、面白いアニメをインプットするのに時間を使う方が効率的だ」

「あは☆　理屈はそーかもですけど。普通は〆切間際に選べませんって、そんな戦略。やっぱ面白いな～センパイは」

「せっかくの機会だし、お前もみんなと一緒に楽しもうぜ」

「あ……」

彩羽がハッとした顔になった。俺の言いたいことを察してくれたんだろう、彩羽はへらっと表情を崩して言う。

「じゃ、お言葉に甘えちゃいまーす」

その心底嬉しそうな顔を見ていると俺まで嬉しくなってくる。アニメを《5階同盟》全員で楽しむのはこれが初めてだった。

「あああん懐かしいわぁ～。夏クールも『街角ダンベル花嫁サガ』が神アニメだけどぉ、ミオたんのかわゆさとBLショタの尊さが一粒で味わえるのは『マイハニ』だけだしぃ！」

「式部」

「ごめんなさい」

「いや」

名前を呼んだだけで何故か真顔&正座になる菫に、俺はあくどい笑みを浮かべてみせた。

遠慮はいらない。

いつもなら〆切直前で豪遊なんて万死に値する重罪だが、今日は別だ。

プロデューサーのお墨付きをくれてやる。

「許す。全身全霊で楽しめ！」

「ふおおおおおおおおおおおお神いいいいいいいいいいいいいい!!」

こうして《5階同盟》全員＋カナリアによる、六時間耐久『マイハニ』視聴マラソンが開催されたのだった。

＊

『やっぱマイハニは3話の期待感が良かったんだよなぁ。トモミ姉が死ぬってわかってても、涙腺にクるし。流れが完璧すぎるぜ』

「ヤバすぎよね、ここ……IFの世界でいいから幸せになってほしくて、トモミ姉の二次創作めっちゃ描きまくったわ」

「敵のCG違和感なくて凄いよね。トモミ姉の美しい死にざまに一躍買ってる」

『オズ、お前マジでドライだよな……』

「そーよそーよ」

「いや、オズの言う通りだぞ。作画コストを削減しながら演出の派手さを両立させてて、職人の技を感じる」

『アキ、お前もか……』

「ま～ったく、これだから男どもは！　やっぱ繊細な乙女心がわかるのはアタシ達だけか～」

『ちょ……おい、式部！』

「え？　――あ！　あわわわわ！」

「男女差別的な発言はやめてください、紫式部先生。だいたい巻貝先生も男性なんですから、性別は関係ないでしょう」

「そそそ、そうだったわねえ！　いけないいけない式部うっかり！」

ＬＩＭＥ上でリアルタイムでやっていたようなやり取りを俺達はリアルで再現する。

全員の好みの最大公約数のような全員で楽しめるアニメを観ながら、それぞれの視点で感想を述べ合って、時には噛み合わない好みをぶつけ合う。

誰ひとり、同じ視点ではないのに。

だけどそのひとつひとつがバラバラな欠片が積み上がり、建て増しに建て増しを重ねた末に芸術へ昇華された九龍城のように、ある種のまとまりを生み出して。

さらにここにはＬＩＭＥと違って――……。

「ミオちゃん最大の魅力は主人公クンにグイグイ行くところですよねー。鈍感すぎて気づいてませんけど。この好意全開なのに気づかれなくて、ますます距離感を縮めてアタックしていくところがいじらしくて可愛くて～！」

「わーかるううう!! 彩羽ちゃん超わかってんじゃーーーん!!」

『それな。センスあるじゃん』

「えへへ～。それほどでも～。……ってお酒臭っ！ 菫ちゃん先生、いつの間にウォッカ開けたんですか!?」

「アニメ観るのに素面なんて失礼でしょ！ これがアタシの全身全霊！」

ＬＩＭＥと違って、ここには彩羽がいる。

あたかも最初から《5階同盟》の仲間達と同じＬＩＭＥグループで会話してきたように、ごくごく自然な形で話に混ざる彩羽。

もちろんこれまでも、マンション5階で暮らす仲間としては認識されてきた。

飲み会にも必ず参加していた。

オズも菫も巻貝なまこ先生も、誰ひとりとして彩羽を身内と認識してない奴はいなかったと思う。

だけど今回は違う。

あくまでも《5階同盟》の活動の一環で、スランプ脱却のためのアニメ鑑賞会だ。アニメの感想をリアルタイム視聴しながら言い合うのは、主にＬＩＭＥグループでだけだった。彩羽は俺のスマホを通して、疑似的に会話を覗き見ていただけ。

歪な形に詰み上がった砂の城に新しいピースが正しく差し込まれた――目の前の光景が、

俺にはそんな風に見えた。

そしてマイハニの物語やキャラクターについて、互いに好き放題意見を言い合ってる最中。

みんなの顔や声に、あれ？　と疑問が差し挟まる瞬間があった。

五時間が経過し、アニメが後半まで来たあたり。

深夜テンションで盛り上がっていた菫と巻貝なまこ先生がピタリと止まって、何か訝しげに考えるような隙間が生じた。

――来たか。

時の到来を感じた俺は彩羽に目配せをする。目と目が合い、俺の心のメッセージを受け取った彩羽は、了解の意味を込めたウインクを返した。

そして。

「全員、気づいたみたいだな」

映像を一時停止。

画面の前に歩み出て、容疑者をずらりと並べて推理を述べる探偵のように俺は切り出す。

「マイハニ十話。これが鍵だ」

「……どういう意味だい、アキ？」

「ここまでストーリーの内容やヒロイン――ミオのキャラ性に対して俺達の感想はバラバラ

だったわけだが……この十話に、感想が一致するタイミングがあった」

マイハニにおいてミオは、序盤から徹頭徹尾「強い女」として描かれ続けた。主人公の男を相棒と認識しながらも時に辛辣な言葉を投げ、自らの責務と恋の狭間で揺れながらも素直に心を開けずにいた。

しかし放送終盤。十話になり、主人公とついに恋仲になったミオは。

主人公に対してウザいくらいにベタベタと懐くようになる——……。

「その瞬間のミオの描写は、紫式部先生も、巻貝先生も、オズでさえ。——最高に可愛い、と、ベタ褒めだったんだ」

噛み合わない俺達の、交差点。

どこまでも平行線な道が一点に交わる場所。

もしも俺に、《5階同盟》に、他の誰にもできない役割があるとすれば、砂漠の中に混ざる宝石のような一粒のその場所を見つけ出し、導くことで。

「俺達の新キャラ……黒龍院紅月を、俺達にとって一番理想的な存在にするとしたら——」

言い終わるよりも先に彩羽が前に進み出る。

オズが、菫が。スマホの向こうでは巻貝なまこ先生が。部屋の片隅でカナリアが見守る中、彩羽は胸に手を当て深く、深く深呼吸をして。

「——こ、こ、こんな感じにするのがいいんじゃないか?」

虹彩の色が変わる。表情から「彩羽」が消え、他の誰かの顔に挿げ変わる。

それはスイッチの入った合図。いつもなら音井さんのスタジオでだけ見せる、役者としての小日向彩羽の顔がそこにある。

「終の刻限、月堕ちる夜まで共にありたい。主との刹那を絵画に封じ、永遠に抱えておきたい。そう願ってしまうのは、妾の勝手な願いだろうか？」

彩羽は――黒龍院紅月は今にも消え入りそうな水泡のような声でそう問いかける。

残酷な結末を予感し、切なげに細められた瞳。

手を伸ばさなければ後悔するんじゃないかと焦燥を掻き立てられ、この場の誰もが一瞬……腰を浮かしかけてしまう。

それほど、彩羽の瞳に引き込まれる俺達。しかし。

彼女はふいに、ニヤリと口元に笑みを刻んだ。

「なーんての♪　フフ。何じゃだらしない顔をしおって。妾との逢瀬の夜、想像して滾っておるのか？　……まったく、愛い奴じゃ。ほれほれ♪」

空気が、砕ける。

旧来の友人のような馴れ馴れしい雰囲気へとガラリと変わって、黒龍院紅月はその魔性の指先で俺の頬をつついてみせた。

口調、所作、態度。目に見える部分こそ永劫の時を生きてきた吸血鬼ならではの尊大なものだが、それはある意味で等身大な。日常生活の中で俺にも心当たりのあるような、ウザい女子の言動だった。

当初の予定にあった黒龍院紅月とは微妙に異なるキャラ性。

だけどそれはキャラの持つ魅力を損なうどころかむしろ強壮剤のようにうまく刺激が効いていて。

「……お、おお……！」

菫は前のめりで目を輝かせ。

『これは……いい……』

巻貝なまこ先生はスマホ越しに感嘆の息を漏らし。

「あー、そういうことか」

オズは顎に手を添えてすべてを納得したような意味深な眼差しを俺に向けた。

全員に俺達の意図が充分に伝わったということだろう。それを確認した俺は役に入り込んでいる彩羽の肩をぽんとたたいた。

「良い演技だった。サンキュ、彩羽」

「……へへへ♪　やー、楽しい役ですけど、この子のセリフ考えるの激ムズですね☆」

凛々(りり)しい吸血鬼の雰囲気が消え失せ、元の後輩ＪＫ(女子高生)に戻る彩羽。

その変貌ぶりに菫もオズも茫然(ぼうぜん)としているが、あえてここでは深く突っ込んで説明する気はなかった。演劇部の一件以来、彩羽に何となく演技の才能があることはみんな気づいている。『黒き仔山羊(こやぎ)の鳴く夜に』で毎回声をあててくれてる声優と同一人物であることまではバレていないが。

そこはまあ彩羽の演技が上手すぎて気づきようもないし、俺も何人の声優に依頼しているかを伏せているから、まさかあの膨大な数のキャラの声をたったひとりが演じているなどと想像もしていないのだろう。

なのでまあここまでならギリギリ彩羽の正体を誤魔化(ごまか)せると判断しての、このパフォーマンス。若干のリスクを負ってまでこれをやった理由はただひとつ。

「どうだ？　お前達が見たかったのは――いや、俺達が見たかったのは、こういう黒龍院紅月なんじゃないか？」

菫と巻貝なまこ先生に見せるため。

画竜点睛(がりょうてんせい)。

二人の中で漠然と思い浮かべている黒龍院紅月というキャラクター、その完璧な絵に、ほんの小さな最後の点を打つため。

「そう……そう！　これよこれ！　これこそアタシの求めてた紅月たんだわ‼」

『気高さと傲慢さの裏に秘めた乙女性……。それだけだと、もうひとつ足りないと思ってた。でも、そこに愛情表現としての上から目線が加わったら。強い。強すぎるぞ、このキャラ！』

「たしかにね。中二病的な美少女、だけだと既存のキャラの延長線上だったけど。ちょっとしたウザ絡みが入ることで、いまの僕らに最も刺さる形に完成したわけか」

「よおおおおおおおし、早速紅月たんの最後の仕上げに入るわよおおおおおおおお！」

『俺も。久々に筆が乗るぜ』

「——と思ったけど、あと二話で最終回だからもうちょい観る！」

『お前、意思弱すぎだろ。……まあ観るけど』

「でも、アキさ」

盛り上がる作家とイラストレーターをよそに、オズが意地悪な笑みを浮かべる。

「この可愛さは、《5階同盟》の総意じゃなかったよね？」

「ああ……やっぱお前だけは、なあなあで流してはくれないよなぁ」

「マイハニ十話。ミオの絡み方を、アキだけは気に入らないと言ってたはずだよ。どこかの誰かを思い出させるから、好きになれないってね」

「……そうだったな」

「僕にとって、喜ばしい心変わりが起きたと考えていいのかな？」

探るような眼差しでまじまじと見つめられる。

言いたいことはたくさんあったし、オズの予想はさすがに行き過ぎていると思うが、言葉を重ねるのはあまり良い手じゃない気がして。

「これが《5階同盟》の総意だ。──それ以上でも、以下でもないよ」

そうとだけ答えてみせた。

そして、仲間のモチベーションを上げる決定打を打った功労者を振り返り、目が合うと同時に得意げな顔でむふーっと鼻息を出しつつ胸を張る姿を見て。

グッドジョブ。と、俺は親指を突き立てた。

「へへへ♪　……ぶいっ！」

そして彩羽も、少年のような笑みを浮かべながらも、元気よくVサインを掲げるのだった。

＊

「君。どういうつもりなのカナ」

「何がです？」

「〆切間際に、あんな風に羽を伸ばさせるとか。普通じゃないチュン」

「……かもですね」

テレビの前にかじりつきマイハニの最終回で盛り上がる面々からすこし離れ、ダイニングで珈琲を飲んでいると、訝しげな顔のカナリアが話しかけてきた。

俺は苦笑する。

「変じゃないですか、あいつら。まとまりがないっていうか」

「仲が良いのか悪いのか、全然わからないネ」

「そうなんです」

チーム運営は本来ひとつの理念の下、ひとつの目標を掲げてそれに向かって邁進させるのが最も効率的だ。組織の価値観に合わない人間を入れて、事あるごとに反発するそいつに対応していたら、速度も統率も壊れてしまう。

出る杭となったその人間には可哀想だが、そういう人間は組織から弾かれる。肌に合う組織を見つけるまで、流浪の旅に出るしかない。

でも《5階同盟》は違う。

「肌に合わない奴だらけ。なのに何故かまとまるブラックボックス。それが、俺達なんです」

「仕組みの中身は意味不明?」

「そう。なんで成立するのかわかんないけど、何故か成立してる。それはたぶん、ああやって毎日のように同じアニメを観て、同じゲームを遊んで、バラバラの意見を適当にぶつけ合って。……そんな風に積み上げてきた経験の集大成なんだろうな、って」

「紫式部先生のサボりも、巻貝なまこ先生のＬＩＭＥでの絡みも。その全部が相互に作用して、作品のアウトプットに出ていた……？」

「たぶん、ですけどね」

アニメや漫画、ゲーム、その他さまざまな娯楽を絶った結果、紫式部先生はイラスト作業に集中できた。

欲望のコアを知り尽くした編集者の手によって、巻貝なまこ先生は最高のシナリオを構想するに至った。

しかしそこから「完成」まで持っていくには。『黒き仔山羊の鳴く夜に』のアップデートとしてふさわしい最高形にアウトプットするためには。《５階同盟》というコミュニティが築き上げてきた、言語化されていない共通の面白さを共有する必要があった。

「俺がみんなに与えられるメリットはまだ全然多くない。……でも、《５階同盟》という場所の空気、そこで培われた形のない共通言語。――それは、俺も含めた《５階同盟》だからこそ生まれた文化なんです」

「そっかそっか。君は答えを見つけたんだネ」

シンクに背中を預けてワインをひと口含み、カナリアは大人びた微笑みを浮かべた。

赤い液体が揺れる水面を眺めながら――……。

俺は彼女に向き合い、頭を下げる。

「ありがとうございました」

「礼を言われる覚えはないチュン。カナリアちゃんは、みじめな敗北者チュン」

「でも、最初から勝つ気なんてなかったんですよね？　俺に、大切なことに気づかせるために、こんな勝負を仕掛けただけで」

「…………」

返事はない。

でもそんなものはなくても俺は確信していた。

本気でスタッフを奪うつもりなら、俺をつぶすために効率的なやり方は他にもいくらでもあるはずだ。

一週間で結果を出すなんて無茶な条件をわざわざかぶる必要もない。

そんな、わざわざ高校生の夏休みに配慮した日程を吹っかけてくる時点で、彼女に敵愾心が皆無なのは明らかだった。

「《5階同盟》に俺が与えられる価値を考えろ。――その言葉のおかげで、もう一度、俺達のチームの在り方を見つめ直すことができました」

「油断は禁物だヨ？」

「ええ。その場しのぎの回答には、何の意味もないですもんね」

数学のように、わかりやすい一個の答えがあるわけじゃない。これは、俺が《5階同盟》のリーダーである限り常に考え続けなきゃいけないことなんだ。

「あはは、やるねー君。そこまでわかってるなら、これ以上何も言うことはないチュン」

疲れた顔でカナリアは笑う。

その表情から彼女自身もここ数日、無茶なスケジュールを間に合わせるために全力を注いできたのだとわかった。

「でも、どうしてこんなことを？　俺を育ててくれたのは、何故ですか？」

「べつに。君のためじゃないカナ」

そこまでお人好しじゃないよと微笑んで、カナリアは言った。

「君にお節介を焼いたのは、巻貝先生のため。——ついでにカナリアちゃん自身のため」

「それって、つまり……？」

「巻貝先生が自分の本を二の次にして、人生の半分を捧げようとしてる《5階同盟》。どうせなら強い集団になってくれた方が先生のブランディング上、有利だチュン」

「むしろいまはこっちの方がUZA文庫での実績に頼ってしまってますからね。……いつか、恩返しできればと」

「最初から先生のリソースを奪わないでくれた方が嬉しいチュンけど？」

「……返す言葉もないっす」

皮肉を込めてチクリと刺す言葉を受けて、俺はうっと詰まった。だけど彼女は責めるつもりはないらしく、軽く笑って受け流す。

「ま、それはいいチュン。そっちの協力をすると決めたのは、先生自身だからネ☆」

「ありがたいお話です」

「ありがとうついでに一個、カナリアちゃんのお願いを聞いてくれない？」

「お願い……ですか？　まあ、俺にできることなら……」

「いま何でもするって言ったチュン？」

「いや何でもとは言ってません」

真顔のツッコミを入れる。

もちろん冗談なんだろうけど、編集者を相手に言質を取られるのはまずいと直感で警戒した。

カナリアもさすがにそこは冗談らしく、特にこだわることはなさそうだった。

彼女はポケットの中から薄いカードを一枚取り出す。手のひらに収まるサイズのそれを指でつまみ、角の部分に軽く口づけてから俺の方へとすっと差し出して。

「君、カナリアちゃんの下僕にならない？」

「……はい？」

「もともと注目してたんだけど、君の《5階同盟》のまとめ方を見てて確信したチュン。君がＵＺＡ文庫に入ってくれたら——カナリアちゃんと一緒に、全力で走ってくれたら。十年後に、きっと大帝国書店を倒せる……って」

差し出されたそのカードは、UZA文庫の社員名刺だった。

星野加奈（ほしのかな）、と書かれている。

「綺羅星金糸雀（きらぼしカナリア）十七歳。姓は星野で真名（まな）は加奈。こっちの名刺を渡すのは、真に認めた相手だけ。……どう？」

カナリアの目に、ふざけた気配はない。

普通に考えたら大チャンスだ。

大帝国書店ほどではないにせよ、大ヒット作家巻貝なまこを擁する新進気鋭の出版レーベル。そのエースであり、個人で大活躍する名の知れたスーパー編集からの誘いとなれば、業界志望者なら喉（のど）から手が出るほどのオファーだろう。

——不思議な話だ。

この人なら、俺がどう答えるかなんて読めているだろうに。

「ありがたいお話ですが——」

心は決まっている。

ただひとつのシンプルな答えを俺が口にしようとした、そのとき。

「ノンノン。君が《5階同盟》を優先することくらい、カナリアちゃんにはお見通し☆」

「わかってるなら、どうしてそんな質問を？」

「もしもこの先に何かがあって、どうしても仕方のない事情で《5階同盟》を解散させなきゃいけなくなったら。そしたら、そこの連絡先に連絡ちょうだい？」

「つまりそれ、保険にしていいってことですか」

「ま、そーゆーことだチュン。縁起でもないことをって思われるかもだけど、世の中何が起こるかわからないからネ」

「……大事ですよね、そういうの。もし本当にそんな風に保険として考えていいなら、俺としてはすごく助かります」

失敗したら道はない。そう自分を追い詰めるよりも、幾分か気持ちは楽になる。たとえこの道で躓いたとしても、味方でいてくれる人がいるなら、どれほど心強いことか。

「滑り止めに使われるのはシャクシャクの尺取虫ちゃんだけど、そこは惚れた弱みってところカナ☆」

「……何言ってんすか。思ってもいないことを」

「あはは！　まあカナリアちゃんはアイドルだから、君のモノにはならないけどネ☆」

「かわらかわないでくださいよ、まったく」

ワインを含んでけらけら笑う大人の女性（見た目は子ども）の世迷言を軽くいなして、俺はリビングで盛り上がる仲間達に目を向ける。

いま隣にいるのはエンタメ業界で一流の実績を誇る人で、そんな人から一目置かれる立場を得られるなんて、人生の中でなかなかないことだ。それは俺ひとりだけでは到底起こらなかったイベントだから、俺はいつまでもあいつらに足を向けては寝られない。

だけど。

「俺も向こうに戻ります」

冷蔵庫からトマトジュースを取り出し、カナリアに背を向けて、俺はリビングに向けて一歩を踏み出す。

「ん。行っておいで。《5階同盟》のアキ君」

「はい。本当に、ありがとうございました。星野先輩」

一線を引きすぎるのはやめよう。

俺の立っている場所は、カナリアのようにクリエイター達と一定の距離を保った大人の関係じゃなくて。

未熟で曖昧（あいまい）で足元がぐらぐらしている《5階同盟》——その中に含まれる、ピースの一個なのだから。

epilogue1

エピローグ1　これから俺がすべきこと

「新キャラのイラスト、シナリオ、システム、すべてが無事に納品完了というわけで——」

「堅苦しい挨拶(あいさつ)とかいーらない！　ほらほらみんな泳ぐわよーっ！」

「なっ、おいこら式部！　挨拶ぐらいさせろ！」

「べつにいいじゃない久しぶりの〆切ゼロ日なんだからぁ！　っていうか彩羽(いろは)ちゃん、今日はビキニなのね！　どど、どうしましょう。えっ、何これ、エッッッッ」

「あはは！　菫(すみれ)ちゃん先生視点が童貞でウケるんですけど！」

「最低。……でも彩羽ちゃん、やっぱり戦闘力高すぎ。うう……えいっ。えいっ」

「ちょ。何で水かけるんですか。真白(ましろ)先輩やめっ、にゃー!?」

「もう海に飛び込んでやがる。……あいつら基本運動不足のくせにこんなときだけ俊敏に動きやがって」

あれから二日後……いや、三日後。

夜通しのマイハニ視聴の後、菫と巻貝(まきがい)なまこ先生は残された猶予で一気呵成(いっきかせい)に成果物を仕上げた。ほぼ同時期に真白も原稿の修正作業が終わったらしく、貝のように固く閉ざされていた作業部屋を開けて外に出てきた。

〆切日に怒濤の勢いで作業を終わらせた後、その翌日、作業で疲労困憊した俺達は半日ほどぶっ倒れ――……。

三日後にあたる今日このときに完全復活を成し遂げ、こうして帰還前最後の海を全員で楽しむこととなったのだった。

チームの代表として挨拶で場を引き締めようと考えたのだが、女子勢は完全無視で遊び始めてしまい、俺とオズだけが砂浜に取り残される。

……まあいいけどな。代表挨拶なんて非効率の極みだし。景気づけした方がテンション上がるかな？　と思ってのことだったので、そんなことしなくても充分に盛り上がれるなら必要がなかったということだろう。

「お疲れ様。アキ」

「……お前もな」

女子どもの勢いに押されて立ち尽くしている俺の隣、砂浜にオズが腰かけた。

綺麗に整った横顔はいつも通りよく繕われているが、目の下にうっすらと俺にしかわからない程度の疲れの痕が浮かんでいる。

「いきなり新キャラ周りの実装が飛び込んできて、大変だったろ」

「まあね。でも良いキャラになりそうだから、作業してて楽しかったよ」

「なら何よりだ」

言いながら、俺もその場に座り込む。

視線の先では彩羽が浮き輪の上でリラックスしながら漂っていて、真白は海こそ我が故郷とばかりに普段からは想像できないほど活き活きとした顔で泳ぎまくり、菫は溺れかけていた。

そんな、極めて日常的な風景を眺めていると。

「にしてもアキ、随分と回りくどい方法を使ったね。効率厨らしくもなく」

「何のことだ？」

とりあえず、すっとぼけてみる。

だけど当然この親友だけは誤魔化せるわけもなかったようで、オズはくすりと微笑んでみせた。

「黒龍院紅月に紫式部先生や巻貝なまこ先生の好きなキャラ魅力を付与するだけなら、彩羽のあの演技を見せるだけで事足りたでしょ。……あの寸劇、最初から準備してたよね？」

「まあな。……つーかホント、よく見てるなぁ、お前」

その指摘は的を射ていた。

俺と彩羽は他のみんなが作業に勤しんでいる間、俺達にできることをしようと考え、準備を進めていた。

それがあの「俺と彩羽が考える黒龍院紅月」だ。

もしも《5階同盟》のメンバーが躓くポイントがあるとすれば、黒龍院紅月の魅力が足りないと二人が感じてしまう瞬間なのではないか。俺と彩羽は相談してその結論を出し、あらかじめ提案を用意しておいたのだ。

「どうしてわざわざマイハニを全話視聴させるなんて、非効率的なことをしたの？」

「バレたなら仕方ない。お前にだけは教えてやるか」

俺は観念して、その狙いを話すことにした。あんまり褒められた理由でもないので言いたくはなかったが、親友相手に隠し事も気持ち悪いしな。

いやあ実は——と前置きして、俺はこう言った。

「深夜テンションのゴリ押しで納得させるのが一番早いかと思って」

「その理由ひどすぎない？」

「スランプ状態で詰まってる奴に、普通にプレゼンしても受け入れられないだろ。でも夜通しアニメを観て、なんとなく『こういうの良いな』と思ってるタイミングで、あんな風に魅力的な黒龍院紅月を実演されたら、雰囲気で流されてモチベ上がるんじゃないかと思ってさ」

「感動の理由が明らかに、って展開だと思ったのに……」

オズががっかりしたような顔になる。

「残念だけど、俺は自分の提案が絶対正義、無条件で受け入れられる、なんて信じちゃいないんだ」

彩羽に言われて、《5階同盟》の一員である俺自身のことも大切にしようとは思えた。

しかし他の仲間達に比べて能力が劣ることも、客観的な事実として忘れてはいけないとも、やはりまだ思っている。

「俺と彩羽の出した結論が一定の成果を上げられるとは思ってた。でも、それを受け入れさせるための努力は全部しよう、とも思った。あいつらの判断力が低下してるタイミングを狙うのは卑怯かもしれんが……でも、それが使える手段なら俺は使う」

「アキ……」

「こんな俺が嫌いなら、切ってくれてもいいぞ」

「まーたそういうこと言う。アキの性格なんて、最初から織り込み済みだよ」

どうしても自虐的な色の消えない俺の発言にオズは苦笑した。

俺がどんな手を使っても笑顔で許してくれる、認めてくれる。甘えているだけかもしれないが、オズがこういう奴だからこそ、俺は安心して自分のやり方で道を突き進めるんだと思う。

「でもさ。演劇のときから薄々察してたけど――」

指で輪を作って望遠鏡の代わりとし、オズは海で遊ぶ三人の方へ向けた。

いや、おそらくはその中のひとり……妹の彩羽に向けたんだろうと、俺は直感で察していた。

「――『黒山羊』の声優をやってるの、彩羽だったんだね」

「さすがにもう、隠すのは無理だよな」

俺は諦念してそう言った。

オズに伝われば、どこからどんなルートで母親の乙羽に漏れるかわからない。オズを疑っているわけではないが、万が一漏れたときにオズを疑いたくないからと、けっして事実を伝えないようにしてきた。

だけどどうやらここが限界のようだ。

「アキの部屋に入り浸ってるし、飲み会にも参加してるから、《5階同盟》の情報に詳しいのは当然だと思ってた。でも、この前の新キャラの演技――あれはあまりにも『黒山羊』の文脈を理解できすぎていた」

「まさかお前が『文脈』を語るとはなぁ」

「おかげ様でね。『黒山羊』についてだけなら、国語の問題も解けそうだよ」

オズの指摘はとても鋭い。

彩羽は老若男女、どんな性格でも、巧みに演じ分ける七色の声の持ち主だ。

しかし『黒き仔山羊の鳴く夜に』の登場人物たちの演技は、そのすべてにおいて、根っこに流れる独特の空気感みたいなものがある。

それが彩羽の演技の癖なのか、はたまた微妙な呼吸の特徴なのか、あるいはシナリオや絵も含めた全部、《5階同盟》という集団が持つ見えないモノが集まった末に生まれた世界観なのかはわからないが。しかしその「何か」は厳然として存在するのだ。

だからこそ『黒き仔山羊の鳴く夜に』は、他に真似できないコンテンツとして、競争過多なこの時代に、一定の支持を得られている。

「演技をしてるときの彩羽、とても楽しそうだった」

「ああ。……このことは、乙羽さんには」

「わかってるよ。言うわけない。僕はアキと、彩羽の味方だからね」

「そうしてくれると助かる」

切実な俺の願いに、オズは笑顔でうなずいた。

視線の向こうで浅瀬で水の掛け合いをしている菫と真白。その背後に歩み寄った彩羽が真白の脇腹をくすぐって、悶えた真白とくんずほぐれつしている。

「にしても、我が妹ながら、あの才能は凄いよね。アキが、ウザいと思いながらも支え続けてきたのは、彩羽の才能を世に出したいと考えたからだね？」

「ああ。あの才能が埋もれなきゃいけないなんて、社会の損失だ。俺は、あいつの才能に惚れ込んでる」

「なるほどねえ。それじゃあ脈なしなのかな？　女の子として魅力的だから、彩羽を気にかけてくれてると思ってたんだけど」

「言ってるだろ。あのウザ絡みには辟易してるって」

「でもそこがまた可愛い――みたいなツンデレさんだと思ってたのさ。だけど、演技の才能を評価してのことだったなら、僕の勘違いだったのかもね」

「そうだな。勘違い……だった、かな」

「？　含みのあるイントネーションだね」

俺の言外の意図を敏感に察したのか、小首をかしげるオズ。

恐ろしいほど頭の回転が速い親友にあきれた気持ちを抱きながら、俺はつい最近になって、ようやく気づいた新事実を口にする。

「彩羽はウザいが。……そのウザさも、まあ、可愛いところのひとつではあるんだろうよ」

頬を掻きながら目を逸らし、かろうじて言い切れた。オズの顔も、海で遊ぶ彩羽の方も、見ることはできなかった。

「おお……！　あのアキが、ついに……！」

身を乗り出し、喜ぶオズ。

常日頃から俺と彩羽を恋人同士にしようと画策するコイツからすれば、俺の言葉は希望の船に等しい何かだったのかもしれない。

だが――……。

「いや、早とちりすんな。たしかに彩羽はウザくて可愛いと思うが……恋愛感情とは、また別の話だと思うんだ」

「ええ……この期に及(およ)んでそれはないよ。大人しく年貢を納めたらどう？」

「いや待てこれは言い訳でもなんでもなくてだな」

縁結びの儀式に参加させられた夜。あれ以来、彩羽に対して妙なドキドキを感じ続けていた。

もしかして恋愛感情なのかと疑ったりもした。

だけど冷静に考えたら、彩羽を女の子として可愛いと認識していたんだとすれば、ドキドキしてしまうのが思春期の男子として正常な反応だ。それは恋愛感情とは切り離された、生理的な現象と言えるだろう。

つまり。

「彩羽は女の子として魅力的、だと思う。でもまだ、これが恋愛感情なんだ、みたいな。そういう風にも思えないし。無理にそう思い込むような時期でもないと思ってるんだ」

「……《5階同盟》として、まだ道半ばだから？」

「ああ。それに月ノ森(つきのもり)社長との約束もある。真白の卒業までニセ彼氏を演じ、その期間は本当の恋愛はＮＧってな。――全部をあるべき場所に導いて、それからじっくり考えるべきことだと思う」

それが、俺自身のけじめ。

勇気を振り絞って告白してくれた真白に対しても。俺のことをどのレベルで想(おも)ってくれているかわからないが、それでも親身に寄り添ってくれている彩羽に対しても。

自分の中で答えを見つけて向き合っていくためには、まずはその課題をクリアすべきなんだ。

「……はあ。僕の仲人生活も長くなりそうだね」

「いやべつにそこは無理にくっつけようとしなくていいから」

あきれたように肩をすくめるオズに、俺はツッコミを入れる。

そして俺は、ふたたび海で遊ぶ彩羽に目をやった。

彩羽と、菫と、真白。

この前の一件で巻貝なまこ先生にも彩羽の存在は認知されただろう。

中学時代、オズに連れられ訪れた小日向家のリビングで、つまらなそうな顔で過ごしていた友達の妹は、楽しそうに互いを弄り弄られ遊んでいる。

優等生の顔で、周囲と無難な距離感を保ちながら生きてきた彩羽とは、まったく別の顔。

しばらくの間は俺の前でだけ見せていたウザい顔を、真白や菫にも惜し気もなく出せるようになっている。

そしてそのウザい顔は、びっくりするくらい可愛いと思えてしまって。

だから、考える。

あいつが本心から楽しんでいるときのウザい顔を、ウザくて可愛い顔を、どうにかして世に広く認めさせてやりたい。……と。

ウザくて可愛い女の子は現実に存在するんだ、彩羽は彩羽のままで堂々と生きる方が魅力的なんだと、声を大にして社会に認めさせたい。……と。

プロデューサーとしての欲求がむくむくと首をもたげてくるのだ。


「なあ。月末には夏祭りがあるよな。その後には文化祭もある」

「うん。イベント盛りだくさんの秋がお待ちかねだね」

「催し物の準備とかでクラスメイトと交流したり、新しい青春を謳歌したり。そういう季節だ」

「フフ。アキから『青春』なんて単語が出てくるとはね。そっか、彩羽のウザ可愛さを認めたから、君もようやくその気になったってことだね？」

「ああ。そういった青春イベントを通じて、どうしてもやりたいことができたよ」

　俺のいまから言おうとしてることを察したんだろうか。オズはニコニコした表情で、俺の次の言葉を待っていた。

　だが、先に断っておくがこのとき、俺とオズの意識はどうやら致命的にずれていたらしい。

自分の発言に何の疑問も持たず、堂々と言い放った俺のひと言は、しばしの間オズの思考停止と困惑を誘い、十秒後に「え、そこ？」とツッコミを返されることになる。

でもそれは俺にとって心の底から成し遂げたいことで。

《5階同盟》全員の幸せを目指し、その最適解を探るという俺のポリシーにもまったく反しないことで。

そして何よりも。

俺やオズや真白や音井さんや翠が卒業してしまった後、教師の菫を除いて、生徒としてはたったひとりになってしまう彩羽のために必要なことで――……。

「文化祭で、彩羽に同級生の親友を作らせたい。あいつが心を開ける、ウザ絡みができる相手を。――俺にとっての、オズみたいな親友を」

epilogue2

Tomodachi no imouto ga ore nidake uzai

エピローグ2 社長定例

僕の名前は月ノ森真琴(つきのもりまこと)。どこにでもいる普通のナイスミドルだ。人とちょっと違うところがあるとしたら、世界にも競争力を誇る大手エンタメ企業ハニープレイスワークスの代表取締役社長をやっていることくらいかな。

黒塗りの高級車の後部座席、柔らかなクッションに背を預けて窓の外へ目をやった。

一流の硝子(ガラス)職人がこさえたような青く透き通った海。こんな美しい光景が拝めるというのに道路を走る車の姿はほとんどなく、数分前にすれ違ったやたらと安全運転なゴツい四輪駆動車くらいだ。

この先にある美しい砂浜がただひとりの富豪の所有地でなく、観光地だったとしたら、僕のお付きの運転手もここまで楽なドライブはできなかっただろう。

綺羅星金糸雀(きらぼしカナリア)。こと星野加奈(ほしのかな)。

彼女の別荘こそ、いま僕が向かっている先だ。

UZA(ユージーエー)文庫の大ヒット作を原作としたスマホゲームアプリの今後の展開について話をすることになっていた。彼女が夏休み中につき別荘に滞在中とのことだったので、こうして遠路はるばるやってきたというわけだ。

社長直々に交渉の場に出なくてもいいのにと部下達には言われるが、現場上がりのせいか、自分が投資を決めた案件はつい自分の手で進めたくなってしまう。

『どうせスーパーアイドル編集カナリアさんと会いたいだけでしょう……』

と、秘書はあきれるが、事実無根だ。

世の男性諸君の人気が彼女に集まっているのも知っているし、実際可愛らしい容姿だとは思う。

しかしながら僕の女性の好みには合致せず、口説く気はこれっぽっちもなかった。

現に、すでに五回も会っているのにベッドインどころか手すら握ったことがないのだ。この事実を以って僕のことを信用してくれてもいいと思うのだが、なかなか手厳しい秘書である。

やれやれ。僕は出会い系アプリでパパ活女子にメッセージを送った。

白い砂浜と大きな別荘が見えてきた。黒塗りの高級車が車止めに停まる。ジャケットのしわをピンと伸ばしながら颯爽と車から降りる紳士――ふぅむ、我ながら素敵なおじ様ぶりだ。

己のカッコ良さに満足しながら夏空の下に降り立った僕を――。

「遠い場所までご足労いただきありがとうございます、月ノ森社長。こちらへどうぞ。会談の準備はすでに整っております」

恭しく頭をたれる、ゴスロリ姿のキュートなレディ――星野加奈が出迎えた。

「真白の新刊はどんな感じかな？」

「とても面白かったですよ。ほんのり毒が抜けた気もしますが、もともとアクが強くて読者を選ぶ作風だったので、むしろちょうどいい塩梅になったと思います」

「そうかそうか。順調なようで何よりだよ」

別荘の中。応接室に通された僕は良いソファに腰かけ、良い紅茶の香りを嗅ぎ、良い報せにニッコリしながらひげを撫でる。

そして星野さんは目の前に——普段、スーパーアイドル編集綺羅星金糸雀として活動しているときの雰囲気をまるで感じさせない楚々とした所作で座る。

「彼女、転校してからとても明るくなりましたね。《5階同盟》のシナリオを請け始めた頃から上向きの兆候はありましたが……月ノ森社長の采配のおかげでしょうか」

「さすが、男を立てるのが上手いねえ」

「いえ、私は事実を言ってるだけですので」

彼女の謙遜をハッハッハと笑い飛ばし、僕は愛する娘の一年半前の顔を思い浮かべる。

部屋に引きこもったまま小説だけを書いていた娘。たまに家の中ですれ違うときも、世界のすべてがつまらないと言わんばかりの顔で、親心にそんな真白を見るのが辛かった。

そんなある日、星野さんからこんな報告がきた。

『《5階同盟》というインディーズゲーム制作集団の依頼を請けたそうです。巻貝先生は何故かとても前向きですが……素性の知れない集団なので動向を注視していきます』

個人制作のゲームなど途中で企画頓挫するに決まっている。どうせゲーム制作の難しさも何も知らない素人が非常識にも新人売れっ子作家に声をかけ、たまたま世間擦れしていない真白が乗ってしまっただけ。

当時の僕はそんな冷めた気持ちでその報告を聞いていた。

しかしその後、『黒き仔山羊の鳴く夜に』は実際にリリースされ、SNSでの口コミや巻貝なまこの人気も手伝い、たちまち存在感を増していった。

「懐かしいねえ。最初は胡散臭い話だと思っていたのに……しかも、その《5階同盟》を仕切ってるのが甥っ子だとわかった日には、女の子に刺されて死ぬかと思ったよ」

「……刺されることとはまた別の因果関係のような？」

「冷静なツッコミありがとう。……あのときは驚いたよ。明照くんから『黒山羊』のメンバーをまとめて就職させてくれ、なんて相談が来るとは」

「経営者の血筋、というやつでしょうか」

「ウチの馬鹿息子にも受け継がれてくれたらよかったんだけどねえ。――まあ、それはべつにいいか」

あのときは、いくつもの糸が一本にまとまった気がしたね。

真白を社会復帰させるチャンスはここにある――いや、社会復帰なんてどうでもいい。大事な娘が、また昔みたいに楽しそうに毎日を過ごせるようになる。その可能性に賭けたくて、僕は明照くんに真白を託すことにしたんだ。

「缶詰旅行先で明照くん達と合流したと言っていたね。さっきまで、真白も含めてここにいたんだろう？」

「ええ。ちょっと彼の実力を試すようなことをしちゃいましたけど。……出過ぎた真似でしたかね？」

「ハハハ。まあいいんじゃないか。彼くらいの年齢なら、何事も経験さ」

笑いながら紅茶を口に含む。

すると星野さんはふうと熱っぽいため息とともに頬に手を当て、遠い場所を見ながらぼそりとつぶやいた。

「あぁ、でもいいですね～青春。彼を見ていたら、高校時代に戻りたくなってきました。――あんなに可愛い美少女ふたりに愛されて、羨ましいなぁ」

「ぶふぅ――――ッ!!」

昭和か。と我ながらツッコミを入れたくなるほどコミカルに紅茶を噴き出した。

幸い咄嗟に顔をそむけたので星野さんにぶっかけずに済んだが――いやこの際そんなことはどうでもいい！

「ふたり？　ふたりとは、どういうことだい⁉」

「え？　真白ちゃんと――」

「そう、真白はわかるんだ。真白は。いや、ガチでアレしたらアレだがそこは契約でだね」

「？？？」

ニセ恋人契約のことを知らない星野さんは不思議そうに首をかしげたままだ。

いやしかしこれは由々しき事態だよ、明照くん。

「真白の他に、明照くんと青春を謳歌している女の子がいたということかね？」

「え、そうですけど。ご存知ないですか？　――小日向彩羽ちゃん」

「小日向……彩羽……」

そういえば、天地社長の娘さんが明照くんと仲が良いと言っていた気がする。

正確には息子の小日向乙馬くんと友達同士で、小日向彩羽ちゃんはあくまでも『友達の妹』という話だったが――……。

「とても仲良さそうでしたよ。凸凹コンビのようでしたけど、とってもお似合いっていうか」

「なんということだ……」

「え？」

危ない何かを切らした禁断症状のようにふるふると腕を震わせ、こめかみに持っていく。

敗戦の際に追い詰められた独裁者の如き形相で僕は叫んだ。

「話が違うじゃないか‼　チクショウめ‼」

「あー……」

地雷を踏んだかな、という苦笑顔で頬を掻く星野さんをよそに、僕は固く決意していた。

甥っ子の青春状況について、厳密な調査が必要である……と！

epilogue3

Tomodachi no imouto ga ore nidake uzai

エピローグ３　スマホが落ちただけなのに

トク、トク、トク、と心臓の音がうるさい。

肩に触れる大好きな人の感触、微妙に体温を共有している感覚にドキドキしてしまい、旅の疲れからくる眠気も完全に吹き飛んでしまっていた。

帰りの車の中。菫先生が運転する四輪駆動車が海岸沿いの道路を安全運転で進んでいく。

窓から見える海は芸術作品みたいに綺麗だけど、観光地ではないせいか、この光景を楽しみながら走っている車はほとんどなかった。さっきすれ違った黒塗りの高級車くらいだ。

人気のない道路。静かな車内。

後部座席でアキと肩を触れ合わせている状況。

真白にとってあまりにも都合が良すぎる環境で、ほっぺたが熱くなってくるのを止められない。

カナリアさん、まじ卍。

このあと別荘で大事な打ち合わせがあるからと、菫先生の車で帰るように仕向けてくれたのは本当に感謝してる。

もっとも。

「くー……へへ。センパイは、ほんとだめだなぁ……むにゃむにゃ」

「うーん……やめろ……来るな……迫りくる、ウザさ……ぐう、ぐう……」

「…………」

後部座席でアキの体温を享受しているのは、真白だけじゃないんだけど。

アキを挟んで反対側、アキの肩に寄りかかって気持ちよさそうに眠っている彩羽ちゃんの姿に、むっとする。いちおうアキは真白の彼氏なんだから、すこしぐらい気遣ってくれてもいいのに。……ニセだけど。

とりあえず自分も無言でぐいっと強めに肩を押しつけてみた。うん、これでよし。

助手席の小日向くんと運転席の菫先生はこちらの様子に気づいておらず、起きている三人は手持ち無沙汰な時間を過ごしている。巻貝なまこの秘密について、菫先生と話したいことはたくさんあるけど、小日向くん――OZが起きてる限り、それは難しそうだ。

なので、こうして大人しくアキの体温を感じてドキドキしているしかないのだ。うん、これは不可抗力。仕方ないことなの。

――それにしても、夏休みにアキと海に来られるなんて。勇気を出して転校してきて、本当によかった。

去年までの楽しくない学校生活を思い返すと、いま自分がここにいるのが、それこそ小説の中の妄想なんじゃないかと思えてくる。

でもこれは夢でも小説でもない。それは、アキの温かい肩が証明してくれている。

「…………」

同時に、一年前にはけっして感じなかった辛さもあった。チクチクと胸の中で疼く感情。

アキの向こう側にいる彩羽ちゃんの寝顔を見ると、その疼きは強くなる。

初めてできた同性の友達。

だけどきっと、同じ人を好きになってしまった恋敵。

この夏休み、真白が〆切に追われたり海に来たテンションで頭が煮えてる間、いつの間にかアキと彩羽ちゃんの距離が縮まっている気がする。……影石家のワケわかんない儀式も一緒に参加したみたいだし。

……そのムーブ、真白が彼女だってこと、忘れてない？

それともニセ彼女だってもうバレてるのかな。……あるかも。真白、たまに彼女のフリするの忘れてるし。

じゃあ自分にもチャンスがあると思って、彩羽ちゃんもグイグイ行ったりするのかな。

…………。

……ううん、大丈夫。

彩羽ちゃんはあくまでもＯＺの妹。友達の妹の距離なんだ。

真白には《5階同盟》のクリエイターとして、アキとどこまでも一緒に夢を追いかけられるっていうアドバンテージがある。

彩羽ちゃんの演技の才能を考えたら、声優とかもできそうな気がするけど。アキがそっちの方向でプロデュースしようとさえしなければ、メンバー入りってこともないだろうし。

「……はあ」

そこまで考えて、誰にも聞こえないようにため息を漏らす。

最低。そんなのけ者にするみたいなこと考えて。

だから嫌なんだ。彩羽ちゃんとは仲良くしたいのに、恋をするだけでこんなに罪悪感に襲われるなんて。

好きになったのがアキじゃなければよかったのに。彩羽ちゃんの好きな人が他の人だったら、カップル爆破主義者の真白だって、素直に応援できたのに。

「ん……んん」

「……！」

隣のアキが身じろぎして、真白はビクっと震える。

まるで心の中を読まれたかのようなタイミングだったから驚いたけど、アキは目覚めたわけではなさそうで、ただ無意識に座る位置を調整しただけだった。

その拍子にアキの手からスマホが落ちる。

「寝落ちする寸前まで仕事してたのかな。……アキらしい」

フフ、と笑みをこぼしてしまう。

仕方ないなぁ、と思いながらスマホを拾い上げたとき、ふいに……そう、本当に、ふいに。

けっして意識したわけではないんだけど、スマホの画面が目に飛び込んできてしまった。

「……え？」

そして、思わず声が漏れた。

「んー？　どしたの、真白ちゃん？」

「……！　な、なんでもない。なんでもないよっ」

運転席の菫先生から声をかけられ、あわててスマホをアキのお尻の横に隠すように滑らせて誤魔化した。

特に不審がってる様子もなく、菫先生は「そう？」とだけ言って、運転に集中を戻した。

ホッとひとまずひと安心。

「…………」

でも、あれはどういうこと？

アキのスマホの画面。

それは、ＬＩＭＥ上での、とある人物との会話だった。

――音井さん。

演劇部を助けたときにアキが連れてきた女子生徒で、《5階同盟》の音響周りを手伝ってくれている人って話だった。

だからその人と連絡しているのは、わかる。

新キャラのシナリオ、イラスト、新システムが完了し、次は声優さんのスケジュールを調整して収録。そういう流れで作られてることは、真白も知ってる。

でも、その会話はどういうこと？

《ＡＫＩ》――そういうわけで、今回も収録お願いできればと
《音井》チュパドロ
《ＡＫＩ》30……いや、特急料金で50でどうですか
《音井》おっけー。じゃあそろそろウチも帰り支度するかなー
《ＡＫＩ》避暑地で休暇を過ごしてたのにすみません
《音井》まー、小日向の収録は楽しいからなー。おっけーおっけー
《ＡＫＩ》ありがとうございます。彩羽のスケジュールも調整してから、また連絡しますね
《音井》あいよー

頭の中でガチャガチャと音を立てて、パズルが組み上がっていく。

《5階同盟》の構成員はプロデューサーAKI、エンジニアOZ、イラストレーター紫式部（むらさきしきぶ）先生、シナリオライター巻貝なまこ。

だがもちろんこの四人の主要メンバーの他にも、外部スタッフはいた。サウンドエンジニアの音井さんもそのうちの一人だ。

そして忘れてはいけないのは、謎（なぞ）の声優集団XとSNS上で噂（うわさ）される存在――……。

『黒き仔山羊（こやぎ）の鳴く夜に』のキャラに声をあてている声優の名前は非公開とされていた。

あまりにもバリエーションに富んだキャラの種類から、複数の人間が声を担当している説、事務所の新人声優をまとめて起用している説、一人ですべてを演じ切る超ベテラン声優が協力している説――さまざまな都市伝説がまことしやかに囁（ささや）かれた。

でも、そうだ。その謎の声優Xが誰かなんて、考えるまでもなかった。

あのとき。

真白をいじめてくる女子に啖呵（たんか）を切ってくれたときの、恐ろしいヤンキー演技。

演劇部のピンチを救った大女優顔負けの演技。

そして今回の、黒龍院紅月（こくりゅういんくげつ）のあるべき姿を実演してみせたときの、演技。

客観的に整理したら、いままで気づけなかった方が変だ。

アキのこんなにすぐ近くに、演技の上手な人材がいたんだとしたら。

それはつまり、そういうことなんだろう。

「彩羽ちゃんが……《5階同盟》の、声優……」

その言葉は誰に聞かれることもなく、ただ真白の胸の奥に、黒い滴となって落ちていくだけだった。

あとがき

読者の皆さんこんにちは。明照がウザかわ陥落の危機に追い込まれる第4巻、渾身の1冊をお届けできた確かな自負とともにこのあとがきを書いてます、作家の三河ごーすとです。

今回も制作過程で起きた爆笑必至の面白エピソードを紹介できたらと思ったのですが、今回はあまりにも原稿の出来が良すぎてツッコミどころが一個もないなーと残念な想いを抱えたまま担当編集のぬるさんに「オラァ！」という掛け声とともに原稿を投げつけました。

『いもウザ』史上最高峰の神回が書けた自信に満ち溢れる私は、名だたる強打者が打った瞬間にホームランを確信して塁を歩く行為——確信歩きのような堂々とした佇まいで担当からの絶賛まみれの感想を待ちました。

そして数日後、担当編集ぬるさんから予想通りの最高クラスの絶賛感想が届き——

「面白かったんですけど、なんでここの滅茶苦茶エモいシーンでこの表現にしたんですか？」

……おいおい。この神回を書いた私だぞ。首を傾げられるような表現など使うはずがない。

私は該当箇所を読みました。

天ぷらの衣をはぎ取るようにひと息に、脱ぎ捨ててみせた。

……ん？　（瞬き）

天ぷらの衣をはぎ取るようにひと息に、脱ぎ捨ててみせた。

……んんぅ？？？　（首を傾げる）

雰囲気を完全にぶち壊す唐突な「天ぷら」がそこにありました。何故、そこに。その疑問は後程判明したのですが、どうやらその文章を書いた日、私は夕食に天ぷらを食べていたそうなのです。しかも老舗のおいしい天ぷら。ホタテの天ぷら。そのために起きた悲劇だったのです。結局その部分は『呪われた拘束具を破壊するように、ひと息に脱ぎ去ってみせた』という、非常にカッコイイ文章に挿げ変わりましたとさ。めでたし、めでたし。

皆も文章を書くときは夜に食べた天ぷらに気をつけましょう。

とまあそんなこんなで4巻ではドラマＣＤ付き特装版も発売され、『いもウザ』はますます盛り上がっていく予定です。この先も面白いことがたくさんあると思うので、読者の皆さん、これからも引き続き応援よろしくお願いしまーす！　以上、三河ごーすとでした！

『いもウザ』次巻予告！

夏の魔力で微妙に距離を縮めた明照と彩羽。
だがそんな時、《５階同盟》の未来を握る
月ノ森社長から恐るべき圧力がかかる。

「君、よもや真白とのニセ恋人関係を忘れて、
青春を楽しんでいるのではなかろうね？」

このままでは効率的な
就職への道が断たれてしまう。
危機感に駆られた明照は真白と結託し、
『偽装夏祭りデート』を企画することに！
一方、そんな２人の関係を前に、
彩羽の気持ちも複雑に揺れ動き――

打ち上げ花火、
彩羽と見るか？　真白と見るか？　の
いちゃウザ青春ラブコメ第５弾！

「おいおいmy baby（マイベイベー）。
ほっぺにわたあめがついてるぞ☆ by明照」

「やだもぉ my sweet darlin（マイスイートダーリン）。
あなたの唇で拭きとって♡ by真白」

「よろしい。通れ。 by真琴」

「センパイと花火かぁ。
どんな風に絡んでいこっかな～♪」

「月ノ森さんの追撃……これはまずいかもしれないね」

「懐かしいなぁ学生時代の花火。
家のベランダから１人で見てたわ」

『友達の妹が俺にだけウザい５』

ドラマCD付き特装版＆通常版 ７月発売予定!!

←ドラマCDの情報は次のページへ！

※セリフはプロット段階のものであり、製品版にはひとつも採用されない場合があります。ご了承ください。

ドラマCD第2弾！

絶好調につきドラマ第2弾が早くも制作決定！

キャスト　CAST

大星明照 役
石谷春貴

小日向乙馬 役
斉藤壮馬

小日向彩羽 役
鈴代紗弓

影石 菫 役
花澤香菜

月ノ森真白 役
楠木ともり

ドラマCD 収録内容　DRAMA CD CONTENTS

☆本編

「雨と塩とカタツムリ」(仮)

☆ボーナストラック

「彩羽がウザくて眠れない睡眠導入ボイス」(仮)

「真白が塩すぎて眠れない睡眠導入ボイス」(仮)

★あらすじ ※あらすじは予定です！ 変わったらごめんね☆

「は？　なんで真白がそんな恥ずかしいことしなくちゃいけないの？」
季節は梅雨。うっかり傘を忘れた真白は、明照と一緒に相合傘で帰宅することに。
微妙な雰囲気のなか、空気を読まずに彩羽がウザく突撃してきて……？
ドラマCD第2弾は、なんと真白がメイン！
明照と真白のニセ恋人関係を掘り下げる、真白ファン歓喜の内容です!!
さらに、ボーナストラックは睡眠導入ボイスを予定！　あなたははたして
「ウザくて眠れない睡眠導入ボイス」「塩すぎて眠れない睡眠導入ボイス」という
眠らせる気ゼロな彩羽＆真白に打ち勝つことはできるか!?
絶好調の「いもウザ」いちゃウザドラマCD第2弾、今回も必聴です☆

特報！『いもウザ』

『友達の妹が俺にだけウザい5』ドラマCD付き特装版

2020年7月発売予定！

ファンレター、作品の
ご感想をお待ちしています

〈あて先〉

〒106－0032
東京都港区六本木2－4－5
SBクリエイティブ（株）
GA文庫編集部 気付

「三河ごーすと先生」係
「トマリ先生」係

本書に関するご意見・ご感想は
右のQRコードよりお寄せください。

※アクセスの際や登録時に発生する通信費等はご負担ください。

https://ga.sbcr.jp/

友達の妹が俺にだけウザい4

発　行　　2020年3月31日　初版第一刷発行
2021年2月28日　第四刷発行
著　者　　三河ごーすと
発行人　　小川　淳

発行所　　SBクリエイティブ株式会社
〒106−0032
東京都港区六本木2−4−5
電話　03−5549−1201
03−5549−1167（編集）

装　丁　　AFTERGLOW

印刷・製本　中央精版印刷株式会社

乱丁本、落丁本はお取り替えいたします。
本書の内容を無断で複製・複写・放送・データ配信などをすることは、かたくお断りいたします。
定価はカバーに表示してあります。
©Ghost Mikawa
ISBN978-4-8156-0480-6
Printed in Japan　　GA文庫

処刑少女の生きる道(バージンロード)3 ―鉄砂の檻―

GA文庫

著：佐藤真登　画：ニリツ

「お願いメノウ……私を処刑して」

　すべてを清浄な塩に変える力を秘めるという「塩の剣」。アカリ殺害のため、西の果てに封印されているその剣を目指しはじめたメノウたちは、バラル砂漠で鋼鉄の腕の修道女・サハラと出会う。メノウと面識があるという彼女は、なぜか自らの殺害を依頼してくるのだが――。

　一方、東部未開拓領域では、四大人災(ヒューマンエラー)「絡繰り世」が蠢きはじめていた。あの【白】ですら殺しきれなかったという純粋概念【器】がメノウたちに迫る。

　回帰により軋む世界。アカリをめぐりすれ違いはじめるメノウとモモ。そして、動きだす導師(マスター)「陽炎(フレア)」――。熱砂のなか因縁が絡み合う、灼熱の第３巻！

試読版は
こちら!

竜と祭礼 ―魔法杖職人の見地から―

著：筑紫一明　画：Enji

「この杖、直してもらいます！」

　半人前の魔法杖職人であるイクスは、師の遺言により、ユーイという少女の杖を修理することになる。魔法の杖は、持ち主に合わせて作られるため千差万別。とくに伝説の職人であった師匠が手がけたユーイの杖は特別で、見たこともない材料で作られていた。

　未知の素材に悪戦苦闘するイクスだったが、ユーイや姉弟子のモルナたちの助けを借り、なんとか破損していた芯材の特定に成功する。それは、竜の心臓。しかし、この世界で、竜は千年以上前に絶滅していた――。定められた修理期限は夏の終わりまで。一本の杖をめぐり、失われた竜を求める物語が始まる。

試読版は
こちら！

七代勇者は謝れない２

著：串木野たんぼ　画：かれい

「どーしよ。くっつくのそれ……？」

勇者の力を奪いあう八代勇者（仮）ジオと（元）七代勇者イリア。崩壊しかけるジオの体をなんだかんだで維持しつつ、折れた聖剣を直す手段を求めて、２人は協力して（故）六代勇者ミルカークの出身地アステリアに向かう。

そんななかジオたちの前に現れる、ジオの妹セーネ。何よりも大事に思っていた彼女の出現に、ジオは激しく動揺してしまう。なぜなら、セーネは２年前に死んでいたはずで……。

セーネを蘇らせたという魔王ヴェル＝カの目的とは。そして、兄妹の失われた絆の行方は――？　２人の勇者候補が紡ぐ聖剣争奪ファンタジー、再生の第２巻！

初級魔法しか使えず、火力が足りないので徹底的に攻撃魔法の回数を増やしてみることにしました2

著：大地の怒り　画：しゅがお

GAノベル

吟遊詩人はハズレじゃない！　ブラッドヒュドラ討伐で一躍名を上げた、吟遊詩人トール。ランクアップ試験で賢者のティナと戦ったりフリーマーケットで店を手伝ったりと冒険者生活を謳歌していた彼に、とんでもないピンチが訪れた。

虹竜レライアと黒竜リナリアスによる、竜王の卵をめぐる争い。S級冒険者でも太刀打ちできるか怪しいという強大な古竜同士の衝突に（半ば自業自得で）巻き込まれたトールの運命は……？

古竜攻略のカギは吟遊詩人スキル「調律」にあり!?　「小説家になろう」発の大人気異世界ファンタジー、第2巻の今回も書き下ろしストーリー収録でお届けです！

第14回GA文庫大賞

GA文庫では10代～20代のライトノベル読者に向けた
魅力あふれるエンターテインメント作品を募集します！

イラスト／ニリツ

大賞賞金300万円＋ガンガンGAにてコミカライズ確約！

◆募集内容◆

広義のエンターテインメント小説（ファンタジー、ラブコメ、学園など）で、日本語で書かれた未発表のオリジナル作品を募集します。希望者全員に評価シートを送付します。

※入賞作は当社にて刊行いたします。詳しくは募集要項をご確認下さい。

応募の詳細はGA 文庫公式ホームページにて **https://ga.sbcr.jp/**